Point de glas sage

Les Thés meurtriers d'Oxford
Livre 4

H.Y. Hanna

Traduit de l'anglais (britannique) par
Diane Garo

Édition originale parue sous le titre : *TILL DEATH DO US TART (Oxford Tearoom Mysteries ~ Book 4)*

ISBN : 978-1-922436-62-7

Sommaire

Chapitre 1

Il n'y avait qu'une personne susceptible de se rendre à une fête de village et de tomber sur un meurtre : moi.

Pour être honnête, le meurtre était déjà dans mon esprit avant même que je ne parte pour la fête – le meurtre de ma mère, en fait. Je me tenais dans le hall d'entrée de la maison de mes parents, alourdie par le bac à litière, la gamelle de nourriture, le bol d'eau, les couvertures, les friandises au saumon, le certificat de vaccination, les souris jouets et les lingettes pour bébé... et je me demandais comment j'avais pu me mettre dans ce pétrin. J'avais hâte de profiter d'un précieux week-end de congé – les premières vacances que je prenais depuis l'ouverture de mon petit salon de thé dans le village de Meadowford-on-Smythe, dans les Cotswolds, six mois plus tôt – et, en particulier, de passer un peu de temps avec mon petit ami de jeunesse perdu de vue et récemment retrouvé, Devlin O'Connor.

Devlin travaillait au CID de l'Oxfordshire et, comme la plupart des inspecteurs, il était quasiment marié à son travail. Et mon métier n'offrait pas exactement d'horaires de bureau. Mon salon de thé, le Little Stables Tearoom, faisait ma joie et ma fierté, mais c'était aussi un trou noir qui dévorait tout mon temps libre et toute mon énergie. Avec l'arrivée du printemps et d'une météo plus clémente, et l'afflux de touristes à Oxford et dans la campagne environnante des Cotswolds, les affaires explosaient et j'avais du mal à suivre. En plus des heures habituelles de service au salon de thé, je gérais à présent un service de traiteur qui me tenait occupée bien après la fermeture. Oh, c'était merveilleux que les affaires se développent ainsi – c'était ce dont j'avais rêvé lorsque j'avais quitté mon emploi de haut vol pour investir toutes mes économies dans le salon de thé –, mais cela signifiait que j'avais à peine le temps de respirer, et encore moins de penser à un rendez-vous romantique avec mon petit ami.

Avec les longues heures de travail de Devlin et les miennes, nous n'avions pas passé beaucoup de temps ensemble depuis que nous nous étions « retrouvés » (longue histoire !) Vous imaginez donc à quel point j'étais ravie lorsqu'il m'avait annoncé quelques semaines plus tôt qu'il avait demandé un congé spécial pour le week-end. *Ooh !* J'avais immédiatement commencé à rêver d'une escapade romantique ensemble – un week-end à Paris, peut-être ? Ou une visite en Toscane ? Copenhague n'était-elle pas censée être particulièrement belle à cette époque de l'année ? Honnêtement, même deux jours dans un cottage quelque part dans les Cotswolds auraient été parfaits !

Puis le couperet était tombé. Plus tôt cette semaine, Devlin m'avait appelée et, avant même qu'il n'ait dit quoi que ce soit, j'avais deviné au ton de sa voix que c'était une mauvaise nouvelle. On lui avait demandé de travailler ce week-end et nous avions dû annuler nos projets.

— Tu ne peux pas juste leur dire d'aller se faire voir ? avais-je demandé, ma colère prenant le dessus. Tu as demandé ce congé il y a une éternité, et il a été approuvé ! Ils n'ont pas le droit de te demander de travailler maintenant !

— Gemma... avait répondu Devlin d'une voix grave et pleine de regrets. J'*aurais pu* dire non, mais j'ai décidé qu'il valait mieux accepter.

— Quoi ? Pourquoi ?

— Le commissaire a spécifiquement demandé à ce que je m'en charge. Il y a une flambée de l'« agri-crime » ces derniers temps. Le phénomène s'est aggravé au cours des dernières années et il semble que nous ayons une épidémie dans l'Oxfordshire en particulier.

— L'agri-crime ? Qu'est-ce que c'est ?

— La criminalité agricole. Des vols dans les fermes et les propriétés rurales. Bétail, équipement, carburant, outils... c'est un problème assez sérieux. Ça coûte au pays des dizaines de millions de livres chaque année.

— Qu'est-ce que ça a à voir avec toi ? demandai-je. Tu es du CID ! Tu ne t'occupes pas de petits délits comme le vol !

— Normalement non, mais il se trouve qu'une des victimes récentes est Julian Greco.

Ce nom me disait quelque chose.

— Julian Greco ? L'acteur ?

— L'acteur multimilliardaire d'Hollywood. C'est aussi un ami du commissaire et il a décidé qu'il était hors de question de mettre de simples agents sur le coup. Il voulait que le meilleur homme du CID travaille sur l'affaire et il avait entendu parler de moi après les récentes enquêtes sur différents meurtres, en particulier l'agression au couteau du professeur Barrow à Wadsworth College. Ça a été une affaire très médiatisée.

Devlin marqua une pause, puis ajouta d'un ton sec :

— Et tu sais que quand les gens riches et célèbres veulent quelque chose, ils l'obtiennent généralement.

— Je pense quand même que c'est stupide et injuste, grommelai-je.

— Eh bien, parfois dans la vie, il faut savoir déterminer où est son intérêt. Ça pourrait jouer en ma faveur lorsque viendra le moment de ma promotion au poste d'inspecteur en chef. En tout cas, c'est un honneur d'être considéré comme le « meilleur homme du CID » et c'est une question d'image pour mon commissaire. Je ne peux pas le laisser tomber, Gemma.

— Alors tu as décidé que tu pouvais *me* laisser tomber ? dis-je brusquement.

Devlin soupira.

— Tu sais que j'attendais ce week-end avec autant d'impatience que toi. Je suis aussi déçu que toi. Mais il y aura d'autres week-ends, ma chérie. En fait, j'ai déjà parlé au commissaire et il m'a promis un week-end à la fin du mois prochain. Ce n'est que dans quelques semaines et il fera encore meilleur en mai.

Il avait raison, je le savais, et j'étais probablement puérile et déraisonnable, mais je ne pouvais m'empêcher de ressentir une amère déception. J'avais tellement attendu ce week-end et voilà qu'on me l'arrachait à la dernière minute.

Attendez... *à la dernière minute.*

Soudain, je pensai à autre chose.

— J'ai donné congé à tout le monde ce week-end, dis-je. Du coup, je ne peux même pas ouvrir le salon de thé...

Devlin gémit.

— Tu ne peux pas appeler Cassie et Dora, et leur demander de prendre plutôt un week-end le mois prochain ?

— Cassie pourrait, mais Dora ne peut pas. Elle est

partie rendre visite à sa sœur à Bournemouth. Je ne peux pas lui demander de changer ses plans maintenant et on ne peut pas se passer de notre chef pâtissier. Rien n'est prêt pour ce week-end. En fait, je lui ai demandé de préparer moins de choses cette semaine pour ne pas avoir trop de restes. Oh, et en fait, Cassie va être occupée aussi. Il y a la fête annuelle du village de Meadowford ce week-end. Quand Cassie a appris que je fermais le salon de thé, elle a décidé d'y tenir un stand pour vendre ses peintures.

Devlin poussa un nouveau gémissement.

— Je suis désolé, Gemma. Vraiment. Je n'aurais pas accepté si ce n'était pas important.

J'entendis l'authentique contrition dans sa voix et mon cœur se radoucit. Ce n'était pas comme si Devlin ne voulait pas passer du temps avec moi. Je connaissais l'importance d'une promotion à ce stade de sa carrière. N'étais-je pas égoïste de ne pas le soutenir ?

— Et si on sortait dîner dimanche soir ? proposa Devlin. Je devrais être libre à 18 heures. Je sais que ce n'est pas la même chose... mais je te promets que je vais me rattraper, Gemma. On ira dans un endroit sympa le mois prochain, pour passer un week-end vraiment spécial.

Je m'adoucis encore plus.

— Très bien, dis-je enfin. À samedi, alors.

Je raccrochai, toujours un peu contrariée, et mon humeur ne s'améliora pas lorsque j'annonçai à ma mère le changement de plan.

— Mais c'est merveilleux, ma chérie ! dit-elle. Tu peux venir à la fête du village avec Muesli et moi !

Je la regardai, surprise.

— Qu'est-ce que vous allez y faire, Muesli et toi ?

— Tu ne te souviens pas ? Je te l'ai dit - Audrey Simmons, du comité des fêtes du village, n'a pas arrêté de me parler de l'exposition.

— L'exposition ?

— L'exposition féline des Costwolds, ma chérie ! Elle a lieu chaque année durant la fête du village de Meadowford. Il y a un merveilleux prix en espèces offert par English Country Pets, le fabricant d'aliments pour animaux de compagnie, et c'est un véritable honneur d'être décoré durant l'exposition. Et il se trouve que j'ai inscrit Muesli.

Je la regardai, abasourdie.

— Tu as fait quoi ? Mais, Mère, les expositions félines sont réservées aux chats de race. Muesli est un chat de gouttière et...

Ma mère fit un signe de la main dédaigneux.

— Je suis sûre qu'ils n'en sauront rien, ma chérie. Muesli est si jolie, les juges vont forcément tomber amoureux d'elle.

— Mais ils vont chercher à savoir de quelle race elle est...

— Oh, je suis sûre que Muesli peut revendiquer toutes sortes de races dans sa lignée. En fait, Audrey m'a parlé de certaines races de chats et je trouve que Muesli a tous les traits qu'elle décrivait ! Elle est remarquablement intelligente et aime explorer, tout comme un abyssin… Elle a des « gants » blancs sur les pattes avant, tout comme un birman… Elle aime répondre, tout comme un siamois… Et ses jolies rayures et taches rappellent en tous points celles d'un bengal…

Ma mère désigna ma petite chatte tigrée qui dormait sur ses genoux.

— Et son poil un peu ondulé rappelle même le rex de Cornouailles ! Tu ne trouves pas ?

Ma mère avait totalement perdu les pédales. Muesli ne ressemblait à rien de plus qu'un vulgaire chat de gouttière. Très joli, mais un bâtard quand même. Pourtant, ma mère ne voulait pas en démordre. Une fois qu'elle avait une idée en tête, il était impossible de l'en déloger.

— Et maintenant que tu es libre ce week-end, ma chérie, c'est parfait ! Tu peux venir m'aider au salon.

C'est ainsi que je fus tirée du lit tôt ce matin-là pour aider ma mère à laver, toiletter et apprêter Muesli en vue de son grand jour. Après le bain et le séchage – qui me traumatisèrent plus que mon chat –, ma mère brossa le poil court et pelucheux de Muesli jusqu'à ce qu'il brille, et même moi, je dus admettre que la petite chatte n'avait jamais été aussi belle. Sa fourrure gris tourterelle semblait presque argentée et ses magnifiques rayures foncées s'étendaient en une spirale parfaitement symétrique de chaque côté de sa colonne vertébrale.

— *Miaouu… !* dit Muesli en se regardant avec une

satisfaction suffisante dans le miroir de la salle de bain de ma mère.

— J'ai juste le temps de m'habiller et de me coiffer...

Ma mère me regarda avec désapprobation.

— Tu ne vas pas porter *ça* à la fête du village, n'est-ce pas ?

Je regardai mon vieux pull en chenille confortable et mon jean délavé.

— Si, pourquoi ?

Ma mère exprima sa désapprobation.

— Les filles sont tellement négligées de nos jours ; aucun sens de la fierté féminine. L'apparence est primordiale ! Il faut toujours faire l'effort de se montrer sous son meilleur jour à tout moment.

— Je trouve que mes vêtements sont bien.

— N'importe quoi ! Même un chat ne voudrait pas aller te chercher. Pourquoi ne pas porter la jolie robe en laine que je t'ai achetée, ma chérie – elle est si belle et se marie admirablement avec ton teint.

— Mère...

— Que pensera le juge s'il te voit dans cet état ? Ce serait un tel manque de respect pour la manifestation. Nous devons tout faire pour améliorer les chances de Muesli.

Les seules choses qui auraient pu améliorer les chances de Muesli à ce stade étaient une mutation génétique et une transformation corporelle totale, mais je me tus et montai me changer dans ma chambre. Il était parfois plus facile de céder que de tenir tête à sa mère. De plus, j'avais déjà pris un jour de congé pour « faire plaisir à ma mère », alors pourquoi ne pas lui faire plaisir jusqu'au bout ?

Mais alors que je l'attendais dans le couloir en tirant sur le col de ma « jolie robe en laine » qui me grattait terriblement, je me sentais irritable et énervée. J'aurais dû me promener main dans la main avec Devlin dans une magnifique ville européenne. Au lieu de cela, j'allais tituber main dans la main avec ma mère et seize kilos d'objets pour chats dans une salle communale malodorante.

Puis la silhouette élégante de ma mère apparut en haut des escaliers et elle descendit lentement, portant Muesli dans sa cage. Je dus admettre à contrecœur qu'ils faisaient une paire très harmonieuse. Il me fallait bien l'avouer : je commençais peut-être à ressentir une agréable impatience à l'idée d'assister à cette exposition. En fait, alors que nous roulions dans la campagne et approchions du village pittoresque de Meadowford-on-Smythe, j'eus du mal à rester d'humeur grincheuse plus longtemps.

Cela faisait des années que je n'étais pas allée à une vraie fête de village, mais j'avais des souvenirs d'enfance très précis : les courses à l'œuf avec une cuillère dans la bouche et le tir à la corde, le stand de gâteaux et de confitures maison où je me goinfrais, le chamboule-tout où je n'arrivais jamais à toucher les noix de coco sur les poteaux, malgré tous mes efforts, les poneys Shetland hirsutes et les promenades dans le parc du village… Je souriais en moi-même tandis que les souvenirs me revenaient : comme j'étais survoltée à l'époque, courant d'un stand à l'autre, voulant tout essayer au plus vite !

Lorsque nous sortîmes de la voiture, je respirai profondément l'air frais de la campagne et sentis mon sourire s'élargir. Certes, ce week-end n'allait peut-être pas se dérouler comme prévu, mais peut-être qu'assister à une fête de village traditionnelle n'était pas une si mauvaise idée après tout.

⁂

— Ah, parfait, voilà notre emplacement, dit ma mère en traversant le pavillon.

Contrairement à ce que j'avais pensé dans mon accès de mauvaise humeur, l'exposition féline ne se tenait pas dans une salle communale délabrée, mais dans un grand pavillon de style médiéval érigé dans un coin du parc du village. Je regardai autour de moi avec intérêt en suivant ma mère entre les longues tables, toutes drapées de blanc et présentant des rangées et des rangées de cages, contenant tous les types de félins imaginables. Des gros chats, des petits chats, des chats poilus, des chats maigres, des chats tachetés, des chats rayés, des chats avec des yeux comme d'énormes saphirs et des chats avec des têtes rappelant des ours en peluche écrasés… Je n'avais jamais réalisé qu'il pouvait exister autant de chats différents !

Ma mère s'arrêta devant une cage vide au bout d'une rangée et commença à déballer nos affaires. Je transférai Muesli de sa caisse de transport à la cage d'exposition et la petite chatte tigrée jeta un regard avide autour d'elle, ses moustaches frémissant d'excitation. La cage à sa droite semblait vide, à l'exception d'un grand coussin blanc duveteux, mais dans la cage de gauche, deux chats siamois couleur biscuit se levèrent et vinrent la fixer avec insolence.

— *Miaouu ?* fit Muesli en les reniflant avec curiosité à travers les barreaux.

Le plus imposant des deux siamois plissa ses yeux bleus et cracha.

— *Mouaaa-ooooh !* grogna-t-il.

Pas besoin de parler le chat pour savoir que c'était très grossier. Muesli se raidit, puis aplatit ses oreilles et se hérissa.

— *Miaaouuu* ! fit-elle, indignée.

Le siamois agita la queue avec mépris et surenchérit :

— *MOUAAA-OOOOH !*

Pour ne pas être en reste, Muesli se hérissa encore plus et lui mit son petit nez dans la figure.

— *MIAAAA...* commença-t-elle, mais je l'interrompis précipitamment.

— Euh... *GENTILS* minous ! Gentils chatons... allez... soyons amis...

Je levai la main vers la cage du siamois avec un roucoulement qui se voulait apaisant.

— *Que faites-vous à mes chats ?* cracha une voix

derrière moi.

Je sursautai et me retournai. Une femme mince d'âge moyen, au visage pincé et aux cheveux bruns épars s'échappant d'un chignon ébouriffé, se tenait devant moi, le regard noir.

— Rien, dis-je, surprise. Je... disais juste bonjour.

Elle me regarda d'un air suspicieux.

— Je vous ai vue mettre votre main dans leur cage. Vous avez mis quelque chose dans leur eau ?

— Quoi ? Non, pourquoi ferais-je ça ?

Elle plissa les yeux.

— Ne croyez pas que vous allez vous en tirer comme ça.

— Mais de quoi parlez-vous ? dis-je, exaspérée.

— D'empoisonner mes chats, lâcha-t-elle. Oh, oui, je sais ce que vous essayez tous de faire – toutes vos astuces pour essayer de me saboter. Tout le monde sait que mes chats sont les plus beaux de l'exposition, et les gens ne reculeront devant rien pour m'empêcher de gagner.

Je la regardai fixement. Voilà donc à quoi ressemblait une folle aux chats.

Elle me désigna du doigt. Elle portait un étrange vernis à ongles lavande pâle qui donnait à ses mains un teint maladif.

— Une jeune femme comme vous, qui a recours à des méthodes aussi dégoûtantes et sournoises, vous devriez avoir honte !

— Bon, écoutez... dis-je, commençant à m'énerver.

Puis je m'interrompis. Ses mains étaient crispées et son visage était pâle, et je me rendis compte qu'il y avait une véritable peur dans ses yeux. Je ressentis un élan de compassion. Quelles que soient ses raisons, elle ne faisait pas exprès d'être désagréable. Cette femme était terrifiée.

J'adoucis ma voix.

— Je vous promets que je ne cherche pas à vous nuire. Je suis juste là pour présenter ma petite boule de poils... regardez, c'est elle. Elle s'appelle Muesli.

Je montrai du doigt Muesli dans sa cage.

La femme hésita, puis se détendit légèrement, bien que son regard soit toujours aussi anxieux. Elle rapprocha sa tête de la mienne.

— Vous devez m'aider, dit-elle d'un ton pressant. Personne ne semble me croire, mais c'est vrai.

— Qu'est-ce qui est vrai ? demandai-je, totalement confuse.

Elle réduisit sa voix à un chuchotement :

— On a essayé de me tuer. Quelqu'un veut ma peau.

Chapitre 2

Je fixai la femme en face de moi. Était-elle sérieuse ? Ou divaguait-elle totalement ?

— Euh... hum... vous êtes sûre ? dis-je enfin.

Elle eut un mouvement de recul et me jeta un regard noir.

— Évidemment ! Vous pensez que je plaisanterais sur un sujet pareil ?

— Eh bien, c'est juste que... pourquoi quelqu'un voudrait-il vous tuer ? demandai-je, impuissante. Ça semble incroyable.

— Donc vous ne me croyez pas non plus !

Elle se redressa de toute sa hauteur, frémissant d'indignation.

— Très bien ! Mais attendez voir… un de ces jours, on retrouva mon corps horriblement mutilé et vous regretterez d'avoir douté de moi !

Elle me lança un nouveau regard furieux, puis me tourna le dos et se mit à parler aux chats siamois d'une voix de bébé, ce à quoi ils répondirent par des miaulements et hurlements à vous faire saigner les oreilles.

Je restai la fixer un moment. *Sacrément bizarre.* Puis je poussai un soupir et me retournai vers ma propre table. Audrey Simmons, du comité des fêtes du village, était arrivée pendant que j'étais distraite par les chats siamois et discutait avec ma mère. J'avais rencontré Audrey une ou deux fois : c'était une femme agréable et discrète qui semblait perpétuellement se porter volontaire et courir partout pour tout le monde. Elle était la sœur du vicaire et vivait avec lui au presbytère ; en fait, c'était au récent mariage du vicaire que je l'avais rencontrée pour la première fois. Le vicaire avait la quarantaine et tout le monde s'attendait à ce qu'il reste un éternel célibataire. Ses fiançailles avaient été une surprise totale et avaient fourni aux personnes âgées de Meadowford des semaines – voire des mois – de ragots à se mettre sous la dent.

Ma mère me fit un geste pour que je les rejoigne.

—… et bien sûr, vous devez connaître ma fille, Gemma.

Audrey m'adressa un vague sourire.

— Oui, bien sûr, vous tenez le Little Stables

Tearoom. Je n'ai pas encore eu l'occasion d'y aller, mais j'entends beaucoup de gens en parler. Vos scones sont les meilleurs de l'Oxfordshire, il paraît !

Je rougis de plaisir.

— Merci. Vous pourrez en goûter sur place, j'en ai déposé plusieurs fournées au stand de thé.

— Ah oui, c'est vrai, fit Audrey. Mabel Cooke et ses amies s'occupent de ce stand. Et je peux vous dire qu'elles ne chôment pas ! J'espère qu'il en restera pour moi.

Elle jeta un coup d'œil à la table voisine avec les chats siamois, puis dit à voix basse :

— Au fait, Gemma, je vous ai vue parler à Theresa Bell. Ne vous inquiétez pas si elle... euh... profère des accusations. Elle peut avoir une... euh... imagination débordante.

Je souris.

— Merci. Je ne savais pas trop comment réagir... Elle semblait très... euh... « inquiète ». Ses craintes sont donc infondées ?

— Eh bien, il y a eu beaucoup d'agitation à la dernière exposition. Elle a prétendu que quelqu'un essayait d'empoisonner l'eau de ses chats...

Un grognement méprisant s'éleva de la table à notre droite. Je me rendis compte qu'il y avait une femme d'âge moyen bien en chair debout à côté de la cage vide avec le coussin blanc. Elle avait manifestement écouté notre conversation.

Audrey poussa une exclamation.

— Oh, quelle négligence de ma part ! Je ne vous

ai pas présenté ma très chère amie, Clare Eccleston.

Elle eut un petit rire.

— Ou devrais-je plutôt dire, dame Clare Eccleston.

— Dame Clare ? demanda ma mère. Pas la dame Clare qui est responsable des admissions au collège St Cecilia d'Oxford ? J'ai entendu mon mari en parler.

L'imposante femme se retourna pour nous faire face.

— C'est bien moi.

Elle avait une voix grave, presque virile, un long nez aristocratique et des yeux noirs perçants. Ses cheveux, gris acier, étaient également attachés en chignon, mais pas comme ceux de Theresa Bell. Non, c'était une coiffure sophistiquée, maintenue sur sa tête par un peigne en écaille. Elle était vêtue d'un chemisier en soie, avec un haut col à volants et une broche en camée au niveau de la gorge, et avait l'air d'un portrait victorien sévère.

Au fur et à mesure qu'elle s'avançait, je réalisai qu'il s'agissait d'une femme particulièrement imposante – pas seulement en termes de poids, mais aussi de présence. Une très grande dame en effet. J'imaginais très bien les chiens, peu importe leur taille et leur férocité, s'asseoir instantanément si elle disait « ASSIS » (et probablement quelques humains aussi !). À côté de sa présence dominatrice, Audrey Simmons s'effaçait telle une aquarelle insipide. Elle parlait d'une voix faible à présent, disant quelque chose à propos des chats que dame Clare présentait à l'exposition.

— Oh, où sont-ils ? demandai-je en essayant de lui témoigner de l'intérêt.

Je jetai un coup d'œil à la cage à côté de nous.

— Sont-ils sous ce gros coussin ?

Dame Clare me jeta un regard glacial.

— Ce *coussin*, comme vous l'appelez, est mon fabuleux persan, Champion Camilla Les diamants sont éternels.

Oups.

— Oh ! Désolée... bégayai-je. Je ne voyais pas de mouvement alors j'ai pensé...

Elle plongea la main dans la cage et en sortit un chat blanc et duveteux, au nez retroussé et à l'expression douce et placide. Elle se retourna et me regarda fixement.

— Les persans sont réputés pour leur comportement serein et digne. Ils ne se ridiculisent pas, ne courent pas partout, ne grimpent pas partout et ne miaulent pas sans cesse, contrairement à *certaines* races de chats que je pourrais citer.

Elle jeta un regard dédaigneux sur les chats siamois dans leur cage, en élevant légèrement la voix pour être sûre d'être entendue.

— Comment osez-vous ? s'écria Theresa. Sachez que les siamois descendent des félins royaux qui faisaient office de gardiens sacrés dans les anciens temples thaïlandais. Ce sont également les chats les plus loyaux, les plus affectueux et les plus intelligents qui soient – alors que tout le monde sait que les persans sont les chats les plus stupides du monde !

— Allons, allons, mesdames... dit précipitamment Audrey, s'interposant entre elles. Je suis sûre que chaque race est merveilleuse à sa manière. C'est pour ça que nous sommes ici aujourd'hui, pour célébrer la merveilleuse diversité du monde des chats.

Dame Clare ricana, puis reporta son attention vers notre cage. Elle regarda Muesli du bout de son long nez.

— Et qu'est-ce que c'est que *ça,* si je puis me permettre ?

Elle recula avec dégoût.

— Audrey, je n'arrive pas à croire que le comité laisse de la vermine participer à l'exposition !

Ma mère se hérissa.

— Muesli n'est pas de la vermine ! C'est une... chatte tigrée rare !

— Une chatte tigrée rare, mon œil !

Dame Clare éclata d'un rire aigu rappelant le hennissement d'un cheval.

— C'est un vulgaire chat de gouttière comme on en trouve partout ! Sans aucun pedigree ni aucune qualité !

Ma mère vira au rouge brique et cracha :

— Peut-être n'*êtes-vous* pas qualifiée pour reconnaître les vraies qualités quand vous les voyez, mais je suis sûre que le juge n'aura pas ce type de problèmes !

Audrey eut un rire nerveux et dit rapidement :

— Euhh... Clare, as-tu apporté quelque chose pour le stand de gâteaux et confitures ?

Elle brandit un panier en osier qui était suspendu à son bras. Il y avait divers pots de confiture et de conserves, ainsi que quelques assiettes de gâteaux et de brioches nichées au fond.

— Je récupère les dons des participants.

— Oh, oui ! Nous avons apporté des choses, dit une petite voix.

Je réalisai, surprise, qu'il y avait une jeune femme rondelette derrière dame Clare. Elle était si calme que je ne l'avais pas remarquée jusqu'à présent. À en juger par leur forte ressemblance physique, je devinai qu'il s'agissait de sa fille et mon intuition se trouva confirmée un instant plus tard lorsque la fille dit doucement :

— J'ai préparé le célèbre *Victoria sponge cake* de maman et des tartelettes à la confiture pour le stand. Je vais les sortir...

Elle se pencha sur un panier de pique-nique et en sortit l'emblème de la pâtisserie britannique : un magnifique *sponge cake* doré à deux couches, avec de la confiture de fraises maison et de la crème fouettée blanche comme neige entre les couches supérieure et inférieure, le tout recouvert de fraises fraîches coupées en tranches en guise de décoration avec un délicat saupoudrage de sucre glace sur le dessus. Les tartelettes à la confiture qui suivirent avaient l'air tout aussi délicieuses, leurs bords festonnés entourant un riche cœur de confiture rouge foncé rempli de morceaux de fruits dodus. Une odeur divine de pâtisseries bien beurrées flottait dans l'air.

— Oh mon Dieu… ça a l'air divin, Mary, dit Audrey en les regardant d'un œil appréciateur. Je suis sûre que les gens vont se les arracher au stand !

Elle rapprocha le panier en osier.

— Ce serait possible de placer le gâteau en équilibre sur ces pots ?

— Il y en a deux en fait, dit Mary en soulevant un deuxième *Victoria sponge cake.* Je pourrais peut-être les mettre l'un à côté de l'autre…

— Un seul, la coupa dame Clare. Nous n'en donnons qu'un seul.

Sa fille la regarda avec consternation.

— Oh, mais maman…

— Es-tu stupide, ma fille ? Je te l'ai dit avant de quitter la maison, le deuxième gâteau est pour nous. Aucun gâteau ici ne peut rivaliser avec les nôtres et je *ne* vais *certainement pas* aller au stand acheter une part de mon propre gâteau pour accompagner le thé.

— Mais maman, tu es sûre que c'est une bonne idée ? fit Mary d'un air anxieux. Souviens-toi… ton cœur… le Dr Foster a dit que tu ne devrais pas manger autant de choses riches et crémeuses…

— Balivernes ! dit dame Clare. Qu'en sait ce vieux fossile ? Je mangerai ce que j'aime et je prendrai plaisir à le faire.

— Clare… Mary a raison, dit faiblement Audrey. Ce n'est vraiment pas conseillé. Le Dr Foster a même dit que ce serait peut-être une bonne idée que tu perdes un peu de poids…

Elle s'interrompit lorsque son amie lui lança un regard noir.

— Je te demande pardon ?

Dame Clare se redressa et dit d'une voix forte :

— Les femmes de ma famille ont toujours été bien en chair. Il n'y a pas de honte à cela ! Et Mary poursuit la tradition : elle demande toujours la plus grande taille disponible, au moins du XL. Parfois, ils n'ont même pas de pantalons assez larges pour ses hanches !

Elle éclata de rire. Jetant un coup d'œil à sa fille, elle aboya :

— N'est-ce pas ?

Mary rougit jusqu'à la racine de ses cheveux et plusieurs personnes aux tables autour de nous se retournèrent pour la fixer.

— Je… je… je suppose que oui, maman, chuchota-t-elle.

Elle semblait avoir envie de disparaître.

J'étais de tout cœur avec elle. Aucune fille ne souhaitait que l'on discute de sa taille en public, surtout une fille aux formes généreuses comme Mary. Je n'arrivais pas à croire à quel point sa mère était insensible.

— En fait… fit dame Clare en indiquant un

Victoria sponge cake, décidant visiblement de n'en faire qu'à sa tête, je n'ai pas envie d'attendre l'*afternoon tea* pour en manger. Coupe-m'en une part, ordonna-t-elle.

Mary Eccleston se mordit la lèvre et il y eut une lueur dans ses yeux sombres. Pendant une fraction de seconde, la fille soumise fut remplacée par une jeune femme en colère, le visage rempli d'amertume et de ressentiment, puis elle cligna des yeux et l'impression disparut. J'en vins même à me demander si je ne l'avais pas imaginé.

Elle baissa la tête en signe de soumission.

— Oui, maman.

Elle jeta un regard gêné à Audrey.

— Je suis désolée, ajouta-t-elle à voix basse.

— Ce n'est pas grave, la rassura Audrey. Un gâteau pour le stand est déjà un don généreux. Je comprends très bien que ta mère veuille en garder un pour elle.

— Tu en veux une part aussi ? lui demanda Mary. Tu viens toujours prendre le thé avec nous l'après-midi de toute façon, tante Audrey...

— Bon, très bien.

Audrey eut un sourire coupable.

— Je ne devrais pas, mais je ne dirais pas non à une petite part. Je n'ai pas eu le temps de prendre un petit-déjeuner ce matin et je suis affamée !

Mary plaça soigneusement l'un des gâteaux dans le panier d'Audrey, puis se retourna vers l'autre. Elle faillit heurter Theresa Bell qui avait quitté sa table et regardait avidement le *Victoria sponge cake.*

— Oh ! Je suis désolée... fit Mary en hésitant.

Puis elle ajouta :

— Un peu de gâteau, Theresa ?

La femme plus âgée renifla et haussa une épaule.

— Non, merci. Il ne vaut mieux pas.

— Elle a probablement peur qu'il y ait du poison dedans ! s'esclaffa dame Clare.

Theresa lui jeta un regard noir.

— Il n'y a pas de quoi rire ! Je suis harcelée de la manière la plus épouvantable qui soit.

— Quelle absurdité ! dit dame Clare avec mépris.

— Ce ne sont pas des bêtises ! s'écria Thérèse, tremblante de colère et d'indignation. Je sais que quelqu'un en a après moi ! Je sais que quelqu'un a essayé d'empoisonner mes pauvres Moo-Goo et Yum-Yum ! Et... je sais que ça devait être vous ! cracha-t-elle soudain en plissant les yeux. *Vous* étiez la seule personne assez proche de moi à la dernière exposition. Je sais que vous seriez prête à tout pour empêcher mes chats de gagner !

Audrey chercha désespérément un moyen de les distraire. J'eus pitié d'elle et j'intervins. :

— Ce *Victoria sponge cake* a l'air absolument délicieux, dis-je à Mary Eccleston. Nous en proposons dans mon salon de thé et il rencontre toujours un franc succès, même si je dois dire que celui-ci a l'air beaucoup plus léger que le nôtre. Suivez-vous une recette particulière ?

La jeune fille parut reconnaissante de mon

interruption.

— Oui, c'est une recette qui se transmet dans ma famille depuis des générations. Voudriez-vous y goûter ? Et votre mère aussi ?

Je la regardai, agréablement surprise.

— Oh, merci. C'est très gentil. Oui, avec plaisir.

La tension s'apaisa légèrement et le calme revint lorsque Mary coupa les parts et les fit circuler. Audrey s'assit sur l'une des chaises en toile à côté de dame Clare et invita ma mère à s'asseoir à côté d'elle. Je m'appuyai contre la table et pris une grande bouchée du gâteau. Il était aussi délicieux qu'il en avait l'air : la génoise à la vanille était moelleuse, les fraises et la confiture étaient sucrées et succulentes, et la crème fouettée fraîche débordait sur les côtés du gâteau.

Par-dessus l'épaule de Mary, je pouvais voir Theresa Bell faire semblant de s'occuper de la cage de son chat, tout en nous regardant avec envie. Je me sentis désolée pour cette femme – elle mourait manifestement d'envie de goûter au gâteau, mais elle était trop têtue pour renoncer à son ridicule délire de persécution.

— C'est absolument délicieux, Mary, dis-je dit en léchant la confiture et la crème sur ma fourchette. Je pourrais bien vous supplier de me donner la recette.

La fille rougit de plaisir.

— Oh, bien sûr...

— La confiture de fraises maison fait toute la différence, n'est-ce pas ? dit Audrey, rayonnante. Je sais qu'on peut faire pousser des fraises dans des serres, mais vraiment, je ne sais pas comment...

— Il te faut Joseph, dit dame Clare. Je te l'ai dit maintes et maintes fois, Audrey ; tu dois demander à Joseph de venir refaire les jardins du presbytère.

— Oh, je ne suis pas sûre qu'ils demandent autant de travail, protesta gentiment Audrey. Il suffirait de reprendre les bordures...

— Les jardins ont besoin d'être refaits. Complètement, déclara dame Clare. Appelle Joseph lundi et fais-le venir au presbytère. Et dis-lui que je veux que les bordures soient refaites comme celles d'Eccleston House.

— Je... commença à protester Audrey, puis elle soupira. Je suppose que tu as raison, Clare.

Elle se leva à la hâte et posa son assiette vide.

— Bien, je ferais mieux d'y aller et d'apporter tout ça au stand de gâteaux.

— Je vous accompagne, dis-je impulsivement en léchant les derniers restes de crème sur ma fourchette. J'ai bien envie de sortir de là et d'aller boire un verre.

Laissant ma mère finir son gâteau à côté de dame Clare et espérant qu'elles puissent rester civilisées, je suivis Audrey hors du pavillon. Il faisait chaud et on étouffait à l'intérieur, et je respirai avec reconnaissance l'air plus frais de l'extérieur. Je laissai Audrey presser le pas tandis que je prenais un chemin plus long vers la tente des rafraîchissements, profitant du spectacle de la fête.

J'eus l'impression de remonter le temps : il y avait toujours le château gonflable rempli d'enfants qui hurlaient, le jeu des cerceaux et des bassines remplies d'eau invitant à attraper des pommes avec la bouche ; il y avait le stand de produits tricotés à la main et les bibelots anciens, le concours du plus gros légume ou visant à deviner le poids d'un panier garni, les poneys Shetland hirsutes qui faisaient des promenades autour du parc, les guirlandes de drapeaux britanniques – des Union Jacks miniatures – suspendues aux stands et flottant au vent… et surtout, il y avait toujours ce merveilleux sentiment de camaraderie, d'une communauté locale se réunissant pour s'amuser et collecter des fonds pour le village. (Cette année, ils espéraient réunir assez d'argent pour rénover la bibliothèque de l'école.) Partout où je regardais, je voyais des voisins échanger des potins juteux et des touristes photographier avidement cette tranche de vie de la campagne anglaise.

Au détour d'un virage, j'aperçus ma meilleure amie debout derrière un stand présentant plusieurs de ses peintures. Cassie était une artiste brillante, mais malheureusement, comme la plupart des artistes, elle avait découvert que le talent seul ne suffisait pas à payer les factures – elle travaillait donc dans mon salon de thé la plupart du temps et peignait à côté. Néanmoins, c'était vraiment agréable de la voir dans son élément, partageant son travail avec le public. Elle rayonnait tandis qu'elle emballait une toile pour un jeune couple avec une poussette. Je croisai son regard et la saluai sans m'arrêter.

Un peu plus loin se trouvait le stand de thé – stand crucial d'une fête de village traditionnelle – qui vendait du thé chaud et des scones tout juste sortis du four, accompagnés d'une bonne quantité de confiture et de *clotted cream.* Quatre petites vieilles se tenaient derrière la table, s'affairant à prendre les commandes et à servir une longue file de personnes. Cassie et moi les appelions (secrètement) les « vieilles chouettes », et elles étaient exactement le genre de vieilles tantes autoritaires, indiscrètes et fouineuses que tout le monde redoutait d'avoir… mais je devais admettre que j'avais appris à les apprécier. En fait, je pensais à Mabel Cooke et à ses amies, Glenda, Florence et Ethel, plus souvent avec affection qu'avec irritation à présent.

Cependant, les vieilles chouettes étaient supportables à petites doses et je décidai donc d'éviter leur stand. Je m'approchais d'un stand de livres d'occasion et me demandais si j'avais le temps de m'arrêter et de jeter un coup d'œil rapide lorsqu'un bras puissant s'enroula autour de ma taille et me rapprocha d'un corps masculin robuste.

Je poussai un cri de surprise, puis je ris lorsqu'une voix de baryton me dit à l'oreille :

— Je pense que je vais devoir vous arrêter, Miss Rose, pour comportement suspect.

Chapitre 3

Je me retournai et tombai nez à nez avec Devlin O'Connor. Je sentis mon cœur faire un petit bond, comme à chaque fois que je le voyais. Il avait un look très différent de son personnage habituel d'inspecteur : au lieu d'un costume classique, il portait un jean délavé et un T-shirt Henley gris pâle qui épousait les contours musclés de sa poitrine et de ses épaules. Ses cheveux noirs étaient légèrement ébouriffés par la brise et il y avait une ombre de barbe sombre le long de sa mâchoire. Il était beau ainsi décontracté, et incroyablement sexy.

— Qu'est-ce que tu fais là ? dis-je.

— On a eu un tuyau. Il semblerait que le gang à l'origine des récents vols de type « agri-crime » puisse essayer de sévir durant la fête.

Il inclina la tête vers l'autre côté du parc du village.

— Il y a une exposition de quads, de tracteurs et d'autres équipements agricoles là-bas, à côté des promenades en poney. C'est une cible probable, donc je suis là pour ouvrir l'œil. J'ai une équipe sur place aussi, en civil, et si le gang frappe, nous serons prêts. Si c'est l'œuvre du crime organisé, réussir à leur mettre la main dessus serait un gros coup.

Je jetai un coup d'œil à la foule qui nous entourait.

— Aucun signe de voleurs potentiels jusqu'à présent ?

Devlin grimaça

— Pas même un soupçon de pickpocket. Mais tant mieux, ajouta-t-il rapidement. C'est exactement comme ça qu'une fête de village devrait être : joyeuse, sûre et paisible.

Il sourit.

— Et ça me donne l'occasion de passer un peu de temps avec ma petite amie.

Il m'attira à lui et déposa un baiser sur mes lèvres.

— Devlin ! m'écriai-je, regardant rapidement autour de moi et étouffant un fou rire. Arrête ! Tout le monde va nous voir !

— Et alors ? Ce n'est pas comme si nous n'étions pas déjà le sujet de conversation préféré du village. Je suis sûr que tout le monde fait des commérages sur nous en permanence de toute façon. Tu sais que

Susan Bromley m'a demandé l'autre jour si nous allions donner à notre fils le nom de ton père ou du mien ?

— Elle n'a pas fait ça ? manquai-je de m'étrangler.

— Si, dit Devlin, ses yeux bleus brillants d'une lueur amusée. Et Mrs Sutton à la poste a demandé quand on prévoyait d'emménager ensemble.

J'émis un bruit exaspéré.

— Ce ne sont vraiment pas leurs affaires ! Pourquoi les gens sont-ils si curieux dans le village ?

— Alors, pourquoi ne pas leur donner quelque chose dont ils pourront *vraiment* parler ? dit Devlin avec un sourire malicieux en me tirant à nouveau vers lui.

Je secouai la tête et le repoussai doucement.

— Désolée, je dois retourner à l'exposition féline. L'évaluation va commencer d'une minute à l'autre. Je suis seulement sortie pour prendre un verre.

Il parut amusé.

— L'exposition féline ?

Je levai les yeux au ciel.

— Ne me pose pas de questions. Je t'expliquerai plus tard.

Je me hissai sur la pointe des pieds pour déposer un baiser sur sa joue.

— Je viendrai te chercher quand on aura fini.

En me dépêchant de retourner au pavillon quelques minutes plus tard, portant avec moult précautions deux verres remplis de limonade maison, j'espérais désespérément que l'évaluation n'avait pas commencé. La file d'attente pour les boissons avait été interminable et je m'étais absentée beaucoup plus longtemps que prévu. En me baissant pour entrer dans le pavillon, je faillis percuter un homme grand et mince qui en sortait.

— *Aïe !*

Je faillis tomber à la renverse et vidai le contenu d'un verre de limonade, manquant de peu ma robe. Je parvins à sauver l'autre, non sans en perdre une grande partie.

— Je vous demande pardon... dit l'homme, d'un ton irrité qui démentait complètement ses excuses.

Il bougea sur la droite en même temps que moi, chacun bloquant l'autre.

— Excusez-moi !

— Désolée !

Il produisit un autre son irrité, attrapa mon bras pour me maintenir en place et me contourna, se hâtant de partir sans se retourner. Je lui jetai un regard noir tandis qu'il s'en allait. D'accord, il était peut-être pressé, mais il n'avait pas besoin de me malmener comme ça !

Poussant un soupir irrité, je me précipitai dans le pavillon, redescendant les rangées vers notre table. Je fus soulagée de constater que l'évaluation ne semblait pas encore avoir commencé, mais l'excitation avait atteint son paroxysme et partout où je regardais, l'intérieur bourdonnait d'activité : les propriétaires s'empressaient de brosser les pelages, de mettre en valeur les queues, d'appliquer des poudres.

Mon Dieu, ils prennent vraiment ça au sérieux, pensai-je en passant devant des cages où les propriétaires s'entraînaient à tenir leurs chats en l'air pour que le juge puisse les examiner. La tension dans l'air était palpable. Quand je revins à notre table, je constatai que même la grande dame Clare semblait agitée. Son *Victoria sponge cake* bien-aimé était de l'histoire ancienne : une assiette à moitié vide trônait à côté de la cage du chat, tandis qu'elle donnait un dernier coup de brosse à Camilla et que sa fille s'agitait anxieusement autour d'elle.

Ma mère, cependant, avait l'air sereine et confiante à notre table. Je m'émerveillai de son calme, et je repensai avec inquiétude à l'inéligibilité de Muesli pour une telle exposition. Il n'y avait aucune chance que cela échappe à l'attention du juge. J'espérais qu'il ne serait pas trop dur. Peu importait à quel point je la trouvais exaspérante, je détestais l'idée que ma mère soit humiliée devant tout le monde.

L'évaluation commença et j'observai anxieusement comme tout le monde la progression du juge alors qu'il avançait lentement le long de chaque rangée de tables. Le pavillon semblait encore plus chaud et étouffant à présent, et je me sentais transpirer dans ma robe de laine.

— Il vient par ici !

— Il est là !

— Il arrive !

Les murmures parcoururent le pavillon et je me redressai précipitamment en voyant un petit homme chauve commencer à se frayer un chemin dans notre rangée. Les propriétaires l'observaient, tendus, tandis qu'il s'arrêtait près de chaque table pour examiner le chat, le soulever, regarder sa tête pour évaluer son expression. Ses mains se déplaçaient habilement sur le corps de chaque animal, tâtant les épaules, la colonne vertébrale, les hanches, glissant sur la longueur de la queue, vérifiant la ligne de la mâchoire. Rien n'échappait à son œil expert et j'avalais nerveusement en pensant à son regard critique sur Muesli, avec sa queue un peu trop longue et ses pattes blanches dépareillées. Ses défauts seraient encore plus flagrants une fois que le juge aurait vu tous ces beaux spécimens de race.

Il se rapprochait – il n'était plus qu'à deux cages de nous – et je sentis mon cœur battre la chamade dans ma poitrine. *C'est ridicule*, me dis-je. *Je n'étais pas aussi nerveuse quand je passais mes examens de fin d'année à Oxford !* Ce n'était qu'une stupide exposition féline. Qui se souciait de ce que pensait un petit homme ? Cela ne signifiait pas que Muesli était une chatte moins belle que les autres félins de l'exposition, juste parce qu'elle n'avait pas reçu de ruban bleu.

Pourtant, j'avais du mal à garder mon calme. Et en regardant autour de moi, je pouvais voir que je n'étais pas la seule. En fait, même dame Clare, une habituée des expositions félines semblait rouge et mal à l'aise, des perles de sueur nimbant son front. Elle tira sur le col haut de son chemisier victorien et je vis qu'elle avait du mal à respirer. Je jetai un coup d'œil à ma mère et m'émerveillai à nouveau de sa sérénité. Elle n'avait pas l'air de s'inquiéter, ses mains tenaient délicatement Muesli, sa tête était inclinée vers l'arrière avec grâce et un sourire sur ses lèvres. Si l'on pouvait avoir des notes pour l'équilibre et l'élégance, ma mère aurait déjà gagné le concours.

Le juge s'arrêta à la table juste avant le siamois, où un grand ragdoll était assis placidement, attendant d'être examiné. Mais alors qu'il s'avançait pour prendre le chat, un cri de détresse déchira soudain l'air.

— Il n'est plus là ! Il n'est plus là ! Quelqu'un me l'a volé !

Theresa Bell reculait en s'éloignant de sa propre cage, serrant frénétiquement son cou. Elle passa devant notre table, paniquée, et trébucha, s'écrasant contre dame Clare derrière nous.

— Aaaaaaah ! cria-t-elle, alors que les deux femmes tombaient par terre.

Tout le monde se retourna pour les regarder et plusieurs personnes s'avancèrent pour les aider. Le juge fut le plus rapide et il se pencha galamment pour aider Theresa à se relever. Mais alors qu'il faisait de même avec dame Clare, il se raidit soudain et se figea.

Il y eut un hoquet de stupeur.

— Maman ? s'écria Mary, se laissant tomber près

de la forme inerte de sa mère. Maman ? Est-ce que ça va ?

D'autres personnes se précipitèrent et une foule entoura la femme au sol. Des cris de panique résonnèrent. Les gens criaient qu'on appelle un médecin, une ambulance, que quelqu'un entame un massage cardiaque... et à travers tout cela, on pouvait entendre la voix essoufflée de Mary qui pleurait :

— Maman ? Maman ! Parle-moi !

Puis soudain, au milieu du chaos, une voix profonde que je connaissais se fit entendre. C'était Devlin. Il entra dans le pavillon, sa voix calme et autoritaire dominant la panique, demandant à la foule de reculer, ordonnant à quelqu'un d'appeler une ambulance. Puis il s'agenouilla à côté de dame Clare. Je le vis mettre une main sur son cou pour tâter son pouls. Il y eut une pause, puis il resta accroupi et leva les yeux vers nous.

Le silence envahit le pavillon. Il n'eut pas besoin de le dire. Nous le savions tous. Elle était morte.

Chapitre 4

— Non… dit faiblement Mary.

Elle semblait incapable de bouger.

En fait, nous étions tous paralysés. Je n'arrivais pas à le croire. Cela semblait anormal… que la mort s'invite ici, au milieu d'une joyeuse fête de village, avec des gens qui riaient et se goinfraient et des enfants qui jouaient sur des châteaux gonflables et montaient des poneys miniatures…

Morte ?

Tout le monde regagna progressivement sa table dans un silence stupéfait. Des murmures s'élevèrent dans le pavillon. Il n'était pas question que l'exposition féline suive son cours. Le hurlement strident d'une sirène se fit entendre faiblement au loin et, quelques minutes plus tard, l'ambulance arriva. Les gens s'agglutinèrent, pointant du doigt et chuchotant tandis que les ambulanciers se précipitaient, portant un brancard, suivis du Dr Foster, le médecin généraliste du village, qu'on avait fait venir pour s'occuper de sa patiente de longue date.

— Mon Dieu… Mon Dieu… fit le vieux médecin, se tenant à l'écart et secouant la tête pendant que les ambulanciers transféraient le corps sans vie de dame Clare sur la civière.

Son visage ridé et triste ressemblait à celui d'un vieux chien de chasse.

— Je l'avais pourtant prévenue des risques de crise cardiaque.

— Donc vous estimez que c'est la cause de la mort, docteur ? demanda Devlin, debout à côté de lui.

Le médecin hocha la tête et émit un bruit désapprobateur.

— C'est très triste, bien entendu, mais comme je le dis toujours à mes patients : le corps ne peut pas tenir éternellement. Et dans son cas, avec ses problèmes cardiaques, son régime alimentaire et son excès de poids…

Il secoua à nouveau la tête.

— Était-elle sous traitement pour son problème cardiaque ? demanda Devlin.

— Oui, maman prenait des pilules pour son angine de poitrine… dit une voix chevrotante à côté de nous.

Je me tournai vers elle. C'était Mary Eccleston, appuyée contre la table, une couverture autour des épaules. Elle était pâle et secouée, mais ne pleurait pas. À côté d'elle, Audrey Simmons lui frottait le bras avec des bruits se voulant réconfortants.

La fille réprima un sanglot.

— Nous... nous en avions toujours sur nous. Le docteur Foster disait que maman devait en prendre quand elle sentait la douleur arriver...

Devlin jeta un coup d'œil vers le médecin pour obtenir sa confirmation et le vieux généraliste hocha la tête.

— Oui, c'est exact - des comprimés sublinguaux de trinitrate de glycéryle. Je les lui ai prescrits il y a seulement quelques semaines. Elle se plaignait d'une sensation d'oppression dans la poitrine et d'une douleur irradiant dans les bras de temps à autre - les symptômes classiques de l'angine de poitrine. C'est très fréquent, notamment en période de stress. Les comprimés aident à soulager les symptômes très rapidement, mais bien sûr, ils ne pouvaient pas guérir son problème cardiaque. Elle devait vraiment faire un régime pour perdre du poids. Je lui ai donné des conseils stricts, en particulier éviter les pâtisseries et les desserts trop gras, sucrés ou riches en beurre...

Il soupira et dit à Mary :

— Je suis vraiment désolé, très chère. Je sais que cela doit être un choc horrible pour vous.

Mary avait l'air bouleversée.

— Maman a mangé du *Victoria sponge cake*... Je sais que vous avez dit de ne pas la laisser manger de sucreries, docteur, mais Maman aimait beaucoup les gâteaux et je... je n'ai pas pu l'en empêcher...

Ses yeux s'élargirent avec une horreur soudaine.

— Oh, vous pensez que c'est le gâteau qui a causé sa crise cardiaque ?

— Non, non, très chère, ne vous inquiétez pas pour ça, dit rapidement le vieux médecin en lui tapotant la main. C'était l'aboutissement de plusieurs choses – son taux de cholestérol élevé, son poids, son mode de vie sédentaire et son alimentation trop riche et trop sucrée... Ce sont tous des facteurs de risques de crise cardiaque.

La fille parut moins horrifiée. Audrey posa une main douce sur son bras et la ramena vers la table, où une tasse de thé chaud et sucré l'attendait.

Devlin se retourna vers le médecin généraliste et demanda :

— Et vous êtes sûr, docteur, que la crise cardiaque est *bien* la cause du décès ? Nous avons normalement besoin d'une autopsie pour certifier une mort naturelle, à moins que le médecin de la personne...

Le Dr Foster se hérissa.

— Vous doutez de mon diagnostic, jeune homme ? Naturellement, je serais heureux de signer le certificat de décès ! Oui, dame Clare est morte d'une crise cardiaque – elle présentait tous les facteurs de risque et les symptômes classiques. Et vous pouvez voir que la pauvre dame devait se sentir mal et qu'elle était sur le point de prendre des médicaments...

Il indiqua la main tendue de la femme qui gisait effondrée mollement sur le côté de la civière.

Devlin s'avança et déplia soigneusement les doigts de la morte. Dans sa main droite, elle tenait une petite pilule blanche. Malgré l'aversion que j'avais pour elle, je ressentis un élan de pitié pour Clare Eccleston. Peut-être que si elle avait pris ses comprimés contre l'angine de poitrine à temps, elle aurait pu éviter la crise cardiaque. Devlin dut lire dans mes pensées, car il posa la même question au médecin.

— Peut-être, répondit le Dr Foster en haussant les épaules. Les crises cardiaques peuvent être des choses imprévisibles. Il ne s'agit pas d'une attaque, en soi, comprenez bien – c'est juste un terme profane utilisé par le grand public. Il s'agit soit d'un arrêt cardiaque causé par une arythmie soudaine, soit d'un infarctus du myocarde causé par un caillot dans l'artère coronaire. Le résultat final est le même : le cœur s'arrête soudain de battre.

— Est-ce que ça a été provoqué par quelque chose en particulier, selon vous ? demanda Devlin.

— Le stress est un déclencheur très probable, déclara le Dr Foster. Le stress de l'exposition... et il y a eu aussi le choc d'un traumatisme physique soudain dans le cas présent, me semble-t-il ?

Je vis les yeux de Devlin se tourner vers Theresa, interrogée par un agent de police à quelques mètres de là.

— Oui, malheureusement il y a eu une... une sorte d'accident et une autre concurrente est entrée en collision avec la victime et l'a fait tomber. L'autre dame pensait que quelqu'un avait volé son collier – alors qu'en fait le fermoir s'était cassé et le collier était simplement tombé par terre.

— Oui, *hmm...*

La moustache du vieux médecin frémit pensivement.

— Eh bien, c'est exactement le genre de choc soudain qui pourrait être trop dur à supporter pour un cœur affaibli. Bien sûr, si dame Clare avait écouté mes conseils concernant son poids et son régime, son cœur n'aurait peut-être pas été aussi vulnérable...

— Aaah... oui, docteur, merci beaucoup pour votre aide, dit rapidement Devlin.

Il indiqua le jeune homme à côté de lui qui griffonnait des notes sur un bloc-notes.

— Si vous pouviez suivre mon agent ici présent et vous occuper du certificat de décès...

On emmena le vieux médecin, et Devlin poussa un soupir, puis jeta un coup d'œil autour de lui. Son visage s'éclaira lorsque nos regards se croisèrent et il fit un pas vers moi, mais avant qu'il ne puisse parler, nous fûmes interrompus par un cri provenant de l'entrée du pavillon. Un agent arriva en courant, essoufflé.

— Inspecteur ! Venez vite !

— Que se passe-t-il ? demanda Devlin, se

précipitant vers lui.

— Les quads ! Ils ont été volés ! Deux de nos gars sont partis à leur recherche, et nous pourrons peut-être les arrêter si nous faisons le tour de l'autre côté du village.

Devlin jura sous cape et se mit à courir derrière l'agent tandis qu'ils se lançaient tous deux à leur poursuite. Un grand brouhaha s'éleva dans le pavillon après leur départ, les gens discutant avec enthousiasme du nouveau drame. Je vis les membres du comité se regrouper, consternés. Leurs pensées se lisaient sur leurs visages : comme si une mort tragique des suites d'une crise cardiaque n'était pas assez grave, maintenant la police se lançait après une bande de criminels organisés ! La fête du village tournait à la catastrophe.

— Je n'arrive pas à croire que la police ait complètement ignoré mes problèmes ! se lamenta une voix affligée à côté de moi.

Je me retournai et vis Theresa Bell au niveau de mon coude.

— J'aurais pu être la victime d'un horrible vol ! La police devrait se concentrer sur ça au lieu de poser des questions sur dame Clare. Cette femme accapare toujours toute l'attention ! Pour l'amour de Dieu, elle a fait une crise cardiaque ! Quel est le problème ? Des gens ont des crises cardiaques tous les jours ! Ce n'est pas comme si…

— Oh, chut ! dis-je en jetant un coup d'œil à Mary Eccleston qui était appuyée contre la table à côté de nous, ses bras enroulés autour d'elle comme si elle avait froid.

Elle était seule – Audrey Simmons devait être partie rejoindre le reste du comité des fêtes du village – et la pauvre fille avait l'air complètement perdue. Laissant Theresa Bell qui bafouillait encore derrière moi, je m'approchai de Mary et lui touchai doucement le bras. Elle eut un violent sursaut et se tourna vers moi, les yeux écarquillés et effrayés.

— Est-ce que ça va ? demandai-je gentiment.

— Je... euh... oui...

Elle regarda misérablement les ambulanciers.

— Je devrais aller avec maman... ?

— Je ne pense pas que vous en ayez besoin, ils vont juste l'emmener à la morgue de l'hôpital. Je suis sûre que vous pourrez... hum... lui rendre visite plus tard.

— J'aimerais rentrer à la maison, dit-elle d'une petite voix.

Elle jeta un coup d'œil au persan blanc dans la cage.

— Je suis sûre que Camilla aimerait aussi rentrer.

— Oui, bien sûr, dis-je de manière apaisante. Avez-vous un proche que vous pourriez appeler ? Est-ce que votre père... ?

— Papa est décédé il y a plusieurs années.

— Oh, je vois. Alors... d'autres parents ?

— Il y a tante Audrey... Ce n'est pas vraiment ma tante, mais je l'appelle comme ça. Elle était à l'école avec maman.

Elle jeta un regard hésitant à travers le pavillon.

— Mais elle semble occupée.

C’était un euphémisme. En tant que membre du comité des fêtes du village, et plus particulièrement en tant que responsable de l’exposition féline, Audrey avait fort à faire pour gérer les conséquences de ce qui s’était passé. Je la voyais se hâter entre les tables, essayant de calmer tout le monde et de répondre à toutes les personnes qui réclamaient son attention.

— Y a-t-il quelqu’un d’autre ? demandai-je.

Mary secoua lentement la tête.

— Pas vraiment… Je suis fille unique et maman n’aimait pas la plupart de nos proches, alors nous n’étions pas en bons termes avec eux… Je… Je suppose que la professeure Ashton du collège pourrait venir… C’est la directrice et je la connais assez bien. Je travaille dans les bureaux du collège, vous voyez… hésita-t-elle. Mais c’est le week-end et je ne suis pas tout à fait sûre…

— Vous voudriez que je vous conduise chez vous ? Je serais ravie de le faire.

Je lui souris.

Elle me regarda avec gratitude.

— Merci. C’est… C’est très gentil à vous.

J’informai ma mère de mon départ et je quittai le pavillon quelques minutes plus tard avec Mary. Elle me montra sa voiture et je l’aidai à charger Camilla et tout l’attirail pour l’exposition à l’arrière, puis je pris le volant. Un homme arriva en courant juste au moment où nous allions partir.

— Mary ! Mary ! Je viens d'apprendre ce qui s'est passé...

Il s'arrêta, haletant, à côté de la voiture.

Mary baissa la vitre côté passager et, alors qu'il se penchait pour regarder à l'intérieur, je réalisai soudain que je l'avais déjà vu auparavant. C'était le grand homme aux épaules voûtées que j'avais failli percuter un peu plus tôt lorsque je portais la limonade et que je retournais au pavillon.

— Oh, Edwin... Maman a eu une crise cardiaque ! dit Mary la voix tremblante.

— Oui, j'ai appris la nouvelle. Je suis terriblement désolé, dit-il.

Il fit un geste maladroit, comme s'il allait lui prendre la main, puis s'arrêta.

— Tu aurais dû venir me voir immédiatement, Mary. Tu sais que j'aurais pris soin de toi. Je te ramène à Eccleston House, d'accord ? Je peux rester avec toi si tu veux.

— Oh, je...

Mary semblait confuse et incertaine.

— Je... Je ne sais pas... Gemma me ramène à la maison.

Elle me regarda, impuissante, comme si elle espérait que je réponde à sa place. Ses yeux étaient légèrement vitreux et je voyais bien que c'en était trop pour elle.

J'hésitai, ne sachant pas si je devais intervenir. D'après le ton et les manières familières de l'homme, je me dis qu'il s'agissait sûrement d'un ami de la famille – probablement de Clare Eccleston ou du défunt père de Mary, étant donné son âge. Peut-être se voyait-il comme l'oncle de Mary ? D'un autre côté, je n'aimais pas ses manières péremptoires.

Je pris une décision.

— Je pense que Mary a besoin d'un peu de temps seule, dis-je fermement. Vous pourrez peut-être l'appeler plus tard ce soir ou demain matin ?

L'homme pinça les lèvres et parut légèrement agacé.

— Eh bien, si tu es sûre, Mary…

— Oui, merci, Edwin… Gemma a raison… Je… je veux juste rentrer chez moi maintenant et me reposer un peu…

Nous le laissâmes là, planté à l'extrémité du parc du village, nous regardant partir. Mary resta plongée dans un état d'hébétude totale pendant la majeure partie du trajet, ne prenant la parole que pour donner des indications, et je n'insistai pas pour lui faire la conversation. J'avais l'impression que le choc commençait à la rattraper et qu'elle avait du mal à encaisser. Je jetai un coup d'œil à ses mains, serrées si fort sur ses genoux que ses jointures étaient blanches, et je remarquai que son visage était pâle et tendu tandis qu'elle fixait le pare-brise.

Il aurait probablement été utile qu'elle puisse éclater en sanglots et pleurer un bon coup, mais j'étais sûre que Mary avait été élevée dans l'idéal anglais démodé de « toujours garder la tête haute » :

ne jamais montrer ses émotions, même si l'on était bouleversé. Oh, ce n'était plus la ligne officielle ; les Anglais modernes (et les Anglaises) étaient encouragés à pleurer et à s'emporter en public autant qu'ils le voulaient – et ils le faisaient souvent avec un abandon éhonté à en croire les émissions de télé-réalité –, mais j'étais sûre que pour une traditionaliste comme dame Clare, se laisser aller à de tels excès d'émotion aurait encore été considéré comme faible et « vulgaire », et sa fille avait dû être élevée avec de telles normes à l'esprit.

Nous nous engageâmes enfin dans la large allée sinueuse d'un grand manoir de campagne – une imposante résidence géorgienne située dans ses propres jardins à la française. Je regardai autour de moi avec une admiration muette en sortant et en aidant Mary à décharger la voiture, et mon admiration s'accrut lorsque nous franchîmes la porte d'entrée et que nous pénétrâmes dans un imposant hall au sol en marbre à damier noir et blanc. Un escalier majestueux descendait d'un côté du hall et un élégant lustre était suspendu au haut plafond.

Trois chats persans accoururent à notre rencontre et tournèrent autour de nos jambes en ronronnant doucement.

— Bonjour Tabitha, Chloe, Lancelot... dit Mary distraitement.

Elle ouvrit la cage du chat et laissa Camilla rejoindre ses amis. Puis elle me conduisit dans une antichambre à droite du hall.

— Maman aime...

Mary s'interrompit, puis déglutit et continua :

— Je veux dire, elle aimait conserver toutes les choses pour l'exposition féline ici.

Je jetai un coup d'œil à la grande pièce remplie de fournitures et d'équipements pour félins. Des rangées et des rangées de rubans désignant le meilleur chat de l'exposition ou la meilleure race, et de rosettes étaient accrochées aux murs, ainsi que des photos encadrées de chats persans de différentes couleurs.

— Y a-t-il un endroit particulier où vous voulez que je pose les affaires ?

— Hum...

Mary regarda vaguement la pièce.

— Les... les couvertures doivent aller là-bas, sauf si elles doivent être lavées, bien sûr, et les brosses de toilettage sur cette étagère... et les bols – s'ils sont propres – vont dans cette armoire, mais s'ils sont sales, nous les laissons sur ce banc en bois près de la porte... et je les emporte à la cuisine plus tard... oh, c'est ici qu'elles étaient...

Elle regarda d'un air absent l'extrémité du banc où se trouvait un tas de fourchettes de pique-nique.

— Je les cherchais à l'exposition. J'ai dû oublier de les prendre ce matin... J'étais tellement pressée, je savais que j'allais oublier quelque chose et maman m'a dit de demander à Joseph de m'aider, sauf qu'il n'a pas vraiment été d'une grande aide... et oh, les bacs à litière – je dois les laver aussi. Maman disait toujours qu'il suffisait d'enlever la litière sale et d'en rajouter, mais je pense qu'il vaut mieux laver les choses à fond ; on ne sait jamais avec les bacs à litière, j'ai toujours l'impression qu'ils sont si *sales*, vous savez, même si je sais qu'ils ne le sont pas vraiment et que je me lave toujours les mains après les avoir manipulés...

— Hé, hé... dis-je doucement en attrapant le bras de Mary.

Ses yeux étaient légèrement hagards et elle gesticulait frénétiquement. Je lui parlai lentement et doucement, comme si je calmais un cheval effrayé :

— Tout va bien, Mary. Tout va bien se passer.

Elle s'arrêta et prit une profonde inspiration en frissonnant.

— Nous... nous devons tout remettre en place correctement... c'est comme ça que maman voulait que ce soit, insista-t-elle.

— D'accord, dis-je de manière apaisante. On va faire ça. Dites-moi juste où mettre les choses et on le fera ensemble, d'accord ?

Je l'aidai à déballer et à remettre la plupart des objets à leur place. Lorsque nous eûmes terminé, je trouvai que Mary avait meilleure mine – l'activité semblait lui avoir fait du bien. Ses yeux avaient perdu ce regard sauvage et elle semblait avoir retrouvé son calme.

— Vous devrez contacter le notaire de la famille, lui rappelai-je gentiment alors que nous quittions l'antichambre pour retourner dans le hall d'entrée.

Mais demain, c'est dimanche, alors peut-être lundi matin ?

Mary avait l'air légèrement incertaine.

— Je ne suis jamais allée voir l'avocat sans maman.

— Et Audrey ? Pourrait-elle vous accompagner ?

— Oui, oui, vous avez raison, fit Mary en me regardant avec soulagement. Oui, tante Audrey a dit qu'elle m'aiderait pour tout ce dont j'ai besoin. Elle doit passer ce soir, je crois...

Elle se lécha les lèvres.

— Hum... Voudriez-vous une tasse de thé ?

— Non, merci. Je suis sûre que vous aimeriez avoir un peu de temps pour vous maintenant, dis-je, pensant que la dernière chose que la fille souhaitait était d'avoir à s'asseoir et à faire une conversation polie.

Cependant, à ma grande surprise, au lieu d'avoir l'air soulagée, le visage de Mary se défit et ses yeux se remplirent de panique.

— Qu'y a-t-il, Mary ? demandai-je. Quelque chose ne va pas ?

— Je... je ne sais pas quoi faire ! s'écria-t-elle soudain.

— Comment ça ? dis-je, surprise.

Elle fit un geste d'impuissance.

— Je ne sais pas quoi faire maintenant.

— Que faites-vous en général quand vous revenez d'une exposition ?

— Eh bien, je vais chercher les pantoufles de

maman et je lui masse les pieds – parce qu'ils sont très douloureux, vous comprenez –, puis je fais du thé. Maman aime – aimait – prendre le thé dans le salon de devant. Et ensuite, je dois parfois m'occuper du dîner. Riza s'occupe de la cuisine en général, mais je l'aide et je peux préparer des plats simples. Quoi qu'il en soit, généralement, en revenant d'une exposition, maman aime manger de la viande froide, avec du pain et des fromages, pour le dîner. Et puis... et puis je fais couler son bain et je prépare son lit et je m'assure que ses bouillottes sont prêtes...

Elle regarda autour d'elle, l'air désespérée.

— Mais maintenant... mais maintenant maman n'est plus là... je ne sais pas quoi faire !

Je jetai un coup d'œil à la pièce et je vis la télévision dans le coin. Me retournant vers Mary, je lui tapotai doucement la main.

— Écoutez, essayez de ne pas trop vous inquiéter ce soir, d'accord ? Vous avez subi un choc et il est naturel de vous sentir déstabilisée, mais les choses seront plus claires demain matin. Je pense que vous devriez vous reposer, peut-être manger un petit quelque chose, regarder la télé pour vous changer les idées...

— Maman décidait toujours ce qu'on regardait à la télévision.

— D'... d'accord, eh bien, ce soir peut-être que vous pouvez décider vous-même, hmm ?

Je vis le regard de terreur sur son visage et je changeai de tactique.

— À la réflexion, oubliez la télé. Pourquoi ne pas prendre un bain chaud et vous coucher tôt ?

— O-oui, vous avez raison. C'est ce que je vais faire, dit Mary, qui semblait extrêmement reconnaissante de recevoir des instructions précises.

Elle m'adressa un sourire timide.

— Merci, Gemma.

Je lui rendis son sourire, soudain frappée par la jeunesse de Mary. Elle devait avoir une vingtaine d'années - quelques années de moins que moi seulement - et pourtant, un univers nous séparait. Puis je pensai à la personnalité dominatrice de dame Clare. Peut-être n'était-il pas surprenant après tout que Mary soit restée si immature et dépendante, surtout si elle était trop calme et timide pour se faire des amis toute seule.

Le bruit de roues qui crissaient sur le gravier dehors m'avertit que ma mère était arrivée pour me récupérer. Alors que nous marchions ensemble vers la porte d'entrée, je regardai de nouveau Mary avec hésitation. Je n'aimais pas la laisser seule.

— Avez-vous une gouvernante ? demandai-je.

— Nous avons une femme de ménage, Riza, mais elle a ses week-ends de libres. Elle est partie à Londres pour voir un ami et ne rentrera pas avant un moment. Joseph a dû nous aider à charger la voiture ce matin.

— Joseph ?

— C'est notre jardinier. Enfin, ce n'est pas vraiment le nôtre. C'est le jardinier de St Cecilia's

College, mais il vient faire des travaux supplémentaires ici quand maman le lui demande.

— Il est toujours là ?

Mary avait l'air incertaine.

— Il est peut-être encore dans le coin, quelque part dans les jardins…

— Je n'aime pas l'idée de vous laisser seule, dis-je.

Mary m'adressa un petit sourire. Elle se pencha et prit l'un des persans dans ses bras, le câlinant.

— Je ne suis pas seule. J'ai les chats. Et je sais maintenant ce que je dois faire ce soir.

Elle m'adressa un nouveau regard reconnaissant.

— Ça… ça va aller, Gemma. Merci.

— Eh bien… si vous avez besoin de quelque chose, appelez-moi.

Je lui donnai mon numéro de portable. Puis, avec un dernier sourire et un dernier signe de la main, je quittai la maison pour rejoindre la voiture de ma mère.

Chapitre 5

— Quelle affaire épouvantable, dit ma mère au petit-déjeuner le lendemain matin en soulevant le journal local de la pile de courrier et en fixant le titre de la première page : « Mort tragique à la fête du village ! »

Je vis qu'en dessous, il y avait un sous-titre légèrement plus petit et un article sur le vol de deux quads de valeur lors de la fête. Je grimaçai en pensant à Devlin. La fête avait été un désastre absolu pour l'image de la police. Je n'avais reçu qu'un texto laconique de Devlin la nuit dernière et je savais qu'il serait occupé ce jour-là à gérer les conséquences de cette journée, mais j'étais heureuse que son message confirme que nous allions toujours dîner ce soir.

— C'est vraiment pas de chance, dis-je en m'asseyant à côté de ma mère avec deux tranches de pain grillé et en prenant le pot de marmelade maison qu'elle avait récupéré à la fête du village.

C'était un plaisir d'être assise ici, dans la cuisine ensoleillée de mes parents, à savourer un petit-déjeuner tardif un dimanche matin. En temps normal, je me serais levée tôt et serais déjà au travail, car les week-ends étaient généralement les périodes les plus chargées au salon de thé.

J'étalai un peu de la belle marmelade épaisse sur le toast et en pris une bouchée, puis je dis en mâchant :

— Dame Clare était une femme assez odieuse, mais j'ai quand même de la peine pour elle. Si elle avait réussi à atteindre ses pilules à temps, elle serait peut-être encore en vie. Un si mauvais timing.

— Ne parle pas la bouche pleine, Gemma, me dit ma mère. Et qu'est-ce que tu veux dire par mauvais timing ?

— Eh bien, elle essayait manifestement de prendre ses comprimés pour le cœur quand elle s'est effondrée. Maintenant que j'y pense, elle avait l'air très rouge et nauséeuse quand nous attendions l'arrivée du juge. Je pensais que c'était juste l'angoisse de l'exposition, mais maintenant, je me demande si ce n'était pas le début de sa crise cardiaque. Elle devait se sentir mal et a commencé à prendre des pilules, puis cette idiote de Theresa Bell lui a foncé dessus...

— Elle ne peut pas avoir pris ses pilules, ma chérie, dit ma mère distraitement en tournant les pages du journal.

— Comment ça ?

Ma mère leva les yeux.

— Personne n'a touché à ses pilules pour le cœur.

— Comment le sais-tu ?

— J'ai vu son pilulier – une charmante petite boîte en argent émaillé guilloché comme celle d'Eliza Whitfield. Celle d'Eliza représentait un rossignol ; celle de dame Clare avait la photo d'un chat. Du moins, je pense que c'était un chat... Je n'étais pas vraiment assez près pour voir... ça aurait pu être un lapin, je suppose. Ou un cochon d'Inde ? Mais pourquoi quelqu'un voudrait-il avoir un portrait de l'une de ces petites choses si laides... enfin je suppose que tous les goûts sont dans la nature...

— Mère, qu'est-ce que tout cela a à voir avec les pilules pour le cœur de dame Clare auxquelles elle n'aurait pas touché ? l'interrompis-je avec impatience.

Elle s'arrêta et me regarda d'un air étonné.

— Oh. Je ne l'ai pas dit ? Eh bien, j'ai entendu Mary dire à dame Clare qu'elle mettait le pilulier avec leurs affaires dans un coin de leur table. Elles avaient des mouchoirs en papier et de la ouate, des brochures d'exposition et d'autres choses. Le pilulier était caché sous la trousse de secours pour animaux, tout en bas de la pile.

Je la regardai sans comprendre.

— Et alors ? Je ne comprends toujours pas, Mère.

— Après le départ des ambulanciers et le retour au calme, j'ai jeté un coup d'œil à leur table et j'ai remarqué que le pilulier n'avait pas bougé.

— Et alors ?

— N'est-ce pas évident, ma chérie ? Si elle avait retiré des pilules de la boîte, elle ne serait pas restée à la même place, n'est-ce pas ? Elle l'aurait replacée en haut de la pile.

— Oh, tes souvenirs te jouent peut-être des tours, Mère. Ta mémoire est un peu floue parfois.

— Balivernes, ma mémoire est excellente.

Pas quand il s'agit de mots de passe informatiques, pensai-je avec amertume. Elle ne m'avait demandé son mot de passe Apple ID que huit fois cette semaine.

— Tu en es sûre ? Je veux dire, les choses ont été assez chaotiques hier et tu aurais pu t'embrouiller. Ils ont trouvé dame Clare tenant une pilule dans sa main.

— Non, rétorqua ma mère avec fermeté. Mes souvenirs ne sont pas embrouillés. Personne n'avait touché à ce pilulier - ce qui signifie que ce que dame Clare tenait ne provenait pas de cette boîte.

Une pensée désagréable me traversa l'esprit. *Si elle n'avait pas pris cette pilule dans son propre pilulier, où dame Clare avait-elle trouvé le comprimé qu'elle tenait au moment de sa mort ?* Je chassai précipitamment cette pensée.

— Tu dois te tromper, Mère.

Ma mère se redressa de toute sa hauteur.

— Je ne me trompe jamais.

Ooooh ! Je m'apprêtais à la contredire, mais je me retins.

— Eh bien... peut-être que dame Clare avait un deuxième pilulier – ou quelques pilules dans sa poche, suggérai-je.

— C'est très peu probable selon moi. Toute cette affaire est très étrange. Vraiment très étrange.

Elle me regarda d'un air entendu.

Je la regardai fixement.

— Qu'est-ce que tu insinues, Mère ?

— Eh bien, ma chérie, je pense qu'il y a quelque chose de suspect dans la mort de dame Clare, dit ma mère avec enthousiasme. Et en plus, Mabel Cooke et ses amies sont d'accord avec moi. Nous avons discuté à la fête hier juste avant que je parte. Elles pensent que ça pourrait être...

Elle se pencha vers moi et me glissa dans un murmure dramatique :

— Un *meurtre*.

Je laissai échapper un gémissement.

— Mère, tu ne peux pas les écouter ! Elles voient des meurtres partout !

— Ma chérie, elles pourraient bien avoir raison dans ce cas. Je ne serais pas surprise qu'un grand nombre de personnes aient voulu tuer cette femme désagréable. Comment a-t-elle osé traiter Muesli de « racaille » !

Ma mère renifla avec dédain.

Je jetai un coup d'œil à Muesli qui était assise sur le rebord de la fenêtre de la cuisine, observant les moineaux dans notre jardin. La queue de la petite chatte tigrée s'agitait d'avant en arrière et elle « jacassait » avec excitation, ses moustaches frémissant. Elle se fichait éperdument de savoir comment on l'avait appelée.

Je me retournai vers ma mère.

— Mère, tu sais comment les gens sont dans ces expositions. Ce n'est que du snobisme stupide de toute façon.

— Peut-être. Mais ce n'est pas tout. Regarde la façon dont elle traitait sa propre fille ! Vraiment, cette femme avait une attitude des plus cavalières. Je ne serais pas surprise qu'elle ait eu beaucoup d'ennemis et que l'un d'entre eux ait décidé qu'il en avait assez !

— Le docteur Foster était là. C'était son médecin généraliste et il a confirmé qu'elle était morte d'une crise cardiaque.

Ma mère agita la main avec dédain.

— Oh, le docteur Foster est un vieux schnock ! Tout le monde sait qu'il aurait dû prendre sa retraite depuis longtemps ! Mabel dit qu'il lui a diagnostiqué une méningite alors qu'elle n'avait que de l'arthrite dans la nuque. Je ne serais pas surprise qu'il se soit complètement trompé… Ah !

Son visage s'illumina lorsqu'elle trouva une brochure publicitaire glissée entre les pages du journal local.

— Oh, c'est merveilleux. Cette nouvelle jardinerie organise des soldes. Je dois absolument aller acheter de nouveaux bégonias, ajouta ma mère, comme si elle ne venait pas de suggérer un éventuel meurtre.

Elle prit la brochure et la feuilleta.

— Hmm... ils ont une très bonne offre sur des primevères à floraison tardive également. Je passerai peut-être plus tard dans la journée... hum, vraiment, les choses ne sont plus ce qu'elles étaient. Regarde-moi la qualité épouvantable de ce papier – et de l'encre aussi ! Elle tache horriblement les doigts et laisse de la poussière de papier partout. J'ai presque envie d'écrire à l'entreprise pour me plaindre. Les économies qu'ils font de nos jours sont absolument scandaleuses...

Je fis la sourde oreille alors qu'elle me parlait de la détérioration de la qualité des journaux en général et du fait que les mots croisés étaient impossibles à trouver de nos jours, enfouis parmi les publicités et les bandes dessinées... Je pensai avec nostalgie à l'époque où je pouvais m'asseoir et prendre mon petit-déjeuner dans la paix et la tranquillité de mon propre appartement. *Ce jour n'est peut-être plus très loin,* pensai-je joyeusement. Avec le salon de thé qui marchait si bien ces derniers temps, j'avais enfin décidé que je pouvais me permettre d'avoir mon propre chez-moi. En fait, j'allais justement visiter quelques appartements avec Cassie plus tard dans l'après-midi.

Je ressentis un frisson d'excitation à l'idée d'avoir

un endroit à moi. J'étais impatiente. Ce n'était pas que je n'aimais pas mes parents ou que je n'étais pas reconnaissante qu'ils m'aient offert un toit, sans avoir de loyer à verser, quand j'étais revenue en Angleterre. Mais à l'approche de la trentaine, vivre chez ses parents était mauvais pour la tension artérielle. En fait, mon père ne posait aucun problème – la plupart du temps, vous remarquiez à peine qu'il était là. Professeur d'Oxford semi-retraité, il passait la plupart de son temps le nez plongé dans ses manuels, quand il ne regardait pas son équipe de cricket préférée à la télévision.

Ma mère, par contre, était une tout autre paire de manches. Quand elle ne se mêlait pas de ma vie amoureuse ou ne m'achetait pas en ligne des choses hideuses que je ne voulais pas porter, elle faisait généralement tout pour m'humilier ou m'entraîner dans des activités auxquelles je ne voulais pas participer. Juste à cet instant, je revins à l'instant présent et j'entendis ma mère dire :

— ... avec le retour de vacances de Dorothy cette semaine, nous avons enfin une réunion du club de lecture et j'ai pensé que tu pourrais te joindre à nous ce soir comme le...

— Je ne peux pas, ce soir, m'empressai-je de dire. Je vais dîner avec Devlin.

Ma mère eut l'air d'avoir goûté à un citron acide.

— Oh. Gemma, tu n'envisages pas *vraiment* de te remettre avec lui ?

Je sentis une certaine irritation.

— Si, je suis justement *en train* de me remettre avec Devlin, comme tu dis. Pourquoi je ne devrais pas ?

— Oh, ma chérie, vraiment ! Tu avais le choix entre tous les hommes gentils d'Oxford et tu dois choisir le... le policier du village !

— Ce n'est pas le policier du village, Mère, dis-je en serrant les dents. C'est l'un des meilleurs inspecteurs du CID de l'Oxfordshire.

— Oui, mais il se mélange avec... des *criminels* !

Ma mère eut un frisson délicat.

— Des meurtriers, des violeurs et d'autres types horribles. Qui sait quels genres d'horribles perversions il pourrait attraper ?

Je levai les yeux au ciel.

— Mère, le comportement criminel n'est pas comme les microbes. On ne peut pas être infecté en entrant en contact avec.

— Oh, mais ma chérie, je suis sûre que cela doit l'affecter. En fait, j'ai lu que les inspecteurs sont bons dans leur travail *parce qu*'ils pourraient quasiment être des criminels eux-mêmes ! Leurs esprits sont faits de la même façon ou quelque chose comme ça... ce qui signifie qu'ils pourraient facilement basculer et passer de l'autre côté ! Et si tu découvrais que Devlin est en fait un tueur en série ?

— *Mère !* dis-je, peinant à garder mon calme. Devlin *n*'est *pas* un tueur en série ! Il est devenu inspecteur parce qu'il se soucie profondément de la justice, et il est noble et compatissant et dévoué à son travail…

Je m'arrêtai et je pris une profonde inspiration, puis j'expirai lentement. Pourquoi fallait-il toujours que je laisse ma mère m'atteindre ?

Ma mère pinça les lèvres, puis son visage s'éclaira.

— Bon, eh bien, si tu *dois vraiment* le voir, essaie au moins d'en tirer quelque chose. Essaie de découvrir si la police enquête sur la mort de dame Clare, et si ce n'est pas le cas, alors fais en sorte qu'ils s'y mettent !

Je laissai échapper un soupir.

— D'accord, d'accord, j'en parlerai à Devlin ce soir.

Chapitre 6

— Peut-être que ce sera mieux à l'intérieur, suggéra Cassie avec espoir alors que nous nous tenions face à un affreux bâtiment en briques brunes qui ressemblait à une relique d'une usine nucléaire des années 60.

Je soupirai, ne partageant guère son optimisme. C'était la troisième propriété que nous avions vue jusqu'à présent et, si l'on se fiait aux deux premières, l'extérieur reflétait souvent l'intérieur. Je m'efforçai de me rappeler que l'on ne pouvait pas se fier aux apparences – alors peut-être que l'on ne pouvait pas non plus juger une propriété à sa façade extérieure couleur vomi. De plus, j'allais vivre à *l'intérieur* du bâtiment, pas vrai ? Peu importait s'il était hideux vu de la rue. Tant que l'intérieur était aéré et confortable.

Quelques minutes plus tard, cependant, mes espoirs furent cruellement anéantis alors que je contemplais avec consternation un salon-cuisine-salle à manger-buanderie miteux et exigu, avec un semblant de meuble à linge pour faire bonne mesure. La peinture des murs s'écaillait et de la moisissure noire était visible dans les coins du plafond.

L'agent immobilier – un jeune homme aux cheveux gras et aux manières encore plus doucereuses – se tenait près de la porte et débitait un discours bien rodé sur les attraits de l'appartement :

— ... et comme vous pouvez le voir, c'est un appartement très pratique. Tout est à portée de main, pour ainsi dire... ah ah. Et si vous venez à la fenêtre ici...

Il indiqua la vitre poussiéreuse le long du mur du fond.

— Vous pouvez avoir une belle vue sur les « flèches rêveuses » d'Oxford, à l'est, là-bas...

— Si tu as un télescope et que tu fais preuve de beaucoup d'imagination, murmura Cassie.

Je souris et me retournai vers l'agent.

— À combien s'élève le loyer, déjà ? demandai-je.

Il m'indiqua un chiffre qui me fit grimacer.

— Quoi ? Je n'arrive pas à croire qu'ils aient le culot de faire payer ce prix pour cette porcherie ! s'écria Cassie.

L'agent rougit et dit sèchement :

— Ce prix est très compétitif pour ce secteur de la

ville. Vous êtes bien consciente qu'Oxford est l'un des endroits les plus recherchés en Angleterre, et les prix de l'immobilier le reflètent. Cet appartement en particulier est très bien situé pour profiter des liaisons ferroviaires et autoroutières vers Londres, tout en étant proche de la campagne, sans oublier toute l'histoire et la culture qu'Oxford a à offrir. Vraiment, c'est une aubaine d'avoir une si bonne situation pour ce prix.

— Une aubaine ! bafouilla Cassie.

Je posai une main sur son bras et dis poliment à l'agent :

— Merci de nous avoir fait visiter. Je vous recontacterai si je suis intéressée.

— Je vous conseille de ne pas attendre trop longtemps, dit-il d'un ton hautain. J'ai beaucoup d'autres personnes intéressées par cet appartement, vous savez.

— Ha ! Bonne chance à eux, dit Cassie quand nous regagnâmes la rue. Cet endroit est dégoûtant. Seth pourrait probablement créer un laboratoire d'armes biologiques avec ce qui pousse dans cet appartement.

Je ris malgré moi. Seth Browning, mon autre meilleur ami de l'université, était resté à Oxford après avoir obtenu son diplôme et avait gravi les échelons universitaires au lieu de ceux de l'entreprise. Il était désormais post-doctorant et tuteur dans l'un des collèges, spécialisé en chimie organique, et aurait probablement adoré cet appartement, mais pour les mauvaises raisons !

En remontant dans la voiture de ma mère et en regardant avec découragement le nombre décroissant de propriétés sur ma liste, je sentis mon cœur s'enfoncer dans ma poitrine.

— Cass, je ne trouverai jamais rien, dis-je, désespérée.

— Hé, on n'a pas fini les visites, fit Cassie. On ne sait jamais, l'un des deux derniers pourrait être le bon.

Elle hocha la tête.

— Bon sang, je n'avais pas réalisé la chance que j'avais avec mon appartement.

Cassie avait un studio à Jericho, l'une des banlieues les plus branchées d'Oxford. Il s'agissait d'un grand espace aéré - en réalité une seule pièce énorme - avec des lucarnes et des plafonds inclinés, niché dans le grenier d'une maison mitoyenne de trois étages près du canal. Cassie avait son lit dans un coin et un canapé et un pouf d'occasion dans un autre, mais la majorité du studio était remplie de chevalets et de toiles, et ressemblait plus à un atelier d'artiste qu'à un appartement.

— Tu as eu beaucoup de chance, concédai-je. Comment tu l'as déniché ?

— Il appartient à une habituée de l'un de mes cours de danse au studio, expliqua Cassie. À force, on a sympathisé. Elle a entendu dire que je cherchais un appartement et elle m'a dit qu'elle voulait sous-louer le grenier de sa maison, mais qu'elle avait peur de mal tomber – c'est une mère célibataire, tu comprends, et elle a un jeune fils. Bref, tout s'est très bien goupillé. Je bénéficie d'une remise sur le loyer parce que ce n'est pas un vrai appartement à proprement parler – la salle de bain est très primaire et la plomberie est un peu douteuse. Et il y a beaucoup de courants d'air en hiver. Mais je m'en accommode très bien. L'emplacement est idéal.

Je laissai échapper un soupir.

— J'aimerais pouvoir trouver quelque chose comme ça.

— On doit juste continuer à chercher, dit Cassie qui se voulait encourageante. Allez, on va être en retard au prochain rendez-vous si on ne se dépêche pas.

Alors que je démarrais la voiture, le téléphone de Cassie sonna et elle consulta l'écran, puis manifesta son agacement.

— Quoi ? demandai-je en la regardant.

— Mais quel crétin ! s'emporta Cassie. C'est mon petit frère, Liam. Papa et maman lui ont offert un nouvel appareil photo pour son seizième anniversaire et depuis, il n'arrête pas de prendre des photos de tout le monde. Il dit qu'il se constitue un portfolio...

Elle roula des yeux.

— Est-ce qu'il veut être photographe ?

— Ouaip. Il se prend pour le futur David Bailey.

— Je parie qu'il prend de superbes photos, dis-je, pensant que tous les membres de la famille de Cassie avaient probablement plus de talent artistique dans leur petit doigt que le reste de la population de l'Oxfordshire réunie.

— Il n'est pas mauvais, dit Cassie à contrecœur.

— Alors pourquoi cette réaction ?

— Parce qu'il prend toujours des photos horribles de *moi* ! dit Cassie avec irritation. Honnêtement, je ne sais pas comment il arrive toujours à me faire prendre ces poses ! Regarde cette photo qu'il vient de m'envoyer – il l'a prise à la fête du village samedi. On dirait que j'ai un triple menton, grommela-t-elle.

Je me penchai pour regarder. Ce n'était clairement pas le meilleur profil de Cassie. Elle avait été prise en photo alors qu'elle était en pleine conversation avec quelqu'un et sa bouche était ouverte de la manière la plus inesthétique qui soit, son menton rabattu disparaissant dans les plis de la peau autour de son cou.

Je gloussai.

— Tu ressembles un peu à la cousine de Jabba le Hutt en plus jolie.

— Ne te moque pas de moi ! Tu ne trouverais pas ça drôle si c'était toi !

— Il a pris une photo de moi ? demandai-je avec inquiétude.

— Je ne sais pas, je n'ai pas encore vu toutes ses photos de la fête. Je pense qu'elles sont toujours sur son appareil. C'est un de ces appareils sophistiqués qui peuvent se connecter à Internet et il m'envoie juste les photos les plus moches de moi. Il fait toujours des trucs comme ça pour m'énerver.

Je souris.

— C'est à ça que servent les petits frères. Bref, penses-y : quand il sera célèbre, tu auras quelques originaux de Liam Jenkins que tu pourras vendre très cher.

Cassie frissonna.

— Pas question ! Je préfère payer quelqu'un très cher pour effacer toutes ces photos de moi !

Elle lui répondit par texto.

— Attends, je vais lui demander s'il a des photos de toi...

Son téléphone sonna de nouveau quelques secondes plus tard et je me penchai avec appréhension pour regarder.

— C'est pas juste ! s'écria Cassie en faisant la moue. Tu es magnifique sur la photo qu'il a prise de toi !

Je dus admettre – avec un grand soulagement – qu'elle avait raison. Liam m'avait prise sous mon meilleur angle, avec ma tête légèrement de profil, mes yeux grands et brillants, et un soupçon de sourire sur mes lèvres. Le cliché avait été pris dans le pavillon de l'exposition féline et j'étais debout près de notre table, regardant Muesli devant moi, avec ma mère à mes côtés, à moitié hors du cadre. Derrière s'étalait le chaos de l'exposition féline – les rangées de tables remplies de cages à chats, les autres concurrents et leurs chats –, mais l'habileté de Liam avec l'objectif nous avait mises, moi et Muesli, au premier plan, au centre de la photo. Muesli était assise dans une posture de chat parfaite, le dos arqué, ses oreilles petites et délicates, et la queue enroulée autour de ses pattes.

— Oh, tu peux m'en envoyer une copie sur mon téléphone ? demandai-je. C'est une belle photo – je pense que c'est l'une des plus belles photos que j'ai avec Muesli. Et c'est tellement naturel – aucune de nous ne regarde la caméra. C'est comme un moment figé dans le temps.

— Pas de problème, répondit Cassie d'un ton légèrement maussade.

— Roh, allez, dis-je en riant, en desserrant le frein à main et en faisant sortir la voiture dans la rue. Tu n'as pas vu le reste des photos. Il y en a peut-être une belle de toi dedans.

La propriété suivante était plus proche du centre d'Oxford. Je me sentais pleine d'espoir jusqu'à ce que nous nous arrêtions devant l'adresse. L'appartement se trouvait juste à côté d'un carrefour très fréquenté, avec beaucoup de trafic et des bus qui passaient régulièrement.

— Je ne peux pas vivre ici, pas avec Muesli ! dis-je consternée alors que nous étions assises dans la voiture à regarder l'immeuble. Même si je n'ai pas l'intention de la laisser sortir, elle pourrait échapper à ma vigilance. Tu sais combien elle est espiègle et douée pour s'échapper. Et puis elle pourrait se faire écraser si facilement.

Néanmoins, Cassie me persuada d'aller jeter un coup d'œil, ce qui ne fit qu'aggraver les choses, car l'appartement n'était pas si mal. Il était compact, mais propre et avait de grandes fenêtres qui laissaient entrer beaucoup de lumière. Mais la proximité de la route était un obstacle pour moi. Je ne pouvais pas mettre Muesli en danger.

Nous partîmes à regret et quinze minutes plus tard, nous nous retrouvâmes devant la dernière propriété de ma liste. Je garai la voiture et j'observai le bâtiment, tout excitée. La propriété était magnifique. Elle faisait partie d'une maison victorienne mitoyenne convertie, la dernière d'une rangée dans une rue latérale tranquille, et avec ses jardins privatifs attrayants. Cassie et moi échangeâmes un sourire, puis nous nous précipitâmes à la rencontre de l'agent. L'appartement était au rez-de-chaussée et, à l'intérieur, nous trouvâmes un joli salon lumineux en forme de *U*, avec une kitchenette au bout d'un bras du *U* et un petit espace qui pourrait être utilisé comme bureau à l'autre bout. La chambre était simple, mais spacieuse et la salle de bain semblait relativement moderne.

— C'est génial ! chuchotai-je à Cassie.

Elle hocha la tête avec enthousiasme et me demanda :

— Tu sais combien ils demandent pour le loyer ?

— Je crois que oui – c'était mentionné sur le site de l'agence immobilière –, mais je vais vérifier à nouveau...

L'agent confirma le prix et mon cœur bondit

d'excitation. Tout cela semblait trop beau pour être vrai.

— Donc la propriété est disponible immédiatement ? demandai-je avec empressement. Il me suffit de déposer une demande...

— Oui, si vous remplissez le formulaire et le déposez à notre bureau avec les documents d'accompagnement, nous le traiterons immédiatement et vous ferons savoir dans un jour ou deux si le propriétaire accepte. Il espérait faire nettoyer les moquettes, donc il y aura peut-être un léger retard...

— Oh, ce n'est pas un problème du tout, dis-je joyeusement. Ça va me prendre quelques jours pour préparer mes affaires de toute façon, et mon chat...

— Je suis désolé, vous avez un chat ? fit l'agent en fronçant les sourcils. Je n'avais pas réalisé que vous aviez l'intention de vivre avec un chat ici.

— C'est le cas. Quand j'ai regardé sur votre site web, il était indiqué que les animaux de compagnie étaient acceptés.

— Oh, ça doit être une erreur, parce que cette propriété n'est clairement pas faite pour les animaux.

Je le regardai fixement, refusant d'accepter ce qu'il disait.

— En même temps... ce n'est pas comme si j'avais un gros chien...

— Le propriétaire ne veut pas d'animaux de compagnie. Il a eu de mauvaises expériences par le passé avec des dommages et des odeurs.

— Vous ne comprenez pas, dis-je. Muesli est une chatte vraiment toute petite – vous la remarqueriez à peine. Elle est incroyablement propre. Elle ne sent pas du tout. Et elle est très calme, elle dort toute la journée et ne fait jamais d'histoires.

Bon, la dernière partie était un mensonge flagrant, mais aux grands maux les grands remèdes.

Il secoua la tête avec véhémence.

— Je suis désolé. Le propriétaire a expressément dit pas d'animaux. Aucune exception.

Chagrinée, je partis avec Cassie sur les talons. Je me sentais profondément déprimée lorsque nous remontâmes en voiture. Même ma meilleure amie semblait être à court de choses optimistes à dire.

— Eh bien… il faut continuer à chercher, dit-elle enfin. Je suis sûre que tu trouveras. Il y aura de nouvelles propriétés le week-end prochain.

Je soupirai, mais ne répondis pas. Nous roulâmes pendant quelques instants dans un silence découragé, puis je réalisai soudain que nous étions très proches d'Eccleston House. Pendant un moment, j'oubliai mes propres problèmes de recherche d'appartement en pensant à Mary. Je me demandais comment elle allait.

Je me tournai vers Cassie quand la voiture s'arrêta à un carrefour et demandai :

— Dis-moi, Cass, tu es pressée de rentrer ?

— Non, pourquoi ?

— Ça te dérange si on s'arrête quelque part très vite ? J'aimerais passer voir Mary Eccleston.

— La fille de la femme qui est morte à la fête hier ?

— Oui, je l'ai ramenée chez elle. Elle semblait un peu... perdue. Je voudrais juste vérifier qu'elle va bien.

— Bien sûr.

La bonne des Eccleston, Riza, nous accueillit à la porte d'entrée et nous indiqua que Mary était dans les jardins à l'arrière de la maison. Nous errâmes pendant un moment, mais sans voir le moindre signe d'elle. Enfin, nous retournâmes vers la maison, et cette fois-ci, Riza s'excusa et nous fit entrer dans une buanderie à l'arrière de la maison, où nous trouvâmes Mary en train de toiletter l'un des persans. Elle leva les yeux, distraite, quand nous entrâmes.

— Oh, bonjour. Je suis désolée, je ne suis pas vraiment habillée pour recevoir...

Elle désigna sa tenue. Elle portait des leggings et un haut délavé de type blouse, qui était généreusement couvert de poils blancs.

— Ce n'est rien, dis-je en lui souriant. Je n'avais pas réalisé que vous deviez encore les toiletter. Je pensais que vous pourriez vous détendre maintenant jusqu'à la prochaine exposition.

— Oh non, avec les persans, il faut vraiment un toilettage quotidien, sinon leurs poils ont tendance à s'emmêler et à faire des nattes à cause de leur fourrure longue et épaisse. Maman...

Sa voix s'éteignit et elle déglutit.

— Maman aimait aussi leur donner des bains

régulièrement, avec un shampoing et un après-shampoing, parfois avec un produit dégraissant et même un soin pour raviver la couleur. Et puis nous séchions leur fourrure... Nos chats sont des chats d'exposition, voyez-vous, alors ils doivent toujours être irréprochables. Même si nous ne les emmenons pas à une exposition, il faut toujours leur consacrer environ une heure par jour chacun.

Bon sang. Je pensais avec culpabilité à mon brossage hâtif de Muesli une fois par mois et j'eus l'impression d'être une propriétaire négligente. Pourtant, je doutais que mon vilain petit chaton puisse un jour s'allonger placidement sur le côté comme le faisait ce persan, et se laisser faire pendant des heures.

Cassie dut avoir des pensées similaires, car elle éclata de rire et dit :

— J'avais un chat quand j'étais petite, un gros chat roux, et il aurait été impossible de le laver ! Je crois qu'on a essayé une fois et il a failli nous mettre en pièces.

— Il faut commencer quand ils sont chatons et les habituer, dit Mary.

Elle baissa les yeux, tripotant une brosse.

— En fait, il... il n'était probablement pas nécessaire de toiletter Tabitha aujourd'hui, mais... je... j'avais besoin de faire quelque chose.

— Vous avez tenu le coup, hier soir ? demandai-je. C'est pour ça que je suis passée en réalité. Je voulais vérifier que vous alliez bien.

Elle m'adressa un sourire reconnaissant.

— Merci. Oui, j'ai fait ce que vous avez dit, puis je suis allée me coucher. Tante Audrey est venue me voir tôt ce matin. Elle a dit qu'elle m'aiderait avec Mr Grimsby, notre avocat de famille, et qu'elle m'aiderait aussi à trier les papiers de maman, et à organiser les funérailles.

— Quand auront-elles lieu ? demanda gentiment Cassie.

Mary se lécha les lèvres nerveusement.

— Je... Je ne sais pas vraiment. Maman avait des instructions très précises sur la façon dont elle voulait que les choses se passent et je... je veux m'assurer de les suivre... Peut-être à la fin de la semaine... ? Et je... je suppose que je dois aussi parler au collège, à propos d'un service commémoratif...

Elle déglutit convulsivement.

— Je... Je n'arrive toujours pas à croire qu'elle est partie. Je veux dire, je savais que son cœur n'allait pas bien – le docteur Foster nous avait prévenues –, mais je suppose que je pensais que ces pilules allaient tout arranger.

La mention des pilules me fit penser à la conversation que j'avais eue avec ma mère le matin même et je demandai impulsivement :

— Mary, j'espère que vous ne m'en voudrez pas, mais il y a quelque chose qui m'intrigue.

— Oui ?

Elle me regarda d'un air interrogateur.

— Vous savez, les comprimés contre l'angine de poitrine de votre mère, ceux qu'elle avait avec elle à l'exposition, elle les gardait dans un petit pilulier en émail, n'est-ce pas ?

Mary acquiesça.

— C'est sa mère – ma grand-mère – qui le lui avait offert et elle l'aimait beaucoup. Elle avait l'habitude d'y ranger ses vitamines quotidiennes, puis elle a commencé à l'utiliser pour ses pilules pour le cœur afin de pouvoir en emporter avec elle partout où elle allait. Elle détestait ces emballages dans lesquels les pilules sont vendues de nos jours.

— Savez-vous combien de comprimés elle transportait normalement dans son pilulier ? Combien elle en avait avec elle à l'exposition hier ?

— Elle en avait généralement six avec elle. Maman a toujours dit que c'était un bon chiffre.

— Pourriez-vous... hésitai-je, sachant que ma demande pouvait sembler étrange. Pourriez-vous aller chercher le pilulier pour vérifier ?

Mary parut un peu perplexe, mais elle se dirigea docilement vers l'avant de la maison, et nous la suivîmes. Dans le hall, elle fouilla dans un grand sac à main en cuir posé sur la table de l'entrée, puis en sortit quelque chose et me le tendit. Il s'agissait d'un beau pilulier victorien circulaire, avec un délicat couvercle en émail et une base en argent.

Je l'ouvris et je comptai en silence. Il y avait six pilules blanches à l'intérieur.

Chapitre 7

— C'était quoi tout ça ? demanda Cassie en sortant d'Eccleston House. Pourquoi tu as interrogé Mary sur les pilules de sa mère ?

Je lui parlai de ma conversation avec ma mère ce matin-là.

— Dame Clare n'aurait pas pu garder d'autres pilules ailleurs ? Dans une poche ou une autre boîte ? dit Cassie.

— Tu as entendu ce que Mary a dit quand j'ai posé la question. Elle a expliqué que sa mère était très difficile et ne transportait ses comprimés que dans ce pilulier.

— Alors... tu te dis que ta mère avait raison et que dame Clare n'a jamais pris de pilules dans sa propre boîte ?

— Exactement, ce qui amène à se demander comment elle a eu la pilule qu'elle tenait dans sa main quand elle est morte.

Cassie me jeta un regard en coin.

— Tu es sûre que c'était une pilule pour le cœur et pas autre chose ?

— Eh bien, son médecin l'a identifiée, mais...

Je m'interrompis, me rappelant les commentaires cinglants de ma mère sur les capacités du Dr Foster. Et si le vieux médecin avait eu tort ? Et si dame Clare n'était *pas* morte d'une crise cardiaque ?

Je sentis un sentiment de malaise commencer à ronger la base de ma colonne vertébrale. Nous marchâmes en silence jusqu'à la voiture. En m'approchant de la portière conducteur, je cherchai les clés de la voiture dans la poche de mon manteau. Elles n'étaient pas là. J'enfonçai ma main plus profondément dans la poche et je découvris pourquoi : il y avait un trou béant au fond, là où les coutures du tissu s'étaient défaites.

— Flûte ! Mes clés ont dû tomber pendant qu'on se promenait dans le jardin tout à l'heure.

Je regardai à nouveau vers la maison.

— Je vais devoir y retourner et les chercher.

— Tu veux que je vienne avec toi ?

— Non, j'en ai pour deux secondes. Je suis sûre qu'elles sont quelque part le long du chemin sur le côté de la maison. Je me souviens d'avoir enlevé mon manteau quand on est entrées dans la maison et si les clés étaient tombées à ce moment-là, elles auraient été dans le hall. Donc elles ont dû tomber pendant qu'on cherchait Mary dans les jardins.

Je m'empressai de contourner la maison par l'arrière, en revenant sur nos pas. J'avais fait presque tout le chemin jusqu'à l'arrière quand j'aperçus un éclat métallique dans l'herbe soigneusement taillée au bord du chemin. *Ah, ah !* Je m'accroupis et ramassai les clés.

En me levant, un doux parfum m'enveloppa et je cherchai la source de cette fragrance. Elle devait provenir du massif de roses anciennes qui poussaient le long du chemin. Je m'approchai du parterre de fleurs et me penchai, inspirant profondément. Elles étaient magnifiques – d'une certaine manière, l'odeur des fleurs fraîches ne pouvait être capturée dans un flacon, quel que soit le prix sur l'étiquette.

Je me redressai et regardai autour de moi avec plaisir. Contrairement au paysage formel de l'avant de la maison, les jardins de l'arrière avaient été laissés dans un style moins travaillé – ils étaient en fait bien plus proches d'un jardin de cottage anglais. Il y avait de grandes étendues de pieds-d'alouette, de digitales et de roses trémières, ainsi que des œillets de poète si appréciés des Victoriens ; des roses rampantes et une glycine romantique dans un coin, et des abeilles qui bourdonnaient activement au milieu des fleurs parfumées. Le printemps exceptionnellement chaud que nous avions eu signifiait que beaucoup de fleurs semblaient avoir fleuri tôt. Je pressai à nouveau mon nez sur les pétales de rose pour sentir une dernière fois leur fragrance, puis, me souriant à moi-même, je me retournai vers le chemin.

Un homme se tenait juste derrière moi.

Il était si proche – il me respirait pratiquement dans le cou – que je m'écrasai contre lui en me retournant. J'étouffai un cri et je titubai dans la terre meuble du parterre de fleurs, serrant une main contre ma poitrine.

— Oh, mon Dieu ! J'ai failli mourir de peur !

Il ne dit rien, mais resta là à me regarder. C'était un grand homme d'une cinquantaine d'années, à l'allure cadavérique, avec la posture légèrement voûtée de quelqu'un qui passerait beaucoup de temps penché. Il avait des yeux profonds et une bouche fine et sans lèvres. D'après la salopette qu'il portait et la truelle qu'il tenait dans une main, il devait s'agir du jardinier.

— Je... Je ne faisais qu'admirer les roses... bégayai-je, me demandant pourquoi je me sentais obligée de me justifier.

Ce n'était pas comme si je lui devais une explication. Et pourtant, quelque chose dans sa façon de se tenir là, tel un bourreau sinistre, me rendait nerveuse.

Je reculai à nouveau d'un pas et sentis mon talon s'enfoncer davantage dans le sol meuble, me faisant basculer en arrière. Il tendit le bras et m'attrapa, m'extirpant du parterre de fleurs. Puis, sans me dire un mot, il se mit à genoux et commença à remettre la terre en place en la tapotant, la réarrangeant autour des œillets de poète qui avaient été perturbés.

— Oh, désolée... je ne voulais pas leur marcher dessus... dis-je laborieusement, m'en voulant de ressentir le besoin de m'expliquer à nouveau.

Qu'est-ce qui, dans la psyché humaine, vous poussait à parler quand l'autre personne restait silencieuse ? Je savais que les enquêteurs intelligents en tiraient parti durant leurs interrogatoires, et j'étais irritée de tomber dans le même piège.

En tout cas, ce n'est pas un interrogatoire dans le cadre d'une enquête criminelle et cet homme est tout simplement impoli ! pensai-je en fronçant les sourcils devant sa tête courbée. Une voix lança soudain derrière nous :

— Joseph ? Joseph, je pensais... Oh, tu es là...

Mary Eccleston apparut sur le côté de la maison. Elle s'arrêta en me voyant.

— Gemma ? Je croyais que vous étiez déjà partie ?

— C'était le cas - sauf que je suis arrivée à ma voiture et j'ai réalisé que j'avais laissé tomber mes clés, alors je suis revenue les chercher.

Je levai la main et fit tinter les clés.

— Je les ai trouvées près du chemin et j'admirais certaines de vos fleurs quand Joseph est arrivé derrière moi.

Je ne pus cacher la note d'accusation dans ma

voix.

— Il m'a fait un peu peur.

Mary lui adressa un regard de reproche.

— Oh, Joseph, maman a dit que tu devais arrêter de faire ça.

Elle se tourna vers moi en s'excusant.

— Joseph est toujours tellement silencieux, il marche comme un chat.

Joseph ne dit rien, la tête penchée, toujours occupé à réparer le parterre de fleurs. Il y eut un silence gênant, puis Mary me regarda d'un air désolé :

— J'espère que vous n'avez pas été blessée ou autre, Gemma ?

— Oh, non, non, je vais bien. Je pense que le parterre de fleurs a plus souffert que moi, dis-je en riant.

Joseph tourna la tête et me lança un regard rempli d'une telle hostilité que je fus décontenancée.

Je m'éclaircis la gorge.

— Hum… Bon, je dois y aller.

— Je vais vous raccompagner jusqu'à l'entrée de la maison, dit Mary en se plaçant à mes côtés.

Une fois que nous nous fûmes un peu éloignées de Joseph, elle dit à voix basse :

— J'espère que Joseph ne vous a pas trop contrariée. Maman et moi nous sommes habituées à lui, mais je sais que les gens peuvent le trouver un peu étrange. Vous voyez, il ne parle pas vraiment, sauf si vous parlez à ses plantes. Mais il est doux comme un agneau, vraiment.

J'avais bien du mal à imaginer ce qu'il pouvait partager comme traits avec un agneau, mais je gardai mes pensées pour moi. Et elle n'avait pas vraiment dit « parler *à* ses plantes », n'est-ce pas ? Ce devait être un lapsus.

— Ne vous inquiétez pas, il ne m'a pas contrariée, il m'a juste fait un peu peur, c'est tout, la rassurai-je. Écoutez... si vous avez besoin de quoi que ce soit, ou si vous avez juste besoin de parler à quelqu'un, n'hésitez pas à m'appeler.

Mary eut l'air surprise et heureuse. Elle m'adressa un sourire tremblant.

— Merci.

Je redescendis lentement l'allée jusqu'à ma voiture, mes pensées bourdonnant aussi activement que les abeilles du jardin. Je me souvins que Mary m'avait dit que Joseph les avait aidées à charger la voiture pour l'exposition la veille au matin. Je me demandai s'il était au courant pour le problème cardiaque de dame Clare...

⁂

Je me sentais encore un peu abattue quand je regagnai la maison de mes parents. Cassie m'avait inondée d'un flot de bavardages joyeux sur le chemin du retour, mais une fois que je l'avais déposée et que j'étais restée seule avec mes pensées, la morosité avait pris le dessus. Je savais que je devais continuer à chercher – je finirais par trouver un appartement à louer –, mais je ne pouvais m'empêcher de me sentir démoralisée. L'immobilier à Oxford était hors de prix... comment pourrais-je trouver un endroit convenable dans mon budget ?

Alors que j'entrais dans la maison, mon humeur s'assombrit davantage lorsque j'entendis le tintement de la porcelaine et le babillage de voix surexcitées provenant du salon. *Oh, oh.* On aurait dit que ma mère prenait son thé du dimanche après-midi en bonne compagnie. La dernière chose que j'avais envie de faire en ce moment était d'engager une conversation polie avec un groupe de femmes au foyer de classe moyenne bien intentionnées qui semblaient toutes manifester un intérêt anormal pour ma vie amoureuse.

Je rampai le long du couloir, espérant passer la porte du salon sans être vue et m'échapper à l'étage vers ma chambre.

Pas de chance.

— Oh, ma chérie ! Tu es rentrée !

J'étouffai un gémissement et me rendis à contrecœur dans le salon. Lorsque j'entrai, cependant, je fus soulagée de voir qu'au lieu de la foule habituelle de ma mère, il y avait quatre petites vieilles assises sur le canapé autour d'elle. C'étaient les vieilles chouettes, le haut commandement de Meadowford-on-Smythe : Mabel Cooke, autoritaire et bruyante, Glenda Dailey et ses 80 ans, Florence Doyle, dodue et gourmande, et Ethel Webb, calme et douce. Certes, elles étaient curieuses et se mêlaient de ce qui ne les regardait pas, mais ça ne me dérangeait pas tant que ça.

— Je pensais que tu rentrerais plus tôt, Gemma, dit ma mère.

— Je me suis arrêtée pour voir Mary Eccleston, expliquai-je.

— Ah ! fit Mabel en se jetant sur moi. Nous étions justement en train de parler d'elle.

Elle se rapprocha du bord du canapé, tenant une tasse de thé en équilibre sur ses genoux.

— Ta mère nous a parlé de votre discussion au petit-déjeuner ce matin et du mystère de la boîte à pilules intacte !

On aurait dit qu'elle parlait d'une enquête d'*Alice détective*.

Ma mère me regarda avidement.

— En as-tu parlé à Mary ?

— Oui, admis-je.

— Et ?

Cinq paires d'yeux me fixaient avidement.

— Il semblerait qu'on n'ait pas touché aux pilules, admis-je. Il y avait six comprimés dans le pilulier et Mary a dit qu'elles en avaient toujours six avec elles quand elles allaient à une exposition.

— Tu vois ? fit ma mère triomphante. Je t'ai dit que je n'avais jamais tort.

— Mais qu'est-ce que ça veut dire ? demanda Florence en prenant une tartelette à la confiture sur le plateau à thé.

— Je vais vous dire ce que ça signifie, dit Mabel. Ça signifie que dame Clare a été *assassinée*, comme je le soupçonnais !

— Ooh ! s'écria Glenda, mais il était difficile de dire s'il s'agissait d'un cri de ravissement ou d'horreur.

— Attendez... Vous ne pensez pas que vous tirez des conclusions hâtives ? demandai-je faiblement.

— Bien sûr que non, ma chérie. C'est parfaitement logique, répondit ma mère. Je ne serais pas du tout surprise que cette horrible femme ait été assassinée.

Mabel hocha la tête.

— Si vous voulez mon avis, il ne manque pas de gens qui lui voulaient du mal. Demandez à n'importe qui dans le village. Dame Clare était un tyran et une brute, et je dois dire qu'elle ne me manquera pas.

— Oh, Mabel, voyons ! On ne devrait pas dire du mal des morts comme ça, dit Ethel.

— Je ne fais que dire la vérité, dit Mabel en reniflant. Cette femme aurait poussé un saint au meurtre. Dieu sait comment sa fille a pu supporter ça pendant tant d'années. Au moins, la pauvre enfant est libre maintenant.

Glenda étouffa un petit cri.

— C'est peut-être elle ! La fille !

Florence acquiesça vivement.

— Oui, oui, *et* Mary héritera probablement de tout l'argent de dame Clare. Ce serait une double raison de tuer sa mère.

— N'y a-t-il pas eu une affaire où un fils a tué son

père en mettant du poison dans sa marmelade du petit-déjeuner ? dit Glenda avec enthousiasme. C'était pour avoir son argent, et le fils était aussi un charmant jeune homme.

— C'était dans un roman d'Agatha Christie, protestai-je. C'était une fiction, pas la vraie vie.

— Mais c'est justement ça, le problème, ça *pourrait* être vrai, rétorqua Mabel, qui ne saisissait pas du tout le côté « fiction ». Et Mary Eccleston aurait été dans la position idéale pour empoisonner sa mère !

— C'est ridicule ! éclatai-je. Mary Eccleston est une fille très gentille, elle est si timide et calme. Elle est… elle est aussi douce qu'un agneau ! Je ne la vois pas du tout assassiner sa mère. Je l'ai ramenée de la fête hier et vous auriez dû voir comme elle était bouleversée.

— Ah… mais elle a pu jouer la comédie devant toi, n'est-ce pas ? dit rapidement Mabel.

Je repensai aux mains serrées et au visage pâle de Mary, assise dans la voiture à côté de moi.

— Je ne crois pas, non ! Personne ne pourrait faire semblant d'être aussi bouleversé.

— Oh, mais c'est bien pour ça que les gens gagnent des Oscars, n'est-ce pas, ma chérie ? ajouta ma mère. Parce que ce sont des acteurs et des actrices tellement merveilleux qu'ils nous trompent tous. Je veux dire… Meryl Streep n'a certainement jamais perdu un enfant à cause des nazis, mais elle nous a quand même tous fait pleurer dans *Le Choix de Sophie.*

— Oui, mais c'est différent, insistai-je. Mary est... ce n'est pas une actrice professionnelle ! Et même pour les acteurs et les actrices, on dit que leurs proches savent s'ils jouent la comédie ou non.

— Mais tu *n'es pas* une amie proche, ma chère, fit remarquer Mabel. Tu ne connais pas vraiment Mary. En fait, aucune d'entre nous ne la connaît. Mary Eccleston a toujours vécu dans l'ombre de sa mère. Personne ne sait vraiment comment elle est.

— Je pense quand même que c'est une suggestion ridicule, dis-je avec entêtement. Ce ne sont que des spéculations. Vous n'avez aucune preuve réelle contre Mary.

— Ah, ah.

Les vieilles chouettes et ma mère échangèrent un regard lourd de sens.

— Quoi ? demandai-je.

— Rien, répondit ma mère d'un ton léger, un peu trop léger.

Je lui lançai un regard suspicieux, mais elle fit simplement un geste vers le plateau sur la table et me demanda :

— Veux-tu du thé et des gâteaux, ma chérie ?

Ma mère avait vraiment passé du temps en cuisine cet après-midi. Elle avait sorti le service en porcelaine complet pour l'*afternoon tea*, accompagné d'une sélection de scones fraîchement cuits, de crumpets au beurre, de délicates tartelettes à la confiture et de parts de cake glacé au citron, qui avaient tous l'air délicieux. J'étais très tentée, mais je secouai la tête.

— Non merci, Mère. Je risquerais de ne plus avoir faim pour le dîner. Devlin vient me chercher vers 18 heures. Je vais aller prendre une douche rapide.

— Oh. Oui. J'avais oublié.

Ma mère avait l'air d'avoir *volontairement* omis cette information.

Elle pinça les lèvres.

— Eh bien, ne le laisse pas te retenir trop tard, ma chérie. Assure-toi d'être de retour à 22 heures.

— Mère. Je ne suis plus une adolescente, rétorquai-je, exaspérée. Je pense qu'à 29 ans, j'ai le droit de rester dehors aussi tard que je le veux. J'ai le double de la clé donc tu n'as pas besoin de m'attendre.

— Oui, eh bien… je n'aime pas l'idée de te savoir seule dans les rues la nuit avec *lui*.

Elle faisait passer Devlin pour Jack l'Éventreur.

Je lui lançai un regard noir.

— Devlin est un parfait gentleman.

— Oh, mais on ne sait jamais, chérie, quelles… habitudes Devlin a pu prendre avec ses fréquentations criminelles…

— *Aaaarrgghh !*

Je contredis ma belle déclaration préalable en régressant tout droit vers l'adolescence et en sortant en trombe de la pièce.

Chapitre 8

Devlin avait choisi une charmante petite crêperie française sur Little Clarendon Street pour le dîner. C'était le cadre parfait pour un repas tranquille et romantique. Malheureusement, mon petit ami ne semblait pas beaucoup apprécier le moment. Il passa la majeure partie du dîner à regarder sa nourriture, les sourcils froncés, et il semblait être perdu dans ses pensées. Enfin, alors qu'on nous servait le dessert – une délicieuse crêpe pomme cannelle –, il leva les yeux vers moi avec un sourire d'excuse.

— Désolé, Gemma. Je ne suis pas de très bonne compagnie ce soir.

— Ce n'est pas grave, dis-je en essayant d'être compréhensive. Longue journée ?

Il soupira et termina son verre de vin, puis s'affala contre le dossier.

— Oui, et plutôt fastidieuse et ennuyeuse.

— Tu essaies toujours de comprendre ce qui s'est passé à la fête ?

Devlin ne chercha pas à dissimuler sa frustration.

— Oui. C'est sacrément contrariant. Penser que le CID s'est fait duper par une bande de petits voleurs !

— Eh bien, pas si petits que ça, à ce qu'il semble. Tu n'as pas dit qu'ils pouvaient appartenir au crime organisé ?

— Si, ça y ressemble. Les vols sont trop bien planifiés et exécutés.

— Tu as retrouvé les quads volés à la fête ?

Devlin secoua la tête.

— Non, et le commissaire est loin d'être ravi, je peux te le dire. C'était très embarrassant d'avoir son meilleur inspecteur sur place et que les quads soient volés juste sous notre nez.

— Eh bien, tu ne peux pas être partout à la fois, dis-je d'un ton raisonnable. Tu t'occupais de la mort de dame Clare à l'exposition féline. En parlant de ça...

Je me penchai en avant.

— La police est-elle satisfaite du verdict ?

Devlin parut surpris.

— Oui, pourquoi ?

Je haussai les épaules.

— Je me demandais juste si... peut-être... il y avait une quelconque... hum... incertitude sur la cause de la mort.

— Non, son médecin a signé le certificat de décès. Mort de causes naturelles. Crise cardiaque.

— Et tu as confiance en son verdict ?

Devlin me regarda avec curiosité.

— Qu'est-ce qu'il y a, Gemma ?

Puis il comprit et il gémit.

— Ne me dis pas que tu as parlé à Mabel Cooke et à ses amies.

— Eh bien, pas seulement à elles... ma mère aussi... Elles pensent toutes qu'il y a quelque chose de louche dans la mort de dame Clare à l'exposition.

— Comment ça, « louche » ? Tu parles d'un crime, n'est-ce pas ? Mabel pense que c'est un meurtre... comme d'habitude, dit Devlin sèchement.

Je souris. Devlin était moins charitable que d'habitude envers les vieilles chouettes à cause d'un incident survenu deux semaines plus tôt, lorsqu'elles l'avaient envoyé, lui et toute une unité médico-légale à l'école du village pour enquêter sur un « monticule suspect » qui était apparu pendant la nuit sur la pelouse. Mabel était sûre que c'était un corps enterré. Il s'agissait en fait d'un gros os à moelle que le terre-neuve de Mrs Patterson avait caché là pour en profiter plus tard.

— Le fait est qu'il y *a* quelque chose qui ne colle pas, dis-je.

— Comment ça ?

Rapidement, je lui expliquai l'incohérence concernant le pilulier. Devlin ne parut pas particulièrement impressionné.

— Gemma, il peut y avoir un grand nombre de raisons pour expliquer ça, dit-il avec impatience. Tu ne peux pas tirer des conclusions hâtives en te basant sur le vague souvenir de ta mère. Elle a pu se tromper.

— Ma mère ne se trompe jamais, dis-je sans réfléchir.

Devlin me regarda.

Je levai les mains.

— Bon d'accord, ce n'est pas vrai - mais là, je pense qu'elle a raison. Il y *a* quelque chose de bizarre dans toute cette histoire de pilules contre l'angine de poitrine... Je veux dire, et si elles avaient été trafiquées ou... Tu as encore la pilule que dame Clare tenait à la main ? demandai-je soudainement.

— Oui, je crois bien.

— Est-ce que tu peux la faire analyser ? S'il te plaît ! Juste pour vérifier ce que c'est.

Devlin soupira.

— Très bien. Je vais leur demander de vérifier demain. Mais je parie que Mabel et ses amies en font juste toute une montagne comme d'habitude.

Il se renfonça dans son siège et changea de sujet.

— Comment s'est passée ta recherche de maison aujourd'hui ?

Je lui racontai mon après-midi décourageant.

— Ne t'inquiète pas, tu finiras par trouver, dit Devlin. Et sinon... eh bien, j'ai pensé, Gemma, que tu aimerais peut-être...

— Voudriez-vous du thé ou du café ? demanda la serveuse en s'arrêtant à notre table.

— Rien pour moi, merci, dit Devlin.

— Moi non plus, ajoutai-je. C'était délicieux. Merci.

Nous réglâmes et quittâmes le restaurant, en sortant dans une douce soirée de printemps. Devlin prit ma main dans la sienne et nous flânâmes sur le large trottoir. Little Clarendon Street était l'une des plus jolies rues d'Oxford la nuit, avec des petites boutiques et des cafés pittoresques le long de la rue, et des lumières féeriques suspendues dans l'espace entre les bâtiments, formant une sorte d'auvent scintillant au-dessus de nos têtes. Nous marchions lentement, réticents à l'idée de retourner à la voiture de Devlin et de terminer la soirée.

— Tu pourrais venir chez moi, suggéra Devlin, sa main chaude contre ma peau alors qu'il caressait ma nuque.

Je laissai échapper un soupir.

— Il ne vaut mieux pas. Il est assez tard et tu dois commencer tôt demain, même si j'ai un jour de congé. En plus, je n'ai pas beaucoup vu Muesli aujourd'hui. J'ai été dehors toute la journée. Je devrais probablement passer un peu de temps avec elle avant d'aller me coucher.

— Tu préfères un chat à moi, me taquina Devlin. Mais puisque c'est Muesli, je te pardonne. Bon, très bien, et si je t'appelais demain soir alors ? Si j'arrive à partir à l'heure, on pourra peut-être prendre un plat à emporter et rentrer chez moi.

— Ce serait super, dis-je avec un sourire.

Peu de temps après, nous nous arrêtâmes devant la résidence de mes parents et je levai les yeux vers l'élégante maison victorienne. Il semblait y avoir une lumière allumée derrière les épais rideaux des baies vitrées de l'avant. Je ressentis un pic d'irritation, espérant que ma mère n'était pas restée debout pour m'attendre. C'était ridicule. J'avais l'impression d'avoir à nouveau 18 ans, de rentrer à la maison en rampant après une nuit illicite avec le petit ami indésirable. Je me moquai de moi-même. D'une certaine manière, peu de choses avaient changé.

— Qu'est-ce qui est si drôle ? dit Devlin.

— Rien. Juste... une certaine ironie...

Je mis ma main sur la poignée de la porte.

— Merci pour cette belle soirée.

Devlin se pencha vers moi et m'attira dans ses bras. Je me laissai aller contre lui tandis que ses lèvres se déplaçaient doucement du lobe de mon oreille vers le côté de ma mâchoire, jusqu'au coin de ma bouche. Je tournai la tête et nos lèvres se rencontrèrent, sa bouche glissa sur la mienne et il m'embrassa jusqu'à ce que je sois à bout de souffle. Ses mains glissèrent le long de mon corps et j'entendis un léger *clic*, puis je sentis que ma ceinture de sécurité se détachait, me permettant de me lover pleinement dans ses bras. Les fenêtres de la voiture étaient pleines de buée. Mon pouls s'accéléra alors que Devlin m'attirait encore plus près, son corps dur contre le mien...

De grands coups furent donnés sur la vitre à côté de nous. *TAP-TAP-TAP !*

— Qu'est-ce qui se passe ? sursauta Devlin.

Je regardai par la fenêtre et glapis.

Quatre vieux visages ridés regardaient à travers la fenêtre embuée, leurs nez écrasés contre le verre de façon grotesque. Une vieille main noueuse frappa à nouveau à la vitre.

— Gemma ? fit la voix de ma mère. Gemma, tu es là ?

Oh, mon Dieu.

Devlin marmonna sous cape et détourna le regard, passant une main dans ses cheveux tandis que je réarrangeais à la hâte mes vêtements et m'asseyais convenablement sur le siège passager avant. J'abaissai la vitre de la fenêtre pour me retrouver face à ma mère, entourée par les vieilles chouettes. Elles passèrent la tête dans l'ouverture, se bousculant pour avoir une meilleure vue.

— Gemma ? Nous avons entendu la voiture arriver, mais comme tu n'entrais pas dans la maison, nous sommes sorties pour voir ce qui se passait. Que *diable* faites-vous dans la voiture ? fit ma mère.

Glenda gloussa à côté d'elle.

— Je suppose qu'ils sont en train de – comment les Américains appellent-ils ça déjà –... en train de « se bécoter » ?

Je rougis, mortifiée.

— Nous... nous disions juste bonne nuit,

répondis-je avec toute la dignité dont j'étais capable.

Mabel jeta un regard à Devlin et agita le doigt dans sa direction.

— Si vous passiez moins de temps à vous bécoter dans les voitures, jeune homme, et plus de temps à enquêter sur les morts suspectes, nous n'aurions pas un meurtrier potentiel qui court dans le village.

— Oh, ne harcèle pas ce pauvre garçon, Mabel, dit Glenda. Il a le droit d'avoir une nuit de repos ! Et d'ailleurs, tu sais ce qu'on dit : *sans distractions, l'homme devient morose !*

Elle glousse à nouveau.

Oh, mon Dieu. Ça ne peut pas être réel.

Les lumières s'allumaient dans la rue et les voisins commençaient à regarder par la fenêtre et à sortir sur le pas de la porte. Je pouvais imaginer les rumeurs qui circuleraient demain.

— Eh bien ! Je trouve que c'est un comportement dégoûtant, dit ma mère en pinçant les lèvres. Tu aurais dû être escortée jusqu'à ta porte, Gemma, comme une vraie dame.

Elle adressa un regard mauvais à Devlin.

— Un vrai gentleman ne t'aurait pas malmenée dans une voiture au milieu de la rue.

— Devlin ne me malmenait pas ! criai-je, au comble de l'exaspération. Nous étions juste... Bon, vous pouvez rentrer maintenant, s'il vous plaît ? J'arrive dans une minute.

Ma mère renifla avec désapprobation, mais retira sa tête de la fenêtre, suivie par le reste des vieilles chouettes – mais pas avant que Glenda ne nous fasse un clin d'œil lubrique.

— Désolée, marmonnai-je à Devlin en relevant la fenêtre. Je ne sais pas ce que les vieilles chouettes font encore ici. Elles sont venues prendre le thé plus tôt et auraient dû partir il y a des heures...

— Ta mère a probablement fait appel à elles pour s'assurer que tu étais escortée en toute sécurité jusqu'à ta porte comme une dame, dit Devlin avec un gloussement ironique.

Je levai les yeux au ciel.

— Je ne sais pas dans quel siècle elle vit ! Honnêtement, c'est ridicule ! J'ai presque 30 ans et je n'ai absolument aucune intimité... Vivre chez mes parents me rend folle ! J'ai besoin d'un endroit à moi !

Je soupirai et mes épaules s'affaissèrent.

— Mais je ne sais pas comment trouver un appartement dans mon budget à Oxford...

Devlin se pencha vers moi et me serra la main.

— Écoute, Gemma... je n'étais pas sûr de dire quoi que ce soit parce que je ne voulais pas te presser, mais... j'allais le suggérer au restaurant tout à l'heure : que dirais-tu d'emménager avec moi ?

Je le regardai fixement.

— Avec toi ?

— Oui, dit Devlin. J'ai de l'espace, on aimerait passer plus de temps ensemble, tu veux échapper à la coupe de tes parents... ça semble être la solution parfaite.

— Tu veux dire… vivre ensemble ?

Il haussa les épaules.

— Tu n'as pas à y penser comme ça, si tu ne veux pas. Penses-y comme s'il s'agissait d'une colocation avec un ami.

Il m'adressa un sourire sexy.

— Un très *bon* ami. Ne me réponds pas tout de suite, ajouta-t-il en me voyant hésiter. Prends ton temps et réfléchis-y. Mais l'offre est lancée.

Il se pencha et déposa un rapide baiser sur mes lèvres.

— Et maintenant vous feriez mieux d'entrer, Miss Rose, avant que je sois tenté de vous malmener à nouveau.

Je ris et déposai une bise sur sa joue, puis je sortis de la voiture et je courus jusqu'à la porte d'entrée où ma mère et les vieilles chouettes m'attendaient dans l'embrasure.

Chapitre 9

Je me levai tôt le lendemain matin et je descendis en m'attendant à trouver mes parents au petit-déjeuner, mais, à ma grande surprise, la maison était vide. Mon père, je m'en souvins alors, était sorti ce matin-là – c'était l'un des rares jours où il donnait encore des cours à l'université –, mais ma mère m'avait laissé un mot mystérieux disant qu'elle était sortie « faire quelques recherches ». Hmm... J'avais un mauvais pressentiment à ce sujet. Mais j'essayai de l'ignorer et à la place, alors que je préparais mon lait et mes céréales pour le petit-déjeuner, je repensai à la proposition de Devlin d'emménager avec lui. Je ressentis un petit frisson à cette idée. Devais-je dire oui ?

Pourquoi pas ? Devlin avait raison, c'était la solution idéale. Nous pourrions passer plus de temps ensemble, je n'aurais pas à m'inquiéter de mon budget, ce serait facile pour aller au travail... et je n'aurais pas non plus à m'embêter avec des propriétaires acceptant les animaux. Outre le fait que la maison de Devlin était à la campagne, loin des grandes routes, Muesli l'*adorait* – et je savais qu'elle l'avait complètement à la bonne.

Je me mis à imaginer des soirées romantiques où je me blottirais contre Devlin sur le canapé, ma tête sur son épaule, sa main caressant doucement mes cheveux, tandis que nous regarderions la télévision ensemble...

Le bruit de la bouilloire me ramena à la réalité et je m'empressai de chasser ce fantasme en me préparant une tasse de thé. *Je ne devrais pas précipiter les choses*, décidai-je. *Je dois encore y réfléchir.*

Le lundi était mon jour de congé – bien que « jour de congé » se traduise généralement par une journée à rattraper les e-mails et tâches administratives. Ce matin-là, cependant, alors que je m'asseyais pour faire ma comptabilité, je réalisai que j'avais oublié certains des documents dont j'avais besoin au salon de thé. Ce n'était pas vraiment urgent – je pouvais récupérer les documents demain et terminer la comptabilité le soir ou lors de mon prochain jour de congé –, mais lorsque je regardai par la fenêtre et que je vis le soleil printanier, je décidai d'aller les chercher à Meadowford en vélo.

Dix minutes plus tard, alors que je m'éloignais

d'Oxford sur mon deux-roues et que je respirais profondément l'air frais, je me souris à moi-même. Traverser ce long et sombre hiver avait été la chose la plus difficile depuis mon retour d'Australie. Par un mécanisme mystérieux, mes souvenirs romantiques de l'Angleterre avaient occulté tous les froids matins d'hiver et les jours gris et lugubres, le brouillard gelé et le vent glacial qui vous engourdissait les doigts et traversait vos vêtements jusqu'à vos os. Et la pluie incessante ! Il ne m'avait fallu que quelques semaines à la campagne pour comprendre enfin pourquoi les Anglais étaient si obsédés par le temps. Pourtant, il semblait que le printemps était enfin là : à part quelques giboulées et une nuit de gelée soudaine, le temps avait été clair et ensoleillé la semaine dernière, et cette douceur semblait bien partie pour durer.

Le village semblait inhabituellement calme ce matin et je ne vis personne que je connaissais assez bien pour m'arrêter et discuter. Étonnamment, les vieilles chouettes étaient introuvables. J'aurais pensé qu'elles seraient sorties dans le village à la première heure, pour discuter avec les autres résidents âgés des potins du week-end.

J'arrivai au salon de thé, je m'empressai de récupérer les papiers puis je fis demi-tour pour rentrer à la maison. Mais une part de moi voulait prolonger cette belle excuse pour profiter de la campagne et, au lieu de prendre la route habituelle, je décidai de faire un détour par des chemins de campagne. Ça prendrait un peu plus de temps, mais c'était mon jour de congé, non ?

Ce ne fut que lorsque je descendis en roue libre une ruelle étroite entourée de part et d'autre de haies soigneusement taillées que je réalisai que j'étais tout près d'Eccleston House. En fait, la haie qui longeait la route à ma droite bordait l'arrière de la propriété et, lorsque je suivis le virage et que la haie s'éclaircit, la maison en elle-même apparut. Vue de l'arrière, elle n'était pas aussi grandiose, mais elle restait une résidence imposante, avec ses proportions classiques et ses caractéristiques architecturales palladiennes...

Attendez. Qu'est-ce que c'était que ça ?

Je lorgnai à travers les arbres qui entouraient la propriété, puis mes yeux s'écarquillèrent.

Impossible. Je dois halluciner.

Le vélo se rapprocha et, à travers une brèche dans les arbres, je vis quatre petites silhouettes grimper furtivement par une fenêtre ouverte.

Je faillis avoir un accident.

C'étaient les vieilles chouettes.

Que diable faisaient-elles là ?

En toute hâte, je m'arrêtai et je sautai de mon vélo, puis je le poussai contre un arbre et je courus vers la maison. J'arrivai juste au moment où Glenda et Ethel essayaient de pousser Florence par-dessus le rebord de la fenêtre, tandis que Mabel – qui était déjà à l'intérieur – essayait de la faire entrer.

— Poussez ! Poussez ! Plus fort ! ordonnait Mabel

en tirant sur les mains de Florence.

— C'est... ce qu'on fait ! souffla Glenda alors qu'Ethel et elle poussaient en vain contre les larges fesses de Florence. Je t'ai dit que tu devais perdre du poids, Flo...

— QU'EST-CE QUE VOUS FAITES ? demandai-je d'un ton péremptoire en arrivant derrière elles.

— Hiii !

Glenda et Ethel se redressèrent, l'air coupables, Mabel sauta et lâcha Florence, qui agita les bras sauvagement, puis bascula en arrière et atterrit dans un bruit sourd dans le parterre de fleurs sous la fenêtre.

— Gemma ! dit Mabel, se reprenant avec un aplomb spectaculaire. C'est un plaisir de te voir, très chère.

— Qu'est-ce que vous faites ? répétai-je.

— Nous étions juste... ah... ha, ha... euh...

— Nous admirions les fenêtres de dame Clare, compléta Glenda.

— Oui ! dit Mabel en hochant vigoureusement la tête. Nous avons tellement entendu parler de la... euh... merveilleuse architecture d'Eccleston House...

— Et nous suivons un cours sur l'architecture géorgienne au centre communautaire, ajouta Ethel.

Bon sang, comment peuvent-elles avoir l'air de si gentilles vieilles dames et être des menteuses si habiles et sans remords ?

— Vous n'admiriez pas la fenêtre, vous étiez en train de *grimper* par la fenêtre, dis-je d'un ton acerbe.

— Je pense que nous ferions mieux de lui dire, fit Florence en se levant et en grimaçant en frottant ses fesses douloureuses.

— Oh, très bien, dit Mabel avec irritation.

Elle se redressa et dit :

— Nous allions procéder à une fouille des lieux.

— Vous étiez en train d'entrer par effraction ! dis-je. Même la police ne peut pas fouiller une propriété sans mandat... à quoi pensiez-vous ?

— Fadaises, dit Mabel avec mépris. Nous allions juste jeter un coup d'œil, il n'y a pas de mal...

— Oui, nous voulions seulement en savoir un peu plus sur les Eccleston, renchérit Glenda.

Je regardai derrière l'épaule de Mabel. Elle semblait se tenir dans une sorte de petite buanderie. Je réalisai que c'était la pièce où Cassie et moi avions trouvé Mary en train de toiletter le chat la veille.

— Et si Mary était entrée et vous avait trouvées ici ? dis-je.

— Oh, elle n'est pas à la maison ce matin, dit Mabel en agitant dédaigneusement la main. Nous nous en sommes assurées. Elle est partie avec Audrey Simmons pour voir l'avocat de la famille. Et ta mère distrait la femme de chambre à la porte d'entrée...

Je les regardai, horrifiée.

— Ma *quoi* ? Ne me dites pas que vous avez mis ma mère dans le pétrin ?

— Oh, elle est merveilleuse, Gemma, s'exclama Glenda. Elle est si élégante, personne ne croirait qu'elle raconte des mensonges...

— Oh, mon Dieu, je n'arrive pas à croire que j'entends ça, marmonnai-je.

— Tu pourrais nous aider, Gemma, suggéra Florence avec espoir en me détaillant de haut en bas. Tu es beaucoup plus mince et plus légère.

— Oh oui, pourquoi ne pas monter et jeter un rapide coup d'œil à la maison ? demanda Mabel.

Glenda acquiesça vivement.

— Peut-être même monter à l'étage...

— Non ! dis-je. Vous êtes folles ? Non, non, nous partons toutes maintenant. En espérant que les Eccleston n'aient pas installé de caméras de sécurité !

Cinq minutes plus tard, quatre petites vieilles boudeuses se traînaient à côté de moi tandis que je leur faisais faire le tour de la maison pour les ramener dans l'allée principale. Je vis ma mère dès que nous arrivâmes. Elle se tenait sur le pas de la porte d'entrée, discutant avec une fille à la peau olivâtre portant un tablier – Riza, la bonne des Eccleston. La jeune fille gesticulait sauvagement, visiblement en train de raconter une histoire :

— ... et la maîtresse, elle s'est mise en colère – elle a crié et hurlé comme une folle. Elle a dit : « Espèce d'idiote ! Tu le remets toujours dans le mauvais sens ! Combien de fois devrai-je te le dire ? Es-tu stupide ? » Oui, elle a dit ça, racontait Riza avec délectation. Et ensuite elle a jeté le livre sur miss Mary !

— Oh, mon Dieu, elle l'a vraiment fait ? demanda ma mère avec une horreur mélodramatique. Et qu'a fait miss Mary ?

— Elle est devenue folle, madame ! C'est la première fois que je la voyais comme ça ! Elle est toujours si calme, vous savez, si gentille avec sa mère, mais cette fois, elle a piqué une crise !

Riza éclata de rire, ses yeux brillant d'un plaisir malicieux.

— Miss Mary s'est levée et a répondu : « J'EN AI MARRE D'ÊTRE TON ESCLAVE ! » Et puis elle a crié : « JE TE DÉTESTE ! JE VOUDRAIS QUE TU SOIS MORTE ! » et elle est partie en courant de la pièce.

— Vraiment ? fit ma mère, l'air absolument ravie. Et c'était la nuit juste avant la fête ? Je me demande si...

— Mère.

Elle se retourna et nous vit debout en bas des marches. Puis son regard glissa sur nous au moment où j'entendais le bruit d'un moteur qui remontait l'allée. Je me retournai et vis une Mini Cooper bleu pâle descendre le chemin et s'arrêter devant les marches. Mary et Audrey sortirent de la voiture.

— Eh bien, il y a du monde par ici, fit observer Audrey en riant.

— Oh, nous sommes juste venues voir comment allait Mary, dit ma mère avec désinvolture en descendant l'escalier pour nous rejoindre.

Je vis Riza se précipiter à l'intérieur de la maison.

Ma mère regarda Mary posément.

— Ma chère, je n'ai pas eu l'occasion de vous dire combien j'étais désolée pour votre mère. Veuillez accepter mes condoléances.

Les vieilles chouettes se rassemblèrent autour et imitèrent ma mère. Je réprimai l'envie de lever les yeux au ciel. Sérieusement ?! Je ne pouvais pas croire qu'elles fassent preuve d'une telle hypocrisie alors qu'elles venaient juste fouiner, essayant de trouver des preuves pour accuser la pauvre fille de meurtre !

Mary murmura des remerciements, l'air légèrement déconcertée.

— Merci... Je... je n'ai pas encore vraiment réalisé. Même dans le bureau du notaire, quand ils discutaient du testament de maman...

Mabel s'éclaircit la gorge délicatement.

— Je suppose que votre mère vous a laissé une part importante ?

Mary rougit.

— Oui... Je connaissais son testament depuis longtemps... Je suis la seule bénéficiaire de ses biens.

Les vieilles chouettes se regardèrent en souriant.

Je m'empressai d'ajouter, en espérant que Mary ne les avait pas vues :

— Le collège va-t-il organiser un service commémoratif ?

— Oui, je pense, mais quelque chose d'intime dans la chapelle du collège.

Mary soupira.

— Ils étaient tous tellement choqués quand je leur ai appris la nouvelle ce matin. Personne ne pouvait croire que maman était morte d'une crise cardiaque si soudainement...

— Je suppose qu'il n'y a aucun doute sur le fait que c'était une crise cardiaque ? dit ma mère.

Mary la regarda fixement.

— Comment ça ?

— Rien, elle ne veut rien dire par là, m'empressai-je de glisser. Hum... de toute façon, je pense que nous devrions vous laisser maintenant...

— Mary, tu dois leur montrer le mot, dit Audrey avec insistance.

Les vieilles chouettes bondirent :

— Quel mot ?

Mary hésita, se mordant la lèvre.

— Mary... insista Audrey. Tu ne peux pas l'ignorer. Tu dois vraiment le signaler à la police. Demande à Gemma et aux autres. Je suis sûre qu'elles seront d'accord avec moi.

Mary déglutit, puis dit :

— Ce matin, avant d'aller voir Mr Grimsby, tante Audrey et moi étions dans la chambre de maman – vous savez, juste pour... Bref, je rangeais sa coiffeuse et j'ai trouvé une note glissée dans le tiroir du haut.

— Une note ? Vous voulez dire... un message ? demandai-je.

— Eh bien, pas un message normal. C'était...

Mary déglutit.

— Il disait des choses horribles.

— Pouvons-nous le voir ? demanda Mabel avec impatience.

Mary plongea la main dans son sac à main et en retira un morceau de papier. Mabel le prit et les vieilles dames l'examinèrent. Je vis leurs visages changer. Puis elles me le jetèrent à la figure. Ma mère regarda par-dessus mon épaule pendant que je dépliais le papier et que je lisais lentement son contenu.

Il y avait une série de mots étalés sur la page, mais ils n'étaient pas écrits ni même tapés. Au lieu de cela, ils étaient constitués de lettres imprimées qui avaient été soigneusement découpées dans un magazine ou un journal et collées, une par une. L'aspect de cette note avait déjà quelque chose d'un peu effrayant en soi, avant même de lire les mots. Dans un langage grossier et vicieux, l'expéditeur avait traité Clare Eccleston des noms les plus grossiers que l'on puisse donner à une femme et avait ajouté qu'elle allait bientôt avoir ce qu'elle méritait.

Au bas du message se trouvait une photo de dame Clare qui avait dû être découpée dans une publication de l'université, car elle portait sa robe officielle d'universitaire – sauf que son visage avait été défiguré, ses yeux arrachés avec une sauvagerie féroce et un grand X noir dessiné sur sa bouche. Il n'y avait pas de signature en bas.

Je frissonnai. Il n'y avait aucun doute là-dessus. Quelqu'un détestait Clare Eccleston, peut-être même assez pour la tuer.

Chapitre 10

Je pris une longue inspiration tremblante. Même si elle ne m'était pas adressée, une telle lettre avait quelque chose de choquant et de dérangeant. La haine et le vitriol suintaient pratiquement de la page et le simple fait de toucher la note me donnait l'impression d'être souillée. Je rendis à la hâte le mot à Mary.

— Quand est-ce que c'est arrivé ? demandai-je.

— Je ne sais pas trop – je pense que c'était vendredi matin, la veille de la fête. Je me souviens d'avoir apporté le courrier et il y avait une enveloppe avec le nom de maman dessus. Je l'ai vue l'ouvrir et elle a eu l'air un peu étrange, mais ensuite elle l'a rangée et n'a rien dit, alors je n'ai pas osé lui poser de questions à ce sujet.

— Savez-vous si votre mère a déjà reçu une note comme celle-ci ?

Mary fronça les sourcils.

— Elle a reçu des lettres désagréables à la fac l'année dernière.

— Du même style ? Avec ces lettres découpées ?

— Non, c'était différent. Elles avaient été tapées sur un ordinateur… et les autorités du collège ont fini par trouver qui les avait envoyées. C'étaient des étudiants qui lui faisaient une vilaine farce. Ils ont été sanctionnés et suspendus pour un trimestre.

Je regardai à nouveau la note entre les mains de Mary. Le papier en lui-même était typique du papier bon marché que l'on trouvait dans n'importe quelle imprimante. Il ne donnait aucun indice sur l'expéditeur.

— Je pense qu'Audrey a raison et que vous devriez montrer ça à la police, Mary, dis-je. Ils pourraient être en mesure de trouver qui l'a envoyé.

— Mais… mais pourquoi ? Je veux dire, maman est morte maintenant, donc ça n'a plus d'importance, n'est-ce pas ?

— C'est tellement horrible ! dit Audrey, le visage bouleversé. Quelqu'un qui pourrait écrire quelque chose d'aussi méchant… ça suggère juste un… un esprit dérangé. Je suis inquiète pour toi. Et si tu étais la prochaine cible ?

— De plus, ça pourrait avoir un lien avec le meur…, je veux dire le décès de votre mère, dit

Mabel.

Audrey sursauta et Mary demanda d'une voix effrayée :

— Que voulez-vous dire ?

Elle se tourna vers ma mère.

— Vous me questionniez à propos de maman tout à l'heure - pourquoi penser qu'elle n'aurait *pas* fait une crise cardiaque ? *Qu'est-ce que vous insinuez toutes ?*

— Nous pensons simplement que quelqu'un aurait pu en vouloir à votre mère, ma chère, dit Ethel avec douceur.

Florence acquiesça.

— Oui, et cette personne aurait pu lui faire du mal.

Mary pâlit.

— Vous voulez dire...

Elle secoua violemment la tête.

— Non ! Non ! Maman a eu une crise cardiaque ! J'étais là, je l'ai vue ! Et nous savons qu'elle essayait de prendre ses pilules...

— Mais justement, dit Mabel. Nous n'en sommes pas sûres. Gemma nous a dit que vous aviez vérifié et que les comprimés dans son pilulier étaient tous là, ce qui signifie...

Elle s'interrompit de façon suggestive.

Mary secoua à nouveau la tête.

— Non, je suis sûre que maman a bel et bien eu une crise cardiaque ! Et pour la note, je suis certaine que ce ne sont que des bêtises. Comme ces lettres à la fac l'année dernière ! Ce n'est pas la peine d'ennuyer la police pour ça ! dit-elle avec véhémence.

Il y eut un silence gênant après cette réaction. Puis Audrey s'éclaircit la gorge et proposa, se raccrochant à la solution anglaise typique à chaque problème :

— Hum... voudriez-vous une tasse de thé ?

— Non, merci, nous devons vraiment y aller, dis-je précipitamment, avant que ma mère ou les vieilles chouettes ne puissent répondre.

Je sortis mon téléphone de ma poche pour consulter l'heure sur l'écran.

— Juste ciel, regardez l'heure ! Je dois...

— Oh, c'est la petite... Muesli, n'est-ce pas ? dit Audrey en apercevant l'écran de veille de mon téléphone. Quelle magnifique photo !

Elle sourit devant l'écran qui montrait Muesli assise sur le rebord d'une fenêtre, la tête penchée sur le côté, les yeux verts brillants et curieux, et une petite patte blanche levée comme si elle faisait un signe de la main.

J'eus un rire gêné.

— Oui, c'est Muesli qui exécute un de ses tours. Je lui ai appris à faire des *high-five*.

— C'est merveilleux ! déclara Audrey. En fait, j'ai remarqué à la fête que c'était une petite chatte très extravertie. D'ailleurs, je me demandais...

Elle me regarda d'un air interrogateur.

— Accepteriez-vous que Muesli rejoigne le programme des chats de thérapie ?

— Des chats de thérapie ? lui demandai-je avec un sourire en coin. Ce n'est pas ce que je pense, n'est-ce pas ? Je veux dire, il y a des moments où je pense que Muesli a besoin d'une bonne thérapie, mais j'espérais que personne ne le remarquerait.

Audrey eut un petit rire.

— Il s'agit d'une nouvelle initiative du Cotswolds Cat Fancy Club. Vous avez entendu parler de la zoothérapie, n'est-ce pas ? Il a été démontré que le fait de passer du temps avec des animaux était particulièrement bénéfique pour la santé – pas seulement sur le plan médical, où cela participe à la réduction de la tension artérielle, mais aussi pour ce qui est de soulager le stress, de réduire la solitude et la dépression et d'améliorer les interactions sociales. C'était ce que j'avais en tête, en fait, dit-elle avec une fierté timide. Il y avait déjà une équipe dans l'Oxfordshire qui plaçait des chiens à divers endroits, mais je n'avais pas connaissance d'une initiative similaire pour les chats et je me suis dit : pourquoi pas ? Et le comité du club des chats a appuyé mon idée. Le programme est donc en place depuis quelques mois maintenant, mais nous recherchons toujours activement des volontaires.

— Comme c'est adorable ! dit ma mère. Je trouve que c'est une idée merveilleuse et je suis certaine que Muesli ferait un chat de thérapie parfait. C'est une petite chose si amicale et curieuse. Je suis sûre qu'elle adorerait visiter les hôpitaux, les maisons de repos, etc.

Oui, et répandre le chaos partout où elle irait, pensai-je.

— Elle est très espiègle, vous savez, prévins-je Audrey.

Cette dernière gazouilla :

— Oh, les plus espiègles sont parfois les plus doués ! Pourquoi ne pas l'amener pour une évaluation ?

Elle ajouta d'une voix plus basse en jetant un regard d'excuse à Mary :

— Clare aurait normalement dû s'occuper des évaluations, car elle était responsable du programme et elle avait beaucoup plus d'expérience avec les chats, bien sûr, mais depuis le... hum... j'ai repris ses responsabilités.

Et Dieu merci, pensai-je. Je ne pouvais imaginer ce que cela aurait été si ma mère avait dû endurer d'autres commentaires méprisants de dame Clare sur Muesli.

Nous convînmes d'un rendez-vous le jeudi, puis je pressai ma mère et les vieilles chouettes dans l'allée avant qu'elles ne puissent faire d'autres commentaires sur la mort de Clare Eccleston. Ma mère avait garé sa voiture juste devant la propriété et je l'y laissai, avec les vieilles chouettes, en train d'échanger des chuchotements surexcités, tandis que je retournais dans la ruelle latérale pour récupérer mon vélo. Quand je revins, je trouvai ma mère seule.

— Où sont passées les vieilles chou... où sont

Mabel et les autres ? demandai-je.

— Oh, elles sont parties avec la voiture de Mabel. Elle l'avait garée au coin de la rue. Il y a un tournoi de boulingrin amateur dans le parc du village auquel elles voulaient assister. Je te ramène à la maison, ma chérie ?

Je fixai mon vélo sur le porte-vélos à l'arrière de la voiture et je montai sur le siège passager.

— Eh bien ! Tout cela est très excitant, pas vrai ? dit ma mère en souriant alors que nous reprenions la route vers Oxford. Mabel dit que nous avons peut-être trouvé des indices très importants sur le meurtre !

Je lui adressai un regard exaspéré.

— Mère, nous ne savons pas encore si la mort de dame Clare est suspecte ou non – il pourrait y avoir une explication parfaitement logique et innocente à tout ce qui s'est passé. Mabel et toi ne pouvez pas dire à tout le monde que c'est un meurtre ! Vous allez lancer toutes sortes de rumeurs dans le village, et effrayer les gens.

— Mais, ma chérie, il y a *bien* quelque chose de suspect dans la mort de Clare Eccleston ! insista ma mère. Je trouve que la police fait preuve d'une remarquable stupidité en se basant sur les dires d'un médecin de village dépassé.

Bien qu'elle ait dit « police », je savais qu'elle voulait parler de Devlin et je me hérissai légèrement.

— Il n'y a aucune raison de suspecter un quelconque acte criminel lors de la fête. La police a fait exactement ce qu'elle aurait dû faire. Tu ne peux pas t'attendre à ce qu'ils traitent chaque mort soudaine comme un meurtre. Les gens meurent de crises cardiaques tout le temps.

— Certes, mais il y a trop de choses étranges dans cette affaire, ma chérie. Et Mabel dit que la plupart des meurtres sont commis par une personne proche de la victime - souvent un membre de la famille qui a quelque chose à y gagner !

Je laissai échapper un gémissement.

— Tu ne penses pas encore que ça pourrait être Mary ? C'est ridicule, Mère ! Tu l'as vue à l'instant, la pauvre fille est désemparée.

— Oh, mais ma chérie, je te l'ai dit - ce pourrait simplement être une très bonne actrice ! Elle va manifestement recevoir une très grosse somme d'argent suite à la mort de sa mère... *et* elle savait qu'elle serait la seule bénéficiaire du testament. De plus...

Ma mère marqua une pause dramatique.

— Tu as entendu ce que Riza, la femme de chambre, a dit !

— Elle a seulement dit que dame Clare et Mary s'étaient disputées la nuit avant la fête. Beaucoup de mères et de filles se disputent...

— Bien sûr, mais Mary a dit qu'elle aurait aimé que sa mère soit morte !

— Mais ça ne veut rien dire ! C'est le genre de chose qu'on dit quand on est en colère. Je me souviens, quand j'avais 13 ans, je...

Je me tus, sentant la culpabilité me gagner.

Ma mère, cependant, n'avait rien remarqué. Elle continuait allègrement :

— Et Mary était très réticente à montrer cette note à la police – je me demande bien pourquoi ? Elle insistait sur le fait que sa mère devait être morte naturellement d'une crise cardiaque. Tout cela me semble très suspect.

— Mère, pourquoi en avez-vous toutes après Mary ? Elle a l'air d'une fille si douce et si gentille...

— Les meurtres ne sont pas seulement commis par des gens désagréables, tu sais, dit ma mère. Parfois, le tueur est quelqu'un qu'on aime bien – mais ça ne change pas ce qu'il a fait.

Grrr. Est-ce que je suis la seule à détester quand ma mère a raison ?

Chapitre 11

— Ma chérie, pourquoi ne viendrais-tu pas avec moi chez le coiffeur cet après-midi ? demanda ma mère quand nous rentrâmes à la maison.

Je la regardai, surprise.

— Moi ? Pourquoi ?

— Oh, je me disais juste que ça pourrait être bien pour toi d'aller chez le coiffeur. Un bon shampoing et un bon brushing. C'est moi qui paie.

Ma mère regarda mes cheveux courts d'un air désapprobateur.

— C'est si *peu féminin* d'avoir des cheveux si courts... mais peut-être qu'Antoine pourrait les boucler un peu ou quelque chose comme ça.

Je touchai mes cheveux, sur la défensive.

— Mes cheveux sont bien comme ils sont.

— Pourquoi tu ne le laisses pas regarder, ma chérie ? Il a un talent formidable, tu sais, et entre ses mains, tu seras sous ton meilleur jour !

Je lui adressai un regard suspicieux.

— Pourquoi est-ce soudainement si important pour moi d'être à mon avantage ?

Ma mère ouvrit de grands yeux.

— Tu ne veux pas être à ton avantage, ma chérie ?

— Hum... si, oui, bien sûr. Mais...

C'était suffisant pour ma mère. Après le déjeuner, elle me poussa dans la voiture et je l'accompagnai en ville, où elle me présenta à Antoine avec l'embarras de quelqu'un qui présenterait un chien malpropre chez le toiletteur.

— Je sais que c'est scandaleusement court, Antoine, mais tu es un tel magicien, crois-tu que tu pourrais faire quelque chose ?

Ma mère joignit ses mains comme dans une prière.

— *Mais bien sûr !* dit Antoine, dont les cheveux ressemblaient à un croisement entre un nid d'oiseau et un arrangement floral japonais.

Je ne pouvais pas m'empêcher de le regarder dans le miroir. Si c'était là un exemple de son « talent », je frémissais à l'idée de ce qu'il me ferait.

Mais en fin de compte, je fus agréablement surprise, et lorsque je quittai le fauteuil du salon une trentaine de minutes plus tard, je ne pus m'empêcher de m'admirer dans le miroir. Antoine m'avait fait un shampoing et un rinçage rapides, puis avait séché mes cheveux de manière à ce qu'ils encadrent mon visage de la façon la plus flatteuse, faisant paraître mes yeux bruns plus grands et mon cou gracieux et mince.

— *Et voilà !* dit-il en enlevant la blouse du salon d'un geste théâtral.

— Merci, Antoine, c'est très bien, dis-je en me tournant pour regarder mon reflet dans tous les sens.

— Et maintenant, *la maman...* dit-il en escortant ma mère jusqu'au fauteuil que j'avais libéré.

Ma mère comptait faire une couleur, et cela allait durer un moment. J'avais du temps à tuer. Le salon de coiffure était situé sur George Street, en plein cœur du centre d'Oxford, et je décidai de me promener en ville plutôt que de rester assise dans la salle d'attente étouffante. Je n'avais pas eu l'occasion de me balader dans les rues d'Oxford depuis mon retour en Angleterre – mon travail au salon de thé ne me laissait pas beaucoup de temps libre, et si je venais en ville, ce n'était certainement pas pour faire du lèche-vitrine ! Mais puisque je devais attendre que la couleur de ma mère soit terminée, pour une fois, je n'avais rien d'autre à faire, nulle part ailleurs où aller, et j'appréciai de pouvoir me promener tranquillement au centre-ville. Je me frayai un chemin à travers les hordes de touristes et j'empruntai l'artère centrale piétonne de Cornmarket Street, puis je gagnai le marché couvert animé du XVIIIe siècle, où l'on pouvait trouver une poissonnerie traditionnelle côtoyant un magasin de chapeaux de marque, un cordonnier à l'ancienne et une boutique orientale.

Je finis par m'aventurer dans Turl Street, une étroite ruelle pavée pleine de charme historique, bordée des deux côtés par plusieurs des plus petits collèges d'Oxford, ainsi que par une sélection de magasins et de boutiques pittoresques. Je fus ravie de constater que certains d'entre eux étaient toujours les mêmes que lors de mes études ; en fait, quelques-uns, comme le magasin de chaussures sur mesure et le tailleur traditionnel pour hommes, étaient probablement là depuis des siècles !

Au moment où j'arrivais au bout de la ruelle où Turl Street rejoignait High Street, je remarquai un magasin sur ma droite et je ralentis le pas. Il s'agissait d'une librairie d'occasion, spécialisée dans les livres rares et anciens, et la vitrine présentait un étalage accueillant de livres reliés en cuir empilés à côté d'un vieux globe terrestre. Je marquai un temps d'arrêt devant le logo sur le panneau au-dessus de la porte, accompagné des mots : « Edwin Perkins, propriétaire ».

Je me rappelais avoir vu le même logo et le même panneau à la fête du village – qui abritait un stand de livres d'occasion – et me souvenais de l'homme pompeux d'âge moyen qui s'était précipité vers la voiture de Mary juste avant que nous ne quittions la fête. Elle l'avait appelé « Edwin »... Pourrait-il s'agir du même homme ?

J'entrai dans le magasin. Dans l'embrasure de la porte, je m'arrêtai, respirant profondément. *Ahhh.* Il n'y avait rien de tel que l'odeur des livres, en particulier des vieux livres – cette combinaison magique de papier vieilli aux notes boisées, la riche robustesse du cuir, le soyeux de la reliure, ainsi que des notes de tête fruitées de l'encre fanée, le tout se combinant pour produire le bouquet parfait. Et ici, vous étiez véritablement immergé dedans. C'était une minuscule boutique, dont les murs étaient tapissés d'étagères du sol au plafond. Au centre trônaient des tables remplies de livres, empilés les uns contre les autres de façon désordonnée.

Je marchais lentement le long de l'allée, laissant traîner ma main avec révérence le long des tranches des livres sur les étagères, prenant de temps à autre un volume pour le feuilleter. *Il n'y a rien de plus beau qu'un vieux livre*, pensai-je, *caressé avec amour et lu pendant des années.*

Au fond du magasin se trouvaient les livres rares et anciens les plus chers, enfermés dans des vitrines, et dans un coin, à côté d'un vieux fauteuil Chesterfield en cuir, se trouvait un grand bureau. Il y avait un homme derrière et un coup d'œil rapide me confirma qu'il s'agissait du même « Edwin » que j'avais rencontré à la fête. En fait, il semblait même porter la même veste en tweed marron avec le gilet assorti et un pantalon en velours côtelé vert olive, ainsi qu'un nœud papillon délavé qui lui donnait un air légèrement ridicule.

Il leva les yeux quand je m'approchai et je vis quelque chose briller dans ses yeux quand il se leva poliment.

— Puis-je vous aider, miss ? Cherchez-vous quelque chose en particulier ?

— Hum... non, je regarde juste...

Je marquai une pause, puis j'ajoutai :

— Je suis désolée pour ce qui s'est passé à la fête. Cela a dû être très perturbant pour vous, qui êtes un ami de la famille.

— Je vous demande pardon ? J'ai peur de ne pas suivre...

— Dame Clare Eccleston. Nous nous sommes rencontrés quand je conduisais sa fille chez elle après le... après. En fait, nous nous sommes aussi rencontrés brièvement plus tôt : vous sortiez du pavillon de l'exposition féline alors que j'y entrais. Nous avons... eu une sorte de collision. Je transportais de la limonade.

— Oh, oui, bien sûr...

Il enleva ses lunettes et les nettoya avec soin.

— Je suis désolé. Je ne vous avais pas reconnue.

Menteur, pensai-je. Il m'avait bien reconnue, à la minute où j'étais entrée dans la boutique. J'avais vu la façon dont il m'avait regardée lorsque je m'étais approchée de lui – et à moins que je ne me sois fait des idées, j'avais cru discerner une lueur d'appréhension dans son regard.

Pourquoi ? Pourquoi aurait-il été nerveux de me voir ?

— Vous êtes un ami de la famille Eccleston depuis longtemps ? essayai-je à nouveau.

— Je connaissais sir Henry Eccleston, dit-il sèchement. Il s'intéressait aux livres anciens et collectionnait les premières éditions.

Il remit ses lunettes et dit brusquement :

— Si vous avez besoin de quelque chose, faites-le-moi savoir. Nous avons des livres d'occasion généraux, ainsi que des éditions rares et des premières éditions.

Je hochai la tête et fis mine de me détourner, puis sur une impulsion, je me retournai vers lui et dis :

— Je suppose que vous n'avez pas de livres sur les poisons ?

Il se raidit.

— Les poisons ?

— Oui, je pensais... à quelque chose qui pourrait faire penser à une crise cardiaque, dis-je en le regardant.

— Non, je crains que nous n'ayons pas de livres sur ce sujet.

Je haussai légèrement les sourcils et jetai un coup d'œil dans le magasin.

— Vous avez beaucoup de livres ici – vous n'avez pas un seul volume sur les poisons ?

— Pas que je sache, dit-il froidement. Je suis désolé de ne pas pouvoir vous aider.

Son ton était sec.

J'abandonnai. Je n'étais même pas certaine de la raison pour laquelle j'avais abordé le sujet. C'était juste... une sorte d'intuition. Je me tournai pour partir. Mais alors que je m'approchais de la porte, je croisai une femme qui parcourait l'une des étagères supérieures. Elle tendit une main pour m'arrêter alors que je passais devant elle.

— Excusez-moi, dit-elle à voix basse. Je n'ai pas pu m'empêcher d'entendre votre question à l'instant. Je ne suis pas sûre que ce soit ce que vous cherchez, mais j'ai vu quelques livres sur les remèdes à base de plantes et autres, y compris les poisons, sur cette étagère là-bas.

Elle désigna une étagère sur sa droite.

— Ils sont juste à côté de l'endroit où je cherchais des recettes.

— Oh, merci. C'est très gentil de votre part.

— Peut-être que Mr Perkins a mal compris ce que vous demandiez, suggéra-t-elle. Ou peut-être a-t-il simplement oublié qu'il les avait.

Elle rit en regardant autour d'elle.

— Je ne m'en souviendrais probablement pas non plus si j'avais une boutique avec autant de livres !

Je lui souris.

— Oui, je suis sûre que vous avez raison. Merci pour ces informations.

Je jetai un coup d'œil par-dessus mon épaule et vis Edwin Perkins qui nous regardait depuis sa table, la bouche comprimée en une ligne mince. L'ignorant, je me retournai et me dirigeai vers l'étagère que la femme avait indiquée. Il y avait quelques livres sur la phytothérapie homéopathique, comme une réimpression d'une publication de 1880 intitulée *Principaux remèdes homéopathiques* et un *Livre d'apothicaire ancien* et enfin un livre intitulé *Les Secrets des remèdes maison – Potions pour guérir ou nuire.*

Curieuse, je m'approchai et pris le dernier volume. Il avait une couverture défraîchie, ses bords étaient gondolés et usés, et les pages jaunies par l'âge. Je l'ouvris doucement et parcourus quelques pages. Il y avait une recette de tisane de pissenlit pour soigner l'acné et l'eczéma, et une autre de pommade à la consoude pour soulager les douleurs et les ecchymoses. Je passai à une autre page et trouvai une recette d'huile de noix de muscade qui soulageait les douleurs rhumatismales et les maux de dents, mais qui, à forte dose, pouvait être mortelle. Hallucinations, lésions hépatiques et mort. Il semblait que l'on pouvait produire toute une pharmacie à partir de son jardin, pour peu que l'on ait un brin d'expérience en matière de jardinage et que l'on connaisse les remèdes à base de plantes. Avec le bon équipement, vous pouviez même fabriquer des comprimés artisanaux, pressés à la main. Je me demandai à quel point ils pouvaient ressembler aux pilules achetées en magasin.

Je fermai le livre d'un air pensif et le remis en place sur l'étagère, puis je jetai un nouveau regard vers le bureau. Edwin Perkins me regardait toujours.

Réprimant un frisson, je me retournai et quittai le magasin, sortant sous le soleil de l'après-midi avec un certain soulagement. Je n'aimais pas l'admettre, même à moi-même, mais cet homme me donnait la chair de poule.

Je repensai à tout cela en rentrant à la maison, écoutant à peine ma mère qui bavardait à côté de moi. Ce ne fut que lorsque nous nous approchâmes de la maison que ses paroles parvinrent jusqu'à moi.

— ... et j'ai dit à Helen que j'étais certaine que tu serais en mesure d'aider Lincoln à choisir de nouveaux rideaux pour sa maison de ville et que vous pourriez en discuter ensemble au cours du dîner ce soir...

— Attends... dis-je en me tournant vers ma mère. Qu'est-ce que tu as dit ? Tante Helen et Lincoln viennent dîner ce soir ?

J'étais sidérée.

Soudain, je compris la véritable raison pour laquelle ma mère avait voulu que je l'accompagne au salon de coiffure pour être « à mon avantage ». Elle avait recommencé ses vieilles manigances d'entremetteuse ! Helen Green était l'amie la plus proche de ma mère et leur plus grand rêve commun (et la mission de toute une vie) était de me voir mariée à son fils, Lincoln. Le truc, c'était que j'aimais beaucoup Lincoln – c'était un type génial –, mais en tant qu'ami, rien de plus. Il m'avait fallu du temps pour comprendre mes sentiments, mais je savais maintenant que mon cœur appartenait à Devlin. Depuis ce jour où nous nous étions rencontrés en première année de fac, lors de notre première semaine à Oxford, il n'y avait jamais eu personne d'autre que lui.

Ma mère, cependant, n'était pas du genre à céder aussi facilement. J'avais pensé qu'elle aurait abandonné, mais non, il semblait qu'elle avait simplement remobilisé les troupes et planifié de nouvelles lignes d'attaque. Quant à Helen, elle était indignée de l'audace dont je faisais preuve en préférant Devlin et ses origines ouvrières à son fils bien-aimé, un éminent médecin de la classe moyenne supérieure, qui avait étudié à Eton. Elle était véritablement glaciale envers moi ces derniers temps et cela donnait lieu à de *nombreuses* conversations gênantes. J'imaginais avec effroi toute une soirée assise en face d'Helen et de Lincoln... Je ne pourrais pas y faire face.

— Je ne peux pas venir, dis-je impulsivement. Je ne serai pas à la maison pour dîner ce soir.

Ma mère me regarda, abasourdie.

— Pourquoi pas ?

— Parce que je... j'emménage chez Devlin.

Qu'avais-je dit ? Ne pas me précipiter ?

— *Quoi ?*

Pour une fois, ma mère oublia sa propre règle : « ne jamais dire *quoi,* toujours dire *pardon ?* » Elle me fixait, une expression d'horreur absolue sur le visage.

— Vous voulez dire... que vous allez *vivre ensemble ?*

À l'entendre, on aurait dit que nous allions céder

à une folie meurtrière.

— Eh bien, oui, dis-je en essayant de ne pas paraître sur la défensive. Beaucoup de couples le font aujourd'hui. Ça n'a rien d'exceptionnel. C'est une solution idéale. J'ai du mal à trouver un appartement à louer, Devlin a beaucoup de place chez lui... Ce serait vraiment pratique pour aller au travail, ainsi que pour venir à Oxford – sa maison est à peu près à mi-chemin entre ici et Meadowford – et... ce serait plus facile pour nous de passer plus de temps ensemble aussi.

Ma mère avait l'air d'avoir avalé une limace incroyablement coriace. J'étais presque désolée pour elle. Alors que nous garions la voiture et entrions dans la maison, je sentis la culpabilité commencer à me peser. Je repensai à l'excitation de ma mère tout à l'heure et je grimaçai en me disant que j'allais gâcher sa soirée. Comment allait-elle expliquer les choses à Helen Green quand ils arriveraient ? Je me sentais mal.

Dans le couloir, j'hésitai, me demandant si je ne devrais pas rester dîner après tout. Je pourrais toujours partir après. Au moins de cette façon, ma mère sauverait un peu l'honneur et j'arrêterais de culpabiliser.

Puis je me raidis. Non, il fallait que je le fasse. Si je cédais maintenant, je serais de nouveau sur la pente glissante de la soumission à l'approbation maternelle. Que ma mère le veuille ou non, Devlin était dans ma vie pour de bon désormais.

Chapitre 12

Muesli regardait avec excitation à travers les barreaux de sa cage à chat lorsque nous arrivâmes chez Devlin. Dès que nous fûmes à l'intérieur, je la laissai sortir pour explorer sa nouvelle maison. Elle fit quelques pas, puis s'arrêta et se retourna vers moi.

— *Miaouuu ?*

— C'est ton nouveau chez-toi, Muesli, dis-je avec un sourire.

Elle fit vibrer sa queue, puis se retourna et avança d'un bon pas. Nous la regardâmes faire un grand tour, se faufilant au milieu du salon modulable de Devlin et entre les tables d'appoint, passant devant les bibliothèques, frottant son menton contre le système de divertissement dans le coin, se glissant derrière les rideaux pour regarder l'obscurité à l'extérieur par les portes-fenêtres, puis se retournant et filant vers la cuisine en acier inoxydable étincelante de l'autre côté de la pièce.

Devlin vivait dans une grange reconvertie, un espace immense et aéré, rénové avec du mobilier moderne, mais conservant une grande partie de son charme rustique. Le rez-de-chaussée était une grande pièce ouverte, avec la cuisine à une extrémité et le salon à l'autre, ainsi qu'une buanderie et des toilettes au rez-de-chaussée. Muesli trottait d'un air important dans l'escalier en spirale devant nous pendant que nous emportions mes affaires jusqu'à la mezzanine où Devlin avait sa chambre et sa salle de bain.

— J'ai pensé que tu aimerais avoir le côté du lit le plus proche de la salle de bain. Et j'ai libéré quelques tiroirs pour toi, dit Devlin en posant ma valise près du placard. Mais si tu as besoin de plus d'espace, dis-le-moi. Gemma ? Il y a un problème ?

Je m'étais arrêtée de mon côté du lit et je caressais nerveusement le couvre-lit. Soudain, l'énormité de ce que je faisais me frappa : *j'emménageais avec Devlin O'Connor.* Outre la culpabilité persistante que je ressentais encore à cause de la désapprobation de ma mère, un vent de panique soufflait. Était-ce une bonne idée ? Les choses n'allaient-elles pas trop vite ? Après tout, cela ne faisait que quelques mois que nous sortions (à nouveau) ensemble – n'était-ce pas un peu prématuré ?

Devlin s'approcha de moi et posa une main douce sur mon bras.

— Gemma ? Qu'est-ce qui ne va pas ?

Je clignai des yeux.

— Rien, je suppose. Juste...

Je haussai les épaules.

— C'est un peu bizarre.

— Ce n'est pas si différent de l'époque où on dormait toujours dans la chambre de l'autre, à l'université. C'est seulement une pièce beaucoup plus grande et... fit Devlin avec un sourire malicieux, un lit beaucoup plus grand.

Je rougis légèrement en le poussant avec espièglerie. Puis je repensai à ce qu'il avait dit. Il avait raison. Ce n'était pas vraiment différent de l'époque où nous étions à l'université ensemble et où nous vivions pratiquement dans la chambre l'un de l'autre. Et d'une certaine manière, même si nous avions l'impression d'aller un peu vite, nous n'étions pas vraiment comme la plupart de ces couples qui venaient de commencer à sortir ensemble. Nous nous connaissions depuis l'âge de 18 ans et nous avions passé presque tout notre temps ensemble lorsque nous étions étudiants à Oxford. Bon sang, nous avions presque été fiancés ! D'une certaine façon, Devlin et moi nous connaissions mieux que la plupart des couples.

— Hé...

Je levai les yeux. Devlin me regardait et je réalisai

que mes pensées devaient être clairement écrites sur mon visage.

— N'oublie pas, tu peux partir quand tu veux, dit-il gentiment. Bien que je pense que Muesli pourrait avoir son mot à dire, ajouta-t-il en faisant un signe de tête vers son lit et en souriant.

Je me tournai dans cette direction. Muesli s'était installée confortablement au milieu de la couette. Son ronronnement bruyant remplissait la pièce. Elle n'avait visiblement aucune difficulté à emménager avec Devlin – en fait, on aurait dit qu'elle était au paradis des chats !

Je gloussai malgré moi.

— La petite coquine. Tu sais qu'elle monopolise le lit la nuit.

— J'ai hâte d'y être, fit Devlin en riant. Tu viens, on descend ? Tu as faim ? Je me disais qu'on pourrait faire des pâtes pour le dîner.

— Formidable, dis-je en le suivant dans les escaliers.

Pendant que nous préparions le dîner ensemble dans la grande cuisine moderne – faisant bouillir les pâtes, mijoter la sauce tomate et hachant des herbes fraîches –, j'écoutais Devlin me raconter sa journée.

— Au fait, j'ai fait tester cette pilule, dit-il. Celle que dame Clare tenait dans sa main quand elle est morte.

— Et ?

Je lui jetai un regard impatient.

— Elle est réglo. Parfaitement légale, un comprimé

contre l'angine de poitrine standard, tel qu'il serait prescrit par n'importe quel médecin et délivré par n'importe quelle pharmacie.

Je plantai mes talons dans le sol, déçue.

— Oh. J'étais tellement sûre...

Devlin poussa un soupir.

— Gemma, je t'ai dit de ne pas écouter l'imagination débordante de Mabel Cooke...

— Mais si ce *n'était pas* seulement le fruit de son imagination ?

— On est déjà passés par là, dit Devlin avec impatience. Je ne peux pas ouvrir une enquête sur un meurtre potentiel juste parce que ta mère pense qu'un pilulier était au mauvais endroit...

— Ce n'est pas seulement ça. Deux ou trois autres choses sont apparues, dis-je.

Rapidement, je lui racontai une version soigneusement censurée de ce qui s'était passé à Eccleston House ce matin-là, en passant sous silence la partie où j'avais surpris les vieilles chouettes en train d'entrer par effraction. Mais Devlin n'était pas idiot, et il me jeta un regard ironique quand j'eus terminé.

— Pourquoi j'ai l'impression que tu ne me dis pas tout ? Peu importe...

Il leva une main en signe de résignation lasse alors que je commençais à protester.

— Je ne veux pas savoir. Je suis sûr que ça implique Mabel Cooke et ses amies faisant une chose qui mériterait probablement une arrestation.

— Alors, qu'est-ce que tu penses du récit de la femme de chambre ? demandai-je. À propos de la dispute entre dame Clare et sa fille ?

— Tu penses vraiment que Mary Eccleston aurait pu tuer sa mère ?

— Je...

Je m'interrompis.

— Je ne sais pas, dis-je enfin. Je n'arrive pas à le croire... mais peut-être que je ne *veux* pas le croire. Tu sais, parce que j'aime bien Mary. Mais comme ma mère l'a dit – et je déteste l'admettre, mais elle a raison –, ce n'est pas parce que j'apprécie Mary qu'elle ne peut pas être une meurtrière. Mais quand même... je n'arrive pas à le croire ! D'un côté, si elle était la meurtrière, cette lettre anonyme n'aurait aucun sens. Si on suppose qu'elle a été envoyée par le meurtrier, ça reviendrait à suggérer que Mary a envoyé la lettre elle-même. Mais si elle *l'avait fait*, elle aurait sûrement voulu que tout le monde le sache, pour faire croire que sa mère avait des ennemis – que le meurtrier était un étranger, quelqu'un d'extérieur à la famille ?

Je secouai la tête.

— Mais ce n'est pas le cas – elle était vraiment réticente à nous en parler et quand elle l'a finalement fait, elle n'a pas arrêté de minimiser la chose ; elle a dit que c'était juste une plaisanterie de mauvais goût comme les lettres reçues par sa mère à l'université l'année dernière.

— Tu lui as suggéré de le signaler à la police ?

— Oui, et elle a refusé fermement. Je pense que si Audrey n'avait pas insisté pour qu'elle nous le montre, Mary ne l'aurait même pas mentionné. Donc je ne pense pas qu'elle l'ait envoyé elle-même – ce qui signifie que le meurtrier a bien plus de chances d'être quelqu'un d'autre.

— Est-ce que ce mot ressemblait à une plaisanterie, selon toi ?

Je haussai les épaules.

— Je ne sais pas trop. Je n'ai pas vu celles que dame Clare avait reçues avant, donc je ne peux pas comparer. Audrey semblait assez effrayée. C'est vrai que c'était un peu perturbant. Enfin, toutes les lettres anonymes sont un peu effrayantes, forcément. Mais ce n'était même pas le message proprement dit, c'était la façon dont la personne avait découpé ces lettres et les avait collées, et puis cette horrible photo de dame Clare avec ses yeux barrés et son visage défiguré comme ça... frissonnai-je. Audrey a dit que la personne qui l'avait envoyée devait être déséquilibrée et je suis d'accord avec elle. On pouvait vraiment sentir la... la haine.

La haine. Je repensai, mal à l'aise, à ce que Riza avait dit et l'image de Mary Eccleston debout, hurlant : « JE TE *DÉTESTE* ! JE VOUDRAIS QUE TU SOIS MORTE ! » traversa mon esprit. Je chassai cette idée.

— Je suppose que je peux essayer de voir si mon sergent a le temps d'interroger Mary Eccleston demain au sujet de la note, disait Devlin.

— Non, ne fais pas ça, répondis-je précipitamment. Je ne voudrais pas que Mary pense que je la dénonce, derrière son dos. Elle pourrait toujours le signaler à la police elle-même.

— Très bien. Mais dans ce cas, il n'y a pas grand-chose d'autre que je puisse faire.

— Mais... c'est sûrement suffisant pour ouvrir une enquête pour meurtre ?

— Sur la base de quoi ? Dame Clare est morte soudainement, c'est vrai, mais ce n'était pas une mort inattendue. Son médecin a certifié qu'elle avait le cœur fragile et qu'elle risquait d'avoir une crise cardiaque à tout moment. Il n'y a aucune raison de suspecter que sa mort soit due à une autre cause. Cette petite incohérence avec le pilulier ne prouve pas grand-chose. Le fait qu'elle ait reçu un message anonyme désagréable il y a quelques jours *peut* signifier quelque chose – d'un autre côté, il y a une dizaine d'affaires d'intimidation à l'école et au travail chaque semaine, toutes impliquant des notes anonymes désagréables, sans compter tous les trolls sur les réseaux sociaux et les forums en ligne ! Bon sang, si on suivait ces paramètres, on devrait traiter la moitié des décès dans l'Oxfordshire comme des meurtres !

— Et il n'y a *aucun* moyen de vérifier si dame Clare est bien morte de causes naturelles ?

— Seulement si on fait une autopsie.

— Et donc, tu ne peux pas faire ça ?

— Pas sans raison valable. La réalisation d'une

autopsie par le médecin légiste coûte du temps et de l'argent. Nous n'en pratiquons pas, sauf s'il y a une raison impérieuse de suspecter qu'un crime a été commis. Ou... ajouta Devlin, si un membre de la famille le demande et est prêt à payer les frais d'un légiste indépendant.

Je laissai tomber le sujet, même si je ne pus m'empêcher d'y penser alors que nous terminions de préparer le repas. Ce ne fut que lorsque nous passâmes à table et que je réalisai à quel point j'avais faim que je me laissai finalement distraire. C'était un repas simple, mais délicieux, les pâtes parfaitement *al dente*, la sauce tomate fraîche et acidulée, parfumée au basilic et au vin rouge. Devlin avait également préparé une salade rapide de feuilles de laitue et de tranches de concombre croquantes, arrosées d'un peu de vinaigre balsamique et d'huile d'olive, et cela allait parfaitement avec les pâtes.

— Intelligent, beau, et bon cuisinier... On dirait que j'ai décroché le gros lot, taquinai-je Devin lorsque nos assiettes furent vides.

Il sourit.

— *Et* j'ai de la glace au chocolat dans le congélateur.

— Je pense que tu pourrais prétendre à la sainteté, dis-je en riant.

Je me levai et commençai à débarrasser la table.

— Je m'occupe de la vaisselle. Pourquoi tu n'irais pas te détendre devant la télé ?

Devlin étouffa un bâillement, passant une main

fatiguée sur son visage.

— Merci. C'est une idée formidable.

Il bâilla à nouveau et secoua vivement la tête.

— La journée a été longue. Et je dois commencer tôt demain matin.

Il se dirigea vers le salon et une petite forme féline trotta derrière lui. Muesli avait mangé en même temps que nous, et était manifestement impatiente de se livrer à une bonne toilette sur les genoux de son inspecteur préféré. Je me souris à moi-même en apportant les assiettes sales dans la cuisine. Il y avait quelque chose dans l'intimité douillette de cette scène domestique qui me fit chaud au cœur.

— Tu veux choisir un film ? lançai-je en ouvrant les robinets de l'évier de la cuisine. J'aurai fini ici dans dix minutes.

Il n'y eut aucune réponse provenant du salon, mais j'entendis ce qui ressemblait à un générique de film venant de la télévision. Rapidement, je remplis le lave-vaisselle et lavai les casseroles, puis je nettoyai le comptoir. Je souris à nouveau en me rappelant soudain mon rêve éveillé de câlins avec Devlin devant la télé. Pas de mère, pas de vieilles chouettes faisant irruption par les fenêtres... *Oooh, j'ai hâte.* En éteignant les lumières de la cuisine, je me précipitai dans le salon.

Je m'arrêtai net.

Devlin était allongé sur le canapé, ses longues jambes étendues devant lui, la tête renversée en arrière contre les coussins et les yeux fermés. Il s'était endormi rapidement. Et lovée contre sa poitrine, la tête dans le creux de son cou se trouvait Muesli, l'image même du contentement. Elle montait et descendait lentement, au rythme de la poitrine de Devlin qui se soulevait, et son ronronnement était presque assez fort pour couvrir sa respiration profonde.

Je m'approchai doucement d'eux, sentant quelque chose me serrer le cœur à leur vue. Muesli ouvrit un œil et fit un *Miaouu... ?* endormi ; puis le referma et se blottit contre Devlin.

Je laissai échapper un soupir. Mes attentes romantiques tombaient à l'eau. Il semblait que j'allais passer ma première soirée dans la maison de mon petit ami à le regarder faire des câlins à mon chat.

Chapitre 13

— Cet homme est de retour.

Je levai les yeux du plateau à thé que je préparais et je jetai un regard tourmenté à Cassie.

— Quel homme ?

— Tu sais, le type qui veut nous vendre ces cuillères en chocolat.

Je levai les yeux au ciel.

— Encore lui ! Il n'est pas déjà venu la semaine dernière et on lui a répondu qu'on était trop occupées pour le voir ?

Cassie sourit.

— Eh bien, il faut lui reconnaître qu'il est déterminé.

Je regardai par-dessus son épaule et vis un petit

homme chauve dans un costume brillant debout près de la porte. Il avait un dossier dans une main et un air flagorneur. Il attira mon attention et me fit un signe de la main en m'adressant un grand sourire.

— Je n'ai pas le temps de le recevoir maintenant, m'empressai-je de dire. Les commandes pour ce groupe de touristes n'ont pas encore été envoyées et ils partent dans vingt minutes !

— Bon, je lui dis de revenir plus tard dans la journée ?

Je secouai la tête.

— Non, ça va être une journée chargée aujourd'hui.

Après ce long week-end de fermeture, il semblait que tous les clients s'étaient passé le mot. Loin de moi l'idée de m'en plaindre – c'était génial de manquer à ses clients –, mais la journée avait été mouvementée jusqu'à présent et les choses ne semblaient pas parties pour se calmer de sitôt. Il était presque 15 heures, moment où le coup de feu du déjeuner se calmait et où nous avions normalement l'occasion de reprendre notre souffle avant que la nouvelle horde de clients n'arrive pour l'*afternoon tea*, mais ce jour-là, toutes les tables étaient encore occupées et il y avait même un couple devant la porte d'entrée, attendant d'être conduit à une table.

— Dis-lui de revenir plus tard dans la semaine, dis-je en ramassant le plateau, en équilibrant soigneusement la lourde théière à une extrémité, les tasses à thé et l'assiette de scones à l'autre avant de l'apporter à une famille américaine près de la fenêtre.

Ils avaient cette confiance en eux qu'on leur jalousait et les manières affables que la plupart des Américains semblaient posséder, et je pris plaisir à discuter avec eux pendant qu'ils me parlaient de leur État natal, le Minnesota. Ensuite, ce fut une course effrénée pour servir le groupe de touristes avant leur départ. J'adressai une prière silencieuse de remerciement à notre nouvelle cheffe pâtissière, Dora. Elle était parfois un peu irritable et trop fière, mais elle gérait formidablement bien la pression, préparant les gâteaux les plus délicieux, sans jamais sourciller. Bien que... Je fronçai les sourcils. Il semblait qu'il y ait eu quelques problèmes en cuisine ces derniers temps – je me souvins que Cassie m'en avait parlé –, quelques erreurs et accidents que Dora avait eus, ce qui ne lui ressemblait pas du tout... Un nouveau groupe de touristes me sortit de mes pensées et je m'empressai de leur proposer des menus et de les faire asseoir.

Lorsque je retournai au comptoir, je fus soulagée de voir que tout semblait être sous contrôle. Puis la clochette de la porte d'entrée retentit à nouveau alors que quelqu'un entrait et je levai la tête, tendant automatiquement la main vers un menu. Mais je m'arrêtai en reconnaissant la personne qui venait d'entrer. C'était Audrey Simmons, et elle n'avait pas l'air d'être là pour déguster du thé et des scones.

Je me précipitai pour la saluer.

— Bonjour, Audrey. Quel plaisir de vous voir.

Voudriez-vous une tasse de thé ?

Elle secoua la tête, le visage tendu et anxieux.

— Non, en fait, Gemma, je suis venue vous parler, si vous avez un moment… ?

— Bien sûr. Qu'est-ce qu'il y a ? demandai-je en posant une main douce sur son bras et en l'attirant sur le côté.

— C'est vrai ? dit-elle. Que Clare aurait pu être assassinée ? Votre mère y a fait allusion quand vous êtes venue à Eccleston House, n'est-ce pas ? Et je viens d'aller à la poste du village et tout le monde en parle. Apparemment, Mabel Cooke et ses amies ont dit à tout le monde qu'elles avaient la preuve que Clare n'était pas morte d'une crise cardiaque après tout – que sa mort était due à un « acte criminel » !

Grrr. Je maudis ma mère et les vieilles chouettes. À quoi jouaient-elles, à répandre des rumeurs comme ça ?

— Eh bien, je… hésitai-je. Il semble y avoir certaines zones d'ombre concernant sa mort. Il y avait cette chose étrange à propos de ses pilules pour le cœur… sans compter cette lettre que Mary a trouvée hier.

— Oui, j'y ai réfléchi, dit Audrey. C'est horrible… horrible… J'ai eu du mal à dormir la nuit dernière. Je n'arrêtais pas d'y penser ! Je ne crois pas que Mary réalise à quel point cette lettre est sérieuse. J'ai essayé de l'inciter à la signaler à la police, mais elle refuse toujours.

Elle soupira.

— J'aime beaucoup Mary, mais elle peut vraiment faire l'autruche parfois – elle pense qu'il suffit de refuser de voir une chose pour qu'elle disparaisse. Mais je ne le pense pas – cette lettre était vraiment vicieuse... Et si c'est vrai que Clare a été assassinée, alors nous devons la montrer à la police ! Cette lettre pourrait être un indice pour attraper son assassin !

— Dame Clare avait-elle des ennemis ?

— Eh bien...

Audrey avait l'air mal à l'aise.

Je lui adressai un sourire encourageant.

— Vous êtes sa plus vieille amie. Je suis sûre que vous saviez ce qui se passait. Et dame Clare... euh... en imposait. Peut-être qu'elle a froissé quelqu'un qu'elle n'aurait pas dû ?

— Clare a toujours voulu bien faire, dit Audrey sur la défensive.

— Oh, j'en suis sûre, acquiesçai-je. Mais peut-être que tout le monde ne percevait pas ses bonnes intentions ?

Audrey haussa les épaules.

— Elle n'était pas très populaire, c'est vrai. Souvent, les gens n'aimaient pas ses manières. Il y a eu quelques problèmes au St Cecilia's College... mais ce genre de choses arrive, bien sûr, surtout dans une communauté aussi grande qu'un collège, avec autant de personnel et d'étudiants.

— Mais personne en particulier qui, selon vous, aurait pu vouloir du mal à dame Clare ?

Encore une fois, Audrey parut mal à l'aise.

— Eh bien, j'y ai pensé hier, mais je n'ai pas voulu le mentionner devant Mary. Elle a mené une vie très protégée, vous savez, et elle est assez sensible. Et elle apprécie Joseph.

— Joseph ?

— Le jardinier du collège. Il fait aussi quelques travaux à Eccleston House de temps en temps.

— Oui, je l'ai rencontré. Je l'ai trouvé un peu… euh… bizarre.

— Oh, mon Dieu, oui, je n'ai jamais réussi à me faire à lui. Mais je dois dire que c'est un jardinier fantastique. Pas seulement pour bêcher et planter, mais aussi en termes de connaissance des plantes, de leur histoire, de leur utilisation et de tout le reste. Clare n'arrêtait pas de me demander de le faire venir pour refaire les jardins du presbytère et je me demande maintenant si elle n'avait pas raison – les plantes commencent à s'étendre, et avec la taille printanière et les nouveaux parterres…

— Alors il s'est passé quelque chose avec Joseph ? demandai-je en la ramenant doucement sur les rails.

— Oui, c'était très bête, vraiment. Il s'agissait d'une bordure de fleurs dans le quadrangle arrière, à côté de la chapelle du collège. Joseph cultivait des dahlias dans une serre et Clare voulait qu'il les transfère dans la bordure, mais il a refusé. Il a dit que bien que nous ayons eu un printemps très chaud, il était encore trop tôt et qu'une vague de froid pourrait les tuer. Quoi qu'il en soit, Clare n'a pas apprécié – elle lui a dit qu'il perdrait son travail s'il ne faisait pas ce qu'elle disait. Clare pouvait être un peu... hum... autoritaire parfois quand elle voulait obtenir quelque chose. Audrey eut un petit rire d'excuse.

C'est une façon polie de décrire une femme qui ressemblait à un véritable tyran, pensai-je. À voix haute, je demandai :

— Que s'est-il passé ?

— Eh bien, malheureusement, il s'est avéré que Clare avait tort et que Joseph avait raison. Les fleurs sont toutes mortes durant cet épisode de gel soudain que nous avons eu la semaine dernière – vous vous en souvenez ? Joseph était fou de rage. Honnêtement, je n'avais jamais vu quelqu'un d'aussi furieux et bouleversé. On aurait dit qu'un membre de sa famille était mort ! Il se trouve que j'étais à St Cecilia's ce jour-là – j'étais allée discuter avec Clare au sujet de la fête du village – et je les ai surpris en train de se disputer. On pouvait pratiquement les entendre crier de l'autre côté de la cour. J'ai été assez choquée, surtout puisque je n'avais jamais entendu Joseph parler avant. J'en étais venue à croire qu'il était muet !

Je fronçai les sourcils.

— Mais... il ne pouvait pas simplement les replanter ? Ça semble un peu extrême – vous ne pensez pas qu'il aurait pu vouloir faire du mal à dame Clare juste pour ça ?

Audrey me regarda.

— Vous ne connaissez pas Joseph. Il est très...

étrange, comme vous l'avez dit. Et il aime vraiment ses plantes. C'est presque comme... une obsession. Je ne pense pas qu'il les voie comme nous. Il est un peu solitaire et... eh bien, ses plantes sont tout pour lui.

Son visage s'éclaira légèrement.

— Mais c'est ce qui fait de lui un si bon jardinier. Il sait tout sur les plantes et les fleurs. Et il a un nez si étonnant – figurez-vous qu'il peut identifier différentes espèces de roses juste à l'odeur. Un jour, j'ai dit à Clare qu'elle devrait lui demander de mettre tout son savoir dans un livre, mais elle s'est contentée de rire. Elle a dit que Joseph était trop stupide pour ça.

Audrey grimaça.

— Clare pouvait manquer de tact parfois.

Bon sang, c'est l'euphémisme de l'année. Plus j'entendais parler de Clare Eccleston, plus je commençais à la détester – et plus je commençais à être d'accord avec Mabel Cooke sur le fait que beaucoup de gens auraient pu avoir des raisons de vouloir sa mort. Je jetai un coup d'œil à Audrey et je me demandai comment elle pouvait encore penser à son amie avec autant de tendresse. On dit que l'amour est aveugle, peut-être que les amitiés d'enfance l'étaient aussi. Je savais que je fermais les yeux sur nombre de traits de Cassie. Cela dit, ce n'était pas un tyran mégalomane...

La clochette de la porte d'entrée tinta de nouveau et nous levâmes les yeux pour voir les vieilles chouettes entrer. Je me demandais où elles étaient passées - d'habitude, elles étaient les premières à pousser la porte du salon de thé chaque matin. Mais d'après ce qu'Audrey avait dit, il semblait qu'elles aient été occupées à tenir audience au bureau de poste ce jour-là. Elles avaient l'air très satisfaites d'elles-mêmes lorsqu'elles entrèrent, enlevant leurs chapeaux et leurs manteaux.

— ... Je pense que Ruth va regretter d'avoir emménagé dans le village de retraite, croyez-moi sur parole, disait Mabel alors qu'elles s'approchaient du comptoir.

— Eh bien moi, je pense qu'elle va passer un moment *fabuleux*. Il y aura des cours d'art, des concours de scrabble, du tai-chi et des visites de théâtre à Londres... Le village de retraite a même sa propre piscine et son propre terrain de boules. Pensez à tous les gentlemen qu'elle va rencontrer ! gloussa Glenda. Et Ruth m'a dit qu'il y avait des bals tous les samedis soir ! Oh, j'espère vraiment qu'elle m'invitera.

— J'aurais aimé qu'elle fasse don de ses livres à la bibliothèque, au lieu de les vendre, déclara Ethel avec un soupir. C'est une si belle collection - une collection de toute une vie. C'est tellement dommage...

— Eh bien, on ne peut pas vraiment la blâmer quand on voit que ce libraire lui offrait autant d'argent, dit Florence qui se voulait la voix de la raison.

— Hum ! Je n'ai pas confiance en cet Edwin Perkins, dit Mabel en reniflant. C'est peut-être le meilleur libraire d'Oxford, mais je pense toujours...

— Edwin ? demanda Audrey à côté de moi. Edwin Perkins est ici, à Meadowford ?

Je la regardai, surprise. Ses joues étaient rouges et ses yeux brillaient soudain d'excitation.

Ethel acquiesça.

— Ruth Harding a décidé d'emménager dans le village de retraite maintenant que son mari est décédé. Nous sommes allées chez elle pour l'aider à faire ses bagages. Mais il n'y a pas de place pour tous ses livres dans sa nouvelle maison, alors elle a appelé Mr Perkins pour qu'il vienne évaluer sa collection.

— Il est toujours là ?

— Oui, nous venons juste de partir et il était encore en train de discuter avec elle d'une des premières éditions de Ruth.

— Oh, excusez-moi... Je dois essayer de le rattraper... Je dois lui parler de... euh... de la fête du village pour l'année prochaine...

Audrey se précipita hors du salon de thé.

Mabel la regarda partir d'un air sardonique.

— Elle perd son temps, dit-elle.

— Comment ça ? demandai-je.

Glenda gloussa.

— Tu n'es pas au courant ? Audrey est amoureuse d'Edwin Perkins depuis des années. Elle est toujours en train de lui faire des gâteaux, de se rendre à Oxford pour visiter sa librairie et de trouver des excuses pour le faire participer aux événements du village. C'est elle qui lui a obtenu le stand pour vendre des livres d'occasion à la fête de cette année...

Glenda plissa le nez.

— Mais je dois bien avouer que j'ignore ce qu'elle lui trouve. Il marche horriblement courbé et il est si frêle... Je pense que les hommes sont plus beaux avec un peu d'embonpoint. Je veux dire, un « ventre à bière » est tellement plus sexy qu'une poitrine osseuse, tu n'es pas d'accord, Gemma ?

— Je... euh... je n'y ai pas vraiment réfléchi, dis-je faiblement. Alors, hum... Edwin partage-t-il ses sentiments ?

Mabel renifla.

— Pas quand il peut avoir de plus jeunes poissons.

Glenda se pencha vers moi et dit, comme une écolière qui partagerait un secret dans la cour de récréation :

— Edwin est amoureux de Mary Eccleston.

— De Mary ? bafouillai-je. Mais elle est... elle est assez jeune pour être...

— Exactement, dit Mabel en hochant la tête. À son âge quand même, il devrait savoir à quoi s'en tenir.

— C'est assez triste à voir, en fait, dit Florence en secouant la tête. Presque embarrassant. La façon dont il traînait autour d'elles tout le temps, comme un vieux chien affamé espérant qu'on lui jette un os.

— Je trouve ça très attentionné, dit Ethel. Il lui est tellement dévoué, il ferait vraiment tout pour elle.

Et bien qu'il y *ait* une grande différence d'âge, eh bien, Mary est si timide et naïve que, parfois, je me demande si un homme plus âgé ne lui conviendrait pas mieux.

— Eh bien, il ne risque pas d'avoir l'occasion d'essayer, n'est-ce pas ? dit Florence.

Glenda gloussa.

— Il pourrait, maintenant que Clare Eccleston est morte.

Je haussai les sourcils.

— Dame Clare n'approuvait-elle pas les sentiments d'Edwin pour sa fille ?

— Ne pas approuver ? s'esclaffa Mabel. Elle l'a poussé à quitter la ville avec ses moqueries ! Elle l'a traité de vieux cochon dans son dos - et en face - et s'est fait un malin plaisir de l'humilier en racontant à tout le monde ses tentatives pour séduire Mary. Elle a dit qu'il était comme un vieux chien qui renifle sa...

Mabel ferma soudain la bouche. Je jetai un coup d'œil autour de moi. Un homme venait d'entrer dans le salon de thé. C'était Edwin Perkins.

Chapitre 14

Il resta un moment sur le seuil, examinant la pièce avec une sorte d'appréciation fastidieuse, puis il s'approcha du comptoir. Je pris un menu et je m'avançai pour le saluer, mais avant que je puisse dire quoi que ce soit, la voix tonitruante de Mabel m'interrompit :

— C'est bon de vous revoir, Edwin. Vous en avez fini chez Ruth ?

— Oui, dit-il sèchement. Mrs Harding et moi avons conclu nos affaires ; je me suis dit qu'il serait bon de prendre une tasse de thé avant de retourner à Oxford et on m'a recommandé cet endroit.

— Oh, oui, les gens viennent de loin pour manger au salon de thé de Gemma, dit fièrement Florence.

Elle fait les meilleurs scones de tout l'Oxfordshire !

— Oui, eh bien, peut-être devrions-nous laisser Mr Perkins décider par lui-même, dis-je, légèrement embarrassée.

Je lui souris.

— Voulez-vous une table près de la fenêtre ?

— Non, celle-ci fera l'affaire, dit-il en indiquant une table près du comptoir. Je n'ai pas l'intention de rester longtemps. Juste une tasse de thé, merci.

— Vous êtes sûr que vous ne voulez pas quelque chose avec votre thé ? dis-je. Nous avons une large gamme de gâteaux et de brioches, ainsi que, bien sûr, notre produit phare : des scones tout juste sortis du four avec de la confiture maison et de la *clotted cream.* Nous faisons également des sandwiches traditionnels avec de nombreuses garnitures.

— Eh bien, je...

— Essayez le *Victoria sponge*, dit Glenda. Il est délicieux. Bien que peut-être pas autant que celui de Mary Eccleston... glousse-t-elle.

Une légère ligne de couleur apparut le long des joues d'Edwin, mais son expression demeura impassible. Il jeta un coup d'œil au menu.

— Je vais prendre une assiette de sandwiches au concombre, alors.

Je retournai au comptoir pour passer la commande. Pendant ce temps, les vieilles chouettes avaient trouvé un nouveau sujet d'intérêt : elles lisaient avec attention le journal local du jour.

— Regardez ces yeux... dit Glenda en feignant un

frisson. On voit bien que c'est un criminel.

— Et sa bouche ! Ma mère disait toujours de ne jamais faire confiance à un homme aux lèvres fines, renchérit Florence en hochant sagement la tête.

— Eh bien moi, je trouve qu'il a l'air plutôt ordinaire, dit Ethel de sa voix douce. C'est ce qui rend la chose encore plus effrayante – qu'il puisse ressembler à n'importe qui. Il était là à la fête, se promenant, et personne ne s'est même rendu compte qu'il y avait un maître criminel parmi nous !

— Qu'est-ce que vous regardez ? demandai-je, ma curiosité piquée.

— C'est ce type, le chef de la bande de voleurs qui a fait des ravages ces derniers temps, dit Florence. Ils l'appellent le « Patron de l'agri-crime ». Nate Briggs.

— Oh ?

C'était donc la némésis de Devlin. Je me penchai pour mieux voir, m'attendant à moitié à tomber sur une sorte de cliché du génie du mal : un visage basané, peut-être, avec des sourcils sombres et démoniaques et une moustache effrayante.

Au lieu de quoi, je vis un jeune homme au visage frais, d'apparence très ordinaire, qui n'avait probablement pas plus de 30 ans, avec des cheveux couleur sable et un teint rougeâtre. La photo avait été prise sur le parking d'un supermarché, et il regardait hors caméra, avec une expression vide et détendue sur le visage. Ethel avait raison : il ressemblait à n'importe lequel des dizaines de jeunes hommes que l'on pouvait croiser dans l'Oxfordshire. On ne l'aurait jamais remarqué dans la rue. Il était difficile de croire que ce jeune homme sans prétention était le chef d'une habile bande de criminels qui tenait la police en haleine.

— Ils ont même volé deux quads pendant la fête, juste sous le nez de la police ! fit Mabel en me lançant un regard accusateur. Ton inspecteur O'Connor devrait avoir honte.

— Oui, eh bien, Devlin était un peu distrait par le malaise de dame Clare à l'exposition féline - il ne pouvait pas être à deux endroits à la fois, dis-je sur la défensive.

— Hum, renifla Mabel. Au moins, il semble qu'il ait fini par entendre raison et qu'il fasse maintenant appel à l'aide du public. J'ai toujours dit que la police devrait s'appuyer davantage sur les connaissances des résidents locaux - nous avons des yeux et des oreilles sur le terrain qu'ils ne pourront jamais égaler !

— La police a lancé un appel à témoins, expliqua Florence en montrant l'article sous la photo. Ils demandent à toute personne qui aurait des informations sur Nate Briggs ou qui l'aurait vu - notamment lors de la fête de samedi dernier - de se manifester.

Cassie passa devant le comptoir en marmonnant pour elle-même :

— ... J'espère qu'on a des réserves de *sticky toffee pudding*. Je n'arrive pas à croire que les trois tables ont commandé la même chose ! Peut-être que je ferais mieux de vérifier avec Dora et de voir si...

— Cassie...

J'attrapai mon amie au moment où elle allait entrer dans la cuisine.

— Tu te souviens des photos que ton frère a prises ? Il t'en envoyait pendant qu'on visitait les appartements dimanche.

Elle fit la grimace.

— Oui, j'aimerais pouvoir les oublier.

— Il en a d'autres, pas vrai ? En plus de toutes celles de toi et de celle de moi dans le pavillon des chats. Tu as dit qu'il avait passé la fête à prendre des photos des gens.

Elle hocha la tête.

— Liam se constitue une gamme de « types » pour son portfolio. Il a dit que la fête était un endroit idéal pour ça : toutes sortes de personnes viennent et la foule est si nombreuse que les gens ne remarquent pas toujours qu'ils sont photographiés, et tout le monde a l'air naturel.

— Eh bien, il pourrait avoir photographié par inadvertance ce « Patron de l'agri-crime » ! dis-je. Je suis sûre que la police aimerait voir ses photos. Même si Liam n'a pas photographié Nate Briggs directement, il est possible qu'il soit quelque part en arrière-plan.

Je réfléchis un moment, puis j'ajoutai :

— En fait, si Liam ne veut pas s'embêter à aller au commissariat, il peut me donner les photos et je les montrerai à Devlin ce soir.

— D'accord, je vais l'appeler. Je pense que les photos sont peut-être encore sur son appareil...

Cassie marqua une pause.

— Mais attends, il est sûrement à Oxford. Tu es prête à retourner en ville juste pour récupérer les photos ? Sinon tu aurais pu rentrer directement chez Devlin après le travail.

— Oh, ce n'est rien. Je pensais faire un saut chez mes parents avant de retourner chez Devlin, donc je passerai à North Oxford après le travail de toute façon.

Cassie sourit.

— Un sentiment de culpabilité ? Parce que tu es partie en colère hier ?

Je me crispai légèrement. Elle avait raison. Même si j'avais toujours l'impression d'avoir été complètement dans le vrai et ma mère complètement dans le faux, je n'avais pas pu me défaire de ce sentiment de remords coupable de toute la journée.

— Ouais, peut-être un peu, dis-je d'un air penaud. Je pensais revenir et... peut-être m'excuser.

Cassie éclata de rire.

— Tu es si prévisible, Gemma. Très bien, laisse-moi appeler Liam...

Elle passa l'appel et j'entendis un babillage surexcité à l'autre bout du fil.

— Oui, il serait ravi de te voir, dit Cassie en gloussant et en mettant fin à l'appel. Et d'aider la police dans une enquête criminelle. En fait, il avait prévu de retrouver des amis ce soir et je te parie qu'il ne va pas arrêter de se vanter.

Elle me sourit.

— Je pense que tu as fait sa semaine.

— Où est-ce que je dois le retrouver ?

— Il sera à l'école jusqu'à 17 heures et ensuite je crois qu'il va avec des amis voir le film de 18 h 15 au cinéma de Magdalen Street. Je lui ai dit de passer chez tes parents vers 17 h 30 et de t'y attendre. Son école est juste au coin de la rue. Est-ce que ça te va ?

— Parfait. Je vais peut-être partir un peu plus tôt aujourd'hui pour ne pas le faire attendre. Tu crois que... ?

Je sentis un mouvement au niveau de mon coude et je me retournai, surprise, pour voir Edwin Perkins debout à côté de moi. Il avait quitté sa table et semblait légèrement agité.

— Je crains de devoir annuler ma commande, dit-il sèchement. Je dois retourner à Oxford plus tôt que je ne le pensais.

— Oh, les sandwiches devraient être prêts dans une minute...

— Non, non, je dois partir maintenant.

Il m'écarta et se dirigea vers la porte.

Cassie et moi nous regardâmes, perplexes.

— Mais qu'est-ce qui lui a pris ? dit Cassie.

Je haussai les épaules et regardai par les fenêtres du salon de thé. J'eus le temps de voir Edwin s'enfuir de l'autre côté de la rue. Il avait un téléphone portable collé à l'oreille et parlait avec un sentiment d'urgence. *Hmm...* Peut-être *avait-il* dit la vérité et avait-il vraiment oublié un rendez-vous à Oxford – et il appelait maintenant son client pour s'excuser... Mais quelque chose dans son départ soudain me mettait mal à l'aise.

Chapitre 15

Le reste de l'après-midi se déroula sans incident, même si je ne pus m'ôter de la tête le sujet du « meurtre » de dame Clare. Je réfléchis en prenant les commandes et en servant successivement plateaux de thé et de gâteaux au salon. Mon esprit revenait sans cesse sur l'incohérence concernant les pilules et, en particulier, celle que la morte serrait dans sa main…

Il avait été si tentant de penser que cette pilule pouvait être un « faux », un comprimé trafiqué contenant du poison au lieu du véritable médicament. Peut-être que dame Clare en avait déjà pris un et tenait encore le second quand elle s'était effondrée. Elle avait pu penser qu'elle prenait des pilules contre l'angine de poitrine alors qu'elle ingurgitait en réalité un substitut mortel...

Et peut-être avait-elle demandé à sa fille d'aller chercher des pilules dans son pilulier et Mary lui avait-elle donné les faux comprimés de poison à la place ? Cela aurait expliqué pourquoi tous les cachets étaient toujours dans le pilulier.

Mais mon esprit chassa cette pensée. En plus, ça n'avait pas de sens. Mary n'avait pas du tout semblé s'inquiéter lorsque je lui avais demandé de vérifier le pilulier – et si elle *avait* vraiment donné à sa mère de fausses pilules empoisonnées, n'aurait-elle pas pris la peine de retirer le même nombre de vraies pilules de la boîte ? Cela aurait été facile à faire et aurait évité que les gens remarquent une anomalie.

De toute façon, tout cela était sans importance maintenant puisque Devlin avait confirmé que la pilule *était* un véritable comprimé contre l'angine de poitrine en définitive. Elle n'était clairement *pas* toxique. Ce qui éliminait donc cette théorie. Mais cela n'expliquait toujours pas la différence. Le fait que six comprimés soient toujours présents dans le pilulier signifiait que dame Clare avait dû prendre la pilule ailleurs... ou... ou...

... Ou que quelqu'un l'avait placée dans sa main une fois qu'elle s'était effondrée !

Je ressentis un élan d'excitation. Oui ! C'était ça !

La pilule était un leurre, conçu pour induire en erreur. Il laissait entendre que dame Clare avait eu une crise cardiaque : après tout, c'était la conclusion naturelle que l'on pouvait tirer en la trouvant morte, un comprimé contre l'angine de poitrine serré dans la main. Cela devait conduire les gens à supposer – comme nous l'avions tous fait – que la pauvre femme avait ressenti des douleurs à la poitrine et qu'elle était sur le point de prendre des médicaments, mais qu'elle n'avait pu les ingurgiter à temps.

Mais pourquoi ? Pourquoi faire croire aux gens que dame Clare était morte d'une crise cardiaque ?

Parce qu'ils ne voulaient pas éveiller les soupçons sur le fait qu'elle aurait pu mourir d'autre chose.

Et ils avaient presque réussi. Le Dr Foster avait signé le certificat de décès indiquant une mort de cause naturelle, et sans le sens de l'observation de ma mère concernant le pilulier et l'ingérence des vieilles chouettes et leur manie de voir des meurtres partout, personne ne l'aurait remis en question. Dame Clare aurait été enterrée et le meurtrier s'en serait tiré.

Mue par une intuition soudaine, je pris mon téléphone pendant un moment de calme et je passai un appel à Lincoln Green.

— Salut Gemma, dit-il.

Il avait l'air heureux d'avoir de mes nouvelles et j'étais soulagée.

— Salut Lincoln, j'espère que je ne te dérange pas ?

— Non, je suis sur le point de commencer la tournée des services, mais j'ai un petit moment.

Il marqua une pause, puis ajouta :

— Ma mère et moi étions désolés de ne pas te voir au dîner hier soir.

— Oh, oui… Je suis désolée, dis-je, embarrassée. Je… hum… quelque chose est arrivé à la dernière minute…

Lincoln éclata de rire.

— Ne t'en fais pas, Gemma. Pour être honnête avec toi, j'étais un peu soulagé quand j'ai appris que tu ne serais pas là. C'est assez gênant… enfin, tu sais que ma mère n'ait pas… hum… c'est-à-dire que tu sais qu'elle a été très déçue que les choses ne se soient pas passées entre nous comme elle l'avait espéré.

Mon visage était en feu et j'étais contente qu'il ne puisse pas me voir.

— Lincoln… Je suis… Je suis désolée. Tu sais que je…

— Non, non, c'est ce que je voulais dire. Tu n'as pas à t'excuser, Gemma. Honnêtement. C'est sans rancune de ma part et je suis très heureux qu'on soit toujours amis. J'essayais juste de dire qu'en fait ton absence la nuit dernière… euh… m'a facilité les choses aussi.

Je ressentis une vague de gratitude et d'affection pour lui.

— Merci, Lincoln, merci d'être si compréhensif.

— Alors, que puis-je faire pour toi ? Je suis sûr que tu ne m'as pas appelé juste pour me dire à quel point tu es embarrassée, me taquina-t-il.

— En fait, j'espérais faire appel à ton cerveau, dis-je. Dis-moi, y a-t-il un moyen pour quelqu'un de simuler une crise cardiaque ?

— Comment ça ? Pourquoi quelqu'un voudrait-il simuler une crise cardiaque ?

— Eh bien... peut-être que si... peut-être que si tu voulais te débarrasser de quelqu'un, mais que tu ne voulais pas que ça ressemble à un meurtre...

— Tu penses à cette mort pendant le week-end, n'est-ce pas ? À la fête du village de Meadowford ? C'est dans tous les journaux. Elle était assez connue à Oxford, tu sais, en tant que membre du personnel de haut rang dans l'un des collèges.

— Oui, dis-je. Il y a une ou deux choses qui sont un peu... bizarres à propos de la mort de dame Clare. Elle prenait des pilules contre l'angine de poitrine. Je ne pense pas qu'elles puissent déclencher une crise cardiaque ?

— Les médicaments utilisés pour traiter l'angine de poitrine sont des nitrates comme la nitroglycérine et ils *peuvent* être mortels, en théorie, si l'on utilise une dose suffisamment importante. Mais ce n'est pas le médicament pour le cœur auquel on pense normalement en termes de toxicité et de dangerosité potentielles.

— Mais il y en a un autre qui l'est ? demandai-je prestement.

— Eh bien, le médicament pour le cœur le plus couramment prescrit est probablement la digoxine – ce que le grand public appelle souvent la « digitaline ». Il est prescrit pour l'insuffisance cardiaque congestive et agit sur les muscles cardiaques pour augmenter les contractions. Il est très efficace et bénéfique à petites doses, mais il est potentiellement mortel en cas de surdosage. Cela peut provoquer une tachycardie, une fibrillation artérielle, un bloc auriculo-ventriculaire...

— Ce qui pourrait conduire à une crise cardiaque ?

— Oui, une overdose pourrait conduire à une crise cardiaque soudaine.

— Est-il facile de se procurer ces médicaments ?

— La digoxine est délivrée uniquement sur ordonnance et les quantités délivrées sont très soigneusement contrôlées, comme tu peux l'imaginer. Mais il est en fait possible de produire une grande quantité du même médicament à partir de la fleur elle-même.

— De la fleur ?

— Oui, tu sais, la digitale. On en trouve dans beaucoup de jardins anglais. C'est de là que vient le médicament à l'origine. Je me souviens encore du cours à ce sujet à la fac de médecine. Ça a été considéré comme un tournant de la médecine cardiaque. Un apothicaire-chirurgien anglais nommé William Withering a découvert la puissance de la digitaline et a été le premier à utiliser des concoctions de digitale pour soigner les gens.

Lincoln éclata de rire.

— De nos jours, il aurait probablement obtenu un brevet pour le médicament et serait devenu multimilliardaire... En fait, il avait l'air d'un type vraiment bien. Apparemment, il s'occupait personnellement de deux ou trois mille patients pauvres chaque année, ce qui signifie qu'il ne gagnait qu'environ mille livres par an – par rapport à ses collègues qui gagnaient tous quelque chose comme cinq mille livres par an. C'était beaucoup d'argent à l'époque.

— Donc... en possédant la plante, c'est possible d'avoir accès au médicament ?

— Oui. Pas sous sa forme pure, bien sûr, mais je crois qu'il est assez facile d'extraire l'ingrédient actif.

Je repensai à l'exposition féline.

— Et quels sont les symptômes d'un empoisonnement à la digitaline ? Est-ce qu'ils seraient similaires à une crise cardiaque ?

— Oui, je suppose que certains des symptômes pourraient être interprétés de cette façon, fit Lincoln. Ce qui en ferait un poison très intelligent à utiliser. La victime se sentirait nauséeuse, aurait un pouls irrégulier, serait confuse et en détresse ; ce qui rappelle les symptômes d'une crise cardiaque, comme les nausées, la transpiration et les étourdissements...

— Et il faudrait en administrer beaucoup à quelqu'un pour le tuer ?

— Non, c'est ce qui rend ce poison si mortel. La digitaline a un index thérapeutique très faible. Cela signifie que la différence entre une dose « sûre » et une dose « toxique » est très faible. Même une infime surdose peut être fatale. Et la substance agit très vite. La mort peut être immédiate, mais si le poison est pris avec de la nourriture, cela peut prendre un peu plus de temps en raison du temps d'absorption orale.

Lincoln semblait inquiet.

— Ça a l'air sérieux, Gemma. Est-ce que tu en as parlé à Devlin ?

— Oui, mais il n'est pas convaincu qu'il y ait des raisons de soupçonner quelque chose d'anormal dans la mort de dame Clare, dis-je.

— Je suis surpris – Devlin est normalement très perspicace, dit Lincoln avec un respect réticent.

Je laissai échapper un soupir.

— Le problème c'est que, cette fois, le médecin de la femme était présent et a certifié que la mort était due à des causes naturelles.

— Vraiment ? Qui est-ce ?

— Le docteur Foster, du village. Tu le connais ?

— Oui, mais pas très bien. J'ai vu son nom sur les dossiers de certains de mes patients, car c'est leur généraliste habituel.

Lincoln émit une toux polie.

— Il est... euh... sur le point de prendre sa retraite, je crois.

— Tu aurais confiance en son jugement ?

— Eh bien...

Il était clair que Lincoln n'aimait pas critiquer ses confrères.

— Disons simplement que nous sommes

nombreux à penser qu'il aurait probablement dû prendre sa retraite bien avant.

Je poussai un soupir de frustration.

— C'est ce que m'ont dit ma mère et d'autres habitants du village. Ils ne croient pas du tout à ses capacités et n'ont pas confiance en son verdict. J'aimerais avoir un deuxième avis sur la mort de dame Clare.

— Eh bien, l'autopsie offrirait une deuxième opinion, n'est-ce pas ?

— Oui, je sais, et j'ai essayé de persuader Devlin d'en demander une, mais jusqu'à présent il a refusé. Il dit que je dois lui fournir une raison impérieuse pour en demander une et ce que j'ai jusqu'à présent n'est pas suffisant.

Je poussai un nouveau soupir de frustration.

— Je suis presque tentée de contacter moi-même le médecin légiste et d'essayer de le convaincre – sauf que je l'ai déjà vu plusieurs fois sur des scènes de crime et qu'il est un peu grincheux. Je pense que c'est peine perdue...

— En fait, le docteur Maxwell est parti en congé de longue durée, dit Lincoln. Quelqu'un de très compétent le remplace, qui pourrait bien être disposé à t'écouter.

— Je ne sais pas, dis-je d'un air dubitatif. Je veux dire, je ne l'ai jamais rencontré, je ne peux pas juste...

Un grand bruit s'éleva de la cuisine, suivi par des éclats de voix. Je regardai autour de moi avec consternation. *Que se passe-t-il là-dedans ?*

— Désolée, Lincoln, je dois y aller, dis-je à la hâte.

— Très bien, si je peux faire autre chose pour t'aider, appelle-moi.

— Merci, dis-je avec gratitude.

Je raccrochai et me précipitai vers la cuisine, où je trouvai Dora et Mabel en retrait de la table centrale en bois, toutes deux observant la pagaille au milieu avec une consternation prudente. On aurait dit qu'un volcan miniature était entré en éruption à cet endroit, avec des morceaux de farine, de la pâte et des liquides éparpillés partout et un bol en verre fêlé couché sur le côté.

— Tout est de votre faute ! éclata Dora, regardant Mabel d'un air accusateur. Si vous n'étiez pas venue fourrer votre nez dans les affaires des gens comme d'habitude...

— Je n'ai touché à rien ! dit Mabel avec indignation. C'était vous ! Vous avez versé le mélange de citron dans la pâte et à la minute où vous avez essayé de la replier, tout a explosé !

— Oh, mon Dieu, quelqu'un a été blessé ? demandai-je en me précipitant vers elles.

— Pas cette fois, mais ça ne veut pas dire que nous aurons autant de chance la prochaine fois, dit Mabel en jetant un regard noir à Dora. Et si le bol s'était brisé et que des éclats de verre avaient volé partout ? Et ce n'est pas la première fois que ce genre de chose se produit. Ne me regardez pas comme ça, Dora, vous savez que c'est vrai. Cassie m'a parlé de vos « accidents ». Vous devez faire quelque chose à ce sujet.

— Quels accidents ? demandai-je en les regardant toutes les deux.

Je me souvenais vaguement que Cassie avait mentionné quelque chose la semaine précédente à propos de son inquiétude pour Dora... et plus tôt dans la semaine également... mais j'étais tellement occupée que je n'y avais pas prêté attention.

— Dora a fait toutes sortes d'erreurs étranges et a eu des accidents en cuisine, dit Mabel. Il a fallu jeter des gâteaux entiers parce qu'ils avaient un goût horrible ou parce que le four n'était pas réglé à la bonne température et ils ont complètement brûlé. Il y en a même un qui a explosé dans le four...

— Il arrive à tout le monde de commettre de petites erreurs, dit rapidement Dora. Surtout quand on essaie de nouvelles recettes. Ça n'a rien d'étonnant !

Mabel fronça les sourcils et désigna le désordre sur la table.

— C'est plus qu'une petite erreur. Regardez !

— Qu'essayiez-vous de faire ? demandai-je.

— Un *lemon tea cake*, marmonna Dora. C'est une nouvelle recette que j'ai vue. Je suivais simplement les instructions et tout a éclaté d'un coup !

— Depuis combien de temps cela se produit-il, Dora ? demandai-je gentiment.

Dora comprima ses lèvres, un mélange de gêne et d'agacement envahissant son visage. Elle répondit à contrecœur :

— Quelques semaines. Mais c'est juste une mauvaise passe, c'est tout. Parfois, on a de la malchance ou on est un peu maladroit. Ça ne veut rien dire.

Mabel me jeta un regard et se tapa le côté de la tête.

— Le cerveau n'est plus ce qu'il était, dit-elle dans un murmure tout à fait audible.

Dora se hérissa.

— Il n'y a rien qui cloche avec mon cerveau ! Et vous n'avez pas l'âge de faire des commentaires sur le fonctionnement du cerveau des autres !

Mabel se redressa avec un air supérieur.

— Mon cerveau est aussi aiguisé que lorsque j'étais une jeune fille de 20 ans. Je fais très attention à ce qu'il reste actif et agile.

Je m'empressai d'intervenir :

— Ne tirons pas de conclusions hâtives. Mais, Dora, je suis d'accord avec Mabel : si les choses vont mal depuis un certain temps, vous ne devriez pas l'ignorer. Peut-être devriez-vous voir un médecin ?

— Je n'ai pas besoin de voir un médecin, dit rapidement Dora. Je n'ai aucun problème ! J'ai peut-être été un peu distraite ces derniers temps, c'est tout. C'est… c'est probablement le changement de saison. Et peut-être que j'ai eu une petite grippe.

— *Vous avez eu* la grippe ? demandai-je en fronçant les sourcils dans un effort pour me souvenir.

Je ne me souvenais pas que Dora ait eu un rhume ces dernières semaines.

— Eh bien, non, admit Dora. Mais peut-être que j'ai eu un virus sans m'en rendre compte... vous savez, on peut attraper de ces choses...

— Raison de plus pour consulter un médecin, dis-je. Si c'est une question d'argent, je peux...

— Ce n'est pas à cause de l'argent, dit Dora avec raideur. Je peux me permettre de voir un médecin. De toute façon, les consultations au cabinet du village sont remboursées par la NHS.

— Eh bien, dans ce cas, je vais prendre un rendez-vous pour vous avec le docteur Foster. Et je vais personnellement vous emmener le voir demain après-midi. Pas de discussion, dis-je en restant ferme pour une fois.

Dora parut vouloir protester, puis elle céda à contrecœur.

— Bon, très bien. Mais je suis sûre que c'est beaucoup de bruit pour rien.

— Et en attendant, ça suffira pour aujourd'hui, dis-je. Je ne veux rien entendre – vous allez arrêter maintenant et rentrer chez vous et lever le pied. Je peux...

Cassie fit irruption dans la cuisine.

— Gemma !

Je me retournai. *Et maintenant ?*

— C'est Liam ! Il a été agressé et on lui a volé son appareil photo !

Chapitre 16

J'avais espéré rentrer assez tôt ce soir-là pour surprendre Devlin avec un repas fait maison. Au lieu de cela, je me retrouvai à passer la majeure partie de la soirée, fatiguée et affamée, au poste de police, assise avec Cassie et son frère pendant que la police interrogeait Liam et prenait sa déposition. Deux voyous à capuche lui avaient sauté dessus au moment où il tournait dans la rue où vivaient mes parents. Ils ne l'avaient pas vraiment blessé et avaient pris son appareil photo et rien d'autre, mais Liam était furieux, et l'agent qui avait pris sa déposition avait dû censurer le langage utilisé. Les choses n'étaient pourtant pas encourageantes. La brève description des « voyous » par Liam n'avait pas été très utile et je pouvais voir à l'expression du visage de l'agent qu'ils n'avaient pas beaucoup d'espoir d'attraper les voleurs ou de récupérer l'appareil photo.

— Ce genre de choses arrive souvent par ici, surtout avec tous les touristes qui se promènent à Oxford avec leurs appareils photo coûteux accrochés à leurs épaules, attendant juste d'être volés, déclara l'agent en roulant les yeux. Une cible facile pour les voleurs. Les gens viennent en Angleterre en se disant que ce n'est pas un pays du tiers monde, et que ça doit être sûr – oh, c'est certain qu'il y a rarement des crimes violents, mais vous avez toujours des vols. Et partout où il y a un tas de touristes, ce genre de choses est endémique. Les touristes en décalage s'égarent dans un nouvel environnement étrange…

— Je ne suis pas un touriste écervelé, dit Liam avec indignation. Je ne me baladais pas comme un imbécile. Je *vis* à Oxford. Et ces deux ordures n'étaient pas de simples pickpockets, je vous le dis, ils sont venus droit sur moi !

— Oui, eh bien, nous avons le numéro de série de l'appareil photo et la description du produit et tout le reste. On l'entrera dans la base de données des objets volés, déclara l'agent. Il y a de fortes chances pour qu'ils essaient de le vendre en ligne. Les reflex numériques Canon sont les plus populaires, ainsi que les Nikon… mais votre modèle est également assez sophistiqué. Je garderais un œil sur les sites de petites annonces en ligne, si j'étais vous.

Toujours furieux, Liam quitta le poste avec Cassie. Je demandai à la réception et je fus ravie de découvrir que Devlin avait travaillé tard et était toujours dans les bureaux du CID. Ainsi, vingt minutes plus tard, au lieu de rentrer seule à vélo, je me laissai reconduire chez moi dans la puissante Jaguar XK confortable et élégante de Devlin. Pendant qu'il conduisait, je lui racontai ce qui était arrivé à Liam.

— Tu ne trouves pas ça bizarre qu'ils aient pris son appareil photo, mais pas son portefeuille ? demandai-je en terminant l'histoire.

— Pas nécessairement. Son portefeuille était probablement rangé au fond d'une poche, alors qu'il est plus facile de voler un appareil photo à l'arraché. Et un adolescent n'a peut-être pas beaucoup de liquide sur lui, alors qu'un appareil photo de luxe représente pas mal d'argent. Tu n'imagines pas le nombre de plaintes pour vol d'appareil photo qu'on reçoit…

— Oui, l'agent qui a pris la déposition de Liam nous l'a dit. Mais ce n'est pas dans l'un des lieux touristiques du centre-ville. C'était dans une petite rue tranquille d'une banlieue résidentielle.

Je marquai une pause, puis dis :

— Je ne pense pas que ce soit un vol commis au hasard.

Devlin quitta la route des yeux pendant un moment pour me regarder.

— Comment ça ?

— Liam venait me voir, en fait. Il avait l'intention de me donner la carte SD de son appareil photo, avec les photos qu'il avait prises à la fête. Tu sais, à cause de l'appel à témoins de la police dans les journaux. Je comptais te montrer les photos ce soir – je pensais qu'il pourrait y avoir quelque chose dedans ; apparemment Liam a fait le tour de la fête, prenant des photos des gens pour son portfolio. Je me suis dit qu'il avait peut-être pris une photo de ton « Patron de l'agri-crime », tu sais, Nate Briggs – sans s'en rendre compte.

Je me penchai en avant.

— Je pense que son appareil photo a été volé exprès ! Ils ne voulaient pas que vous – la police – voyiez les photos !

Devlin haussa les sourcils.

— C'est un peu tiré par les cheveux.

— Tout correspond ! insistai-je. En fait, Cassie et moi on a discuté de tout ça au salon cet après-midi, à la vue de tout le monde.

— Qui ça, « tout le monde » ?

Je poussai un soupir de frustration.

— On était bien occupées, je n'ai pas vraiment fait attention. Je pense qu'il y avait un groupe de touristes allemands près de la fenêtre et un jeune couple d'Américains à côté… Un autre grand groupe à la grande table centrale – d'Europe de l'Est, je pense –, je n'étais pas tout à fait sûre que ce soit une seule famille… et un couple de Japonais assis près de la cheminée ; je m'en souviens parce qu'ils avaient un magnifique bébé dans une poussette – de grands yeux et une touffe de cheveux noirs, comme une poupée... Et je crois qu'il y avait quelques habitants du village assis près du comptoir – Frances Moore et Judith Powell, et le vieux Mr Bernard avec sa nièce qui visite Oxford... et... et Edwin Perkins ! dis-je soudain.

— Edwin Perkins ?

J'acquiesçai vivement.

— Oui, le propriétaire de la librairie d'occasion. Il a une boutique à Oxford et il était venu à Meadowford pour évaluer une collection de livres appartenant à une amie des vieilles chouettes, sur le point d'entrer dans une maison de retraite – l'amie, je veux dire, pas les vieilles chouettes...

Je voyais bien que Devlin avait l'air légèrement perdu.

— Quoi qu'il en soit, le fait est qu'il était au salon de thé à ce moment-là. Je m'en souviens maintenant parce qu'il s'est soudain précipité dehors. J'ai été surprise parce qu'il avait commandé du thé et des sandwiches, mais il s'est levé et est parti avant même que sa commande n'arrive. Il a dit qu'il avait une réunion urgente ou quelque chose à Oxford qu'il avait oublié, mais je me souviens de l'avoir vu parler de façon vraiment urgente au téléphone alors qu'il s'éloignait du salon de thé.

— Il appelait peut-être simplement la personne avec laquelle il avait rendez-vous pour s'excuser de son retard, souligna Devlin. Et d'après la description que Liam a donnée, je doute que l'un des voyous qui l'ont attaqué soit Edwin Perkins. C'étaient de jeunes hommes portant des sweats à capuche.

— Oui, mais ça aurait pu être des voyous *envoyés* par Edwin, dis-je. C'est probablement pour ça qu'il a passé cet appel en quittant le salon de thé. Il nous a entendues, Cassie et moi, parler des photos et il s'est empressé d'informer son complice et de lui dire de mettre la main sur l'appareil avant qu'il ne tombe entre les mains de la police.

Devlin me lança un regard impatient.

— Son complice ? Des voyous embauchés ? Gemma, tu fais passer Edwin Perkins pour une sorte de chef de file du crime. C'est juste un libraire d'occasion à Oxford. D'ailleurs, pourquoi se soucierait-il que ces photos tombent entre les mains de la police ?

— Parce que... parce que ces photos pourraient bien le montrer en train de faire quelque chose d'incriminant ! dis-je. J'en suis certaine ! Il a dû nous entendre parler et a paniqué. C'est pour ça qu'il a quitté le salon de thé si rapidement. Il devait trouver un moyen d'intercepter Liam et de s'emparer de cet appareil photo.

— Oui, mais de quelle chose incriminante on parle, exactement ? Vendre un roman d'occasion au prix de détail ?

— Une preuve qu'il a empoisonné dame Clare, dis-je promptement.

Devlin gémit.

— Tu ne vas pas recommencer, Gemma.

— Pourquoi pas ? C'est un suspect possible.

— Je croyais que la dernière fois, tu avais dit que la fille était la suspecte ?

— Les vieilles chouettes et ma mère pensent que c'est Mary, mais je ne suis pas d'accord. Je crois qu'il est beaucoup plus probable que ce soit Edwin... ou peut-être même Joseph, le jardinier effrayant du collège.

— Qui ça ?

Devlin commençait à avoir l'air confus et irritable.

— Qui diable est Joseph ?

Je me lançai dans un récit décousu de ma rencontre avec Edwin à la fête, puis de ma visite à sa librairie en ville, et des ragots des vieilles chouettes sur l'humiliation d'Edwin par dame Clare. Puis je racontai à Devlin ma rencontre avec Joseph dans le jardin des Eccleston et le récit d'Audrey sur la colère du jardinier suite à la perte des fleurs du collège.

— Donc tu vois bien qu'ils avaient tous les deux une dent contre dame Clare et qu'ils pourraient tous les deux être des suspects possibles, conclus-je triomphalement.

— Des suspects possibles ? Tu parles comme s'il y avait une enquête pour meurtre en cours alors qu'il n'y en a pas.

— Eh bien, il devrait y en avoir une ! dis-je d'un air maussade. Je pense que je t'ai donné plus qu'assez de raisons pour en commencer une.

— Ce que tu m'as donné, c'est un tas de théories

et de spéculations sauvages, basées sur des preuves circonstancielles – et encore.

— Pourquoi tu n'envisages pas au moins la possibilité que dame Clare ait pu être assassinée ? lançai-je, frustrée. C'est comme si tu étais déterminé à ne pas me prendre au sérieux. *Lincoln*, lui, me croit.

— Lincoln ? dit Devlin d'un ton froid. Tu lui as parlé de ça ?

— Oui, je l'ai appelé aujourd'hui, en fait, dis-je en essayant de ne pas paraître sur la défensive. Et il a semblé très intéressé. Et m'a soutenue. Il m'a dit qu'il était possible de simuler une crise cardiaque en utilisant certains médicaments pour le cœur, comme la digitaline. Si dame Clare a été empoisonnée avec ça, alors le docteur Foster a pu commettre une erreur – surtout s'il n'est pas très malin – et mettre ça sur le compte d'une mort naturelle. Lincoln pense que la meilleure chose à faire serait de faire une autopsie pour vérifier.

— Je ne vais pas ordonner une autopsie juste parce que Lincoln Green pense que je devrais le faire, grogna Devlin.

Je ne pouvais plus contenir ma colère :

— Pourquoi tu es toujours si têtu ? Tu le fais exprès !

— Je ne fais rien exprès, dit Devlin en serrant les dents. Je fais simplement mon travail, ce qui signifie ne pas me lancer dans des enquêtes pour meurtres sur la base de caprices de vieilles dames à l'imagination débordante et d'un médecin qui devrait rester à sa place, dans son unité de soins intensifs !

La voiture s'arrêta en douceur devant la maison de Devlin. Il sortit et claqua la portière. Je lui emboîtai le pas et j'entrai dans la maison à sa suite. Muesli accourut pour nous saluer, faisant vibrer sa queue en signe de bienvenue, puis elle s'arrêta net comme si elle sentait l'atmosphère hostile.

— *Miaou ?* dit-elle en inclinant la tête et en nous regardant avec curiosité.

Devlin lui donna une petite tape, puis se dirigea vers la cuisine. Il prit une bouteille de vin rouge dans le garde-manger et ouvrit le placard où se trouvaient les verres.

— Un verre ? demanda-t-il sèchement.

— Non, merci, répondis-je tout aussi froidement.

Je réalisai soudain que le problème de la vie en commun était que, en cas de dispute, il n'était pas possible de s'éloigner l'un de l'autre pour se calmer.

Devlin ouvrit le frigo.

— C'est un peu tard pour préparer un grand repas, mais il y a des...

— Je n'ai pas très faim, répondis-je d'un ton brusque. Je... Je vais monter. Histoire de prendre une douche, pour enlever la crasse de la journée.

Je me penchai et pris Muesli, puis je me retournai et commençai à monter les escaliers jusqu'à la mezzanine.

— Au fait, Gemma...

La voix de Devlin me poussa à m'arrêter.

— La pile de vêtements sur la chaise à côté de ton

lit, tu as l'intention d'en faire quelque chose ?

— Comment ça ?

— Eh bien… ils sont à laver ?

— Non, ils ne sont pas sales. Ce sont des vêtements que j'ai sortis ce matin, que j'ai essayés, puis décidé de ne pas porter. Et quelques trucs d'hier aussi.

— Eh bien, s'ils ne sont pas sales, pourquoi ne pas les remettre dans les tiroirs ou dans l'armoire ?

Je haussai les épaules.

— Je ne sais pas… Je n'avais pas la tête à ça. Je les trierai à la fin de la semaine.

— Pourquoi ne pas le faire maintenant ? fit Devlin avec impatience.

— En quoi est-ce important ? dis-je, exaspérée. Tu n'utilises pas cette chaise de toute façon.

— Je ne vois pas pourquoi tu as besoin qu'ils soient dehors, en désordre, alors que ça te prendrait moins de deux minutes pour les ranger.

— Tu n'es pas non plus parfaitement ordonné et rangé, dis-je. Tu as laissé un tas de CD sur la table à côté de la télé dans le salon.

— C'est différent, dit Devlin. Il y a certains CD que j'écoute toujours et c'est beaucoup plus rapide de les avoir dehors que de devoir chercher dans toute la collection à chaque fois.

— Mais c'est la même chose ! dis-je. Ils ont l'air vraiment désordonnés éparpillés sur la table d'appoint. Ça ne te prendrait que deux minutes pour les remettre en place avec les autres. Tu pourrais les disposer ensemble à une extrémité de l'étagère, pour pouvoir les retrouver facilement quand tu le veux.

— C'est juste plus facile comme ça, dit Devlin avec irritation. Je les ai toujours laissés dehors comme ça et ça s'est bien passé.

Il ne dit pas *avant que tu emménages avec moi,* mais le sous-entendu était bien là.

Je me figeai, blessée. Devlin le remarqua immédiatement.

— Gemma... Je suis désolé, ce n'est pas sorti comme ça devrait, dit-il en arrivant au pied de l'escalier et en levant les yeux vers moi. Tu sais que j'aime vous avoir ici, toi et Muesli. C'est ta maison maintenant, autant que la mienne.

Je détournai le regard, sans croiser le sien.

— *Muaou...* dit Muesli d'un air désespéré en nous regardant successivement.

Devlin soupira et passa une main dans ses cheveux.

— Écoute, je pense qu'on est tous les deux fatigués et un peu irritables ce soir. Pourquoi ne pas faire une pause et recommencer ? Va prendre une douche et quand tu auras fini, on mangera quelque chose. On regardera un peu la télé, puis on pourrait se coucher tôt...

Il me fit un sourire en coin.

— Qu'est-ce que tu en dis ?

Je sentis que je m'adoucissais.

— D'accord, dis-je enfin en esquissant un sourire crispé en retour.

— *Miaou !* dit Muesli d'un ton approbateur, puis elle m'échappa et se laissa tomber, dévalant les escaliers pour rejoindre Devlin.

Je lui jetai un regard noir. *Traîtresse.*

Chapitre 17

L'ambiance était toujours aussi glaciale entre Devlin et moi le lendemain matin, alors que nous nous préparions pour aller travailler. Cela me rappelait quand nous étions étudiants et que nous nous disputions – nous étions tous les deux capables de camper obstinément sur nos positions. C'est l'une de ces dures vérités de la vie, n'est-ce pas, quand vous réalisez que ce n'est pas parce que vous aimez quelqu'un que vous serez toujours d'accord et que vous vous entendrez toujours ? Je savais que ce n'était probablement qu'une stupide fierté mal placée, mais je sentais que je devais tenir bon. Devlin devait ressentir la même chose. Pourtant, il hésita au moment de quitter la maison et se retourna vers moi.

— Hum… Je risque de rentrer encore tard ce soir, dit-il.

— Ce n'est pas grave.

— Si tu veux manger sans moi…

— En fait, je pense que je vais dîner avec mes parents, dis-je. Comme je n'ai pas réussi à y aller hier, avec ce qui est arrivé à Liam et la visite au poste, j'ai pensé que je pourrais passer ce soir.

— Oui, bonne idée, dit Devlin, peut-être un peu trop rapidement.

Peut-être qu'il pensait, comme moi, qu'un peu plus de temps séparés aiderait à guérir la blessure. Ne disait-on pas *loin des yeux, près du cœur* ?

Il hésita encore, puis se pencha soudain vers moi et m'embrassa sur les lèvres. Je m'adoucis et glissai mes bras autour de son cou, l'embrassant en retour.

— Peut-être qu'on pourrait regarder un film ensemble quand je reviendrai, suggéra Devlin avec un sourire quand il releva enfin la tête.

Je lui souris en retour.

— Ça me va.

Quand il fut parti, je montai dans la chambre et, me sentant d'humeur plus charitable à présent, je m'attaquai à la pile de vêtements sur la chaise près du lit, les pliant et les remettant dans la commode ou les accrochant dans l'armoire. Puis je vérifiai la nourriture et l'eau de Muesli, et je m'apprêtai à partir.

Comme le salon de thé n'ouvrait pas avant la fin de la matinée, j'avais généralement un peu de temps pour moi le matin, surtout si je me levais plus tôt. Il était un peu plus de 8 heures et j'avais encore deux heures à tuer. En dépit d'un léger adoucissement envers Devlin, ma frustration concernant l'enquête sur le meurtre – ou l'absence d'enquête – remontait en flèche. Je ne pouvais pas abandonner. Je savais au fond de moi que quelque chose clochait dans la mort de dame Clare et je devais trouver un moyen de le prouver.

Je repensai à la conversation que j'avais eue avec Lincoln la veille. Il avait raison : le meilleur moyen de prouver un « acte criminel » était de faire une autopsie. Mais comment pourrais-je convaincre Devlin d'accepter ? Puis je me souvins d'autre chose : Devlin avait dit qu'un membre de la famille pouvait demander un examen plus approfondi du corps...

Évidemment ! Je pouvais demander à Mary ! Si elle était à l'origine de la demande, cela permettrait de balayer toutes les objections de Devlin. Et elle voudrait sûrement découvrir la vérité sur le meurtre de sa mère.

Galvanisée, j'appelai Eccleston House, et Riza m'apprit que Mary était à St Cecilia's College. Je réfléchis un moment, puis je partis, pédalant avec impatience vers le collège situé à l'est d'Oxford. Saint Cecilia avait la particularité d'être le dernier collège exclusivement féminin de l'université et s'accrochait dangereusement à ce titre. Pour une personne qui avait été élevée dans un contexte où l'égalité hommes-femmes était la norme, il m'était étrange de penser à une époque où Oxford était un domaine réservé aux hommes. Les femmes n'avaient été autorisées à entrer à l'université qu'au début du XIXe siècle. Et quand bien même, elles devaient fréquenter des collèges réservés aux femmes et ne recevaient pas de diplômes équivalents. Cependant, les choses s'étaient clairement inversées depuis lors et tous les autres collèges pour femmes, tels que Lady Margaret Hall et St Hilda's College, étaient lentement devenus mixtes. Tous, sauf St Cecilia. Et d'une certaine manière, je ne pensais pas que St Cecilia tiendrait encore longtemps.

Je m'arrêtai devant l'imposante façade victorienne en pierre du collège, qui était en partie recouverte de lierre et qui appartenait à l'un des plus beaux bâtiments de l'université, surtout en automne, lorsque les feuilles de lierre se transformaient en une mer ondulante d'orange et d'or. Saint Cecilia n'était pas l'un des plus grands collèges d'Oxford, mais il était magnifique, en particulier le jardin entourant sa chapelle.

Un concierge au visage de marbre m'arrêta alors que je franchissais les portes du collège.

— Pas de visiteurs aujourd'hui, dit-il. Nous avons eu un deuil au collège et nous ne sommes pas ouverts aux visiteurs.

— Oh, je ne suis pas une touriste. Je suis membre de l'université, dis-je rapidement en sortant mon portefeuille et en montrant ma vieille carte universitaire. Je suis ici pour voir Mary Eccleston, la fille de dame Clare.

Il se réchauffa légèrement.

— Oh, dans ce cas…

Il fit un signe de tête vers l'arrière du collège.

— Je crois que vous trouverez miss Eccleston dans la chapelle du collège.

— Merci, dis-je, et je commençai à prendre la direction qu'il m'avait indiquée.

Je traversai à la hâte le quadrangle principal, en prenant soin de respecter la coutume tacite d'Oxford de ne pas marcher sur l'herbe, et je descendis une colonnade de liaison pour me rendre dans un second quadrangle, pavé de grandes dalles. J'étais allée plusieurs fois à St Cecilia's lorsque j'étais étudiante et je me souvenais que l'on entrait dans le jardin de la chapelle par l'arcade située à l'extrémité de ce deuxième quadrangle. Je regardai autour de moi en marchant, admirant les hautes fenêtres à battants et la ligne symétrique des pignons hollandais décoratifs. Je me souvenais d'y avoir assisté à des cours et à des fêtes, et d'avoir apprécié l'atmosphère différente d'un collège exclusivement féminin.

En jetant un coup d'œil alentour, il ne semblait pas que beaucoup de choses aient changé. C'était l'une des caractéristiques d'Oxford – ce côté intemporel, peut-être parce que les bâtiments étaient si anciens et que les rituels et les traditions de l'université demeuraient inchangés depuis plusieurs siècles. Bien sûr, il y avait eu des changements et des transformations, mais le cœur d'Oxford était resté le même. C'était l'un des rares endroits où l'on pouvait revenir, quelle que soit la durée de son absence, en ayant toujours l'impression de remonter le temps.

Je franchis l'arcade et sortis dans le magnifique jardin qui entourait la chapelle du collège. *Waouh.* Je comprenais pourquoi c'était la fierté et la joie de Joseph. Partout où je regardais, il y avait de superbes fleurs exhibant leurs pétales. Les différentes variétés, disposées avec brio, étaient mises en valeur, et les couleurs se mélangeaient en une parfaite harmonie. Tout autour étaient plantés des arbres matures aux branches gracieuses et des arbustes soigneusement taillés qui formaient une toile de fond élégante pour les fleurs.

Alors que je commençais à descendre le sentier en direction de la chapelle, je remarquai un massif de plantes qui bordait le parterre de fleurs sur ma droite : de hautes et élégantes tiges portant chacune des rangées et des rangées de fleurs en forme de clochettes dans différentes nuances de violet et de lavande, et de temps à autre une grappe d'un blanc crémeux. Mon intérêt fut piqué lorsque je réalisai ce dont il s'agissait. *Des digitales.* Elles fleurissaient inhabituellement tôt, peut-être grâce à l'habileté de Joseph. Il y avait quelque chose à leur base : une forme voûtée qui bougeait légèrement. Puis je réalisai que ce n'était pas *quelque chose* – c'était *quelqu'un.* Curieuse, je quittai le chemin et je m'approchai.

C'était Joseph. Il était accroupi à côté de la bordure, ses mains bougeant avec amour tandis qu'il creusait soigneusement de petites dépressions dans le sol devant les digitales et y déposait une série de semis, en tapotant doucement la terre tout autour. J'entendis des murmures et je fus choquée de réaliser que c'était Joseph qui parlait. Comme Audrey l'avait souligné, j'avais fini par penser que Joseph était muet – je ne l'avais jamais entendu prononcer le moindre mot auparavant. Mais il parlait à présent. Et avec un autre choc, je réalisai qu'il parlait *aux plantes.* D'un ton doux, presque en roucoulant, il leur adressait des mots d'amour et d'encouragement, comme on entendrait une mère parler tendrement à son enfant...

Je me retournai, soudain gênée d'écouter ça. Comme si j'espionnais quelqu'un pendant ses moments intimes avec un être cher – ce qui était ridicule quand on y pensait. Pour l'amour du ciel, cet homme parlait aux plantes !

Mon mouvement soudain dut attirer l'attention de Joseph, car il tourna la tête et fixa sur moi son regard profond.

— Oh, d-désolée ! bégayai-je. Je pensais... Je veux dire, je ne voulais pas...

Je m'interrompis, mi-gênée, mi-agacée par le fait de ressentir le besoin de me justifier à nouveau.

Il ne dit rien, restant agenouillé dans la terre, me fixant du regard.

C'est ridicule. Je ne dois pas me laisser intimider par un jardinier universitaire timoré !

Me redressant, je dis aussi calmement que

possible :

— Je cherchais Mary. On m'avait dit qu'elle était dans la chapelle du collège ?

Il me fixa un moment de plus puis, toujours sans rien dire, il fit un étrange mouvement sec de la tête vers le bâtiment derrière nous.

— Ah, elle est là ? Formidable. Je vais... hum... aller la voir maintenant.

Je marchai aussi vite que possible jusqu'à l'entrée de la chapelle, consciente de son regard dans mon dos, et je fus soulagée de pouvoir enfin disparaître dans le petit bâtiment de grès. Je m'arrêtai l'espace d'un instant, laissant mes yeux s'habituer à l'obscurité. Comme le reste du collège, la chapelle était de taille modeste - rien à voir avec la grande cathédrale de Christ Church College ou la splendeur gothique de la chapelle de Magdalen College. Néanmoins, elle était belle dans sa simplicité, avec ses plafonds arqués et ses murs blancs soulignés seulement par quelques étroites fenêtres à vitraux.

Pendant un moment, je crus que la chapelle était vide, puis je réalisai qu'il y avait une silhouette solitaire assise sur le tout premier banc. C'était Mary. Elle était installée en silence, la tête baissée. J'hésitai, me sentant soudain à nouveau gênée de m'immiscer dans le moment privé d'une autre personne. Je tournai les talons pour la laisser en paix, mais mes chaussures à semelles en caoutchouc grincèrent sur le plancher en bois et elle jeta un coup d'œil autour d'elle.

— Gemma ?

— Bonjour, dis-je faiblement. Je suis désolée, je ne voulais pas vous déranger.

Elle se leva et s'approcha de moi. Je me demandai si elle avait pleuré et je ressentis soudain l'horreur archétypale anglaise de devoir affronter une émotion aussi brute en public. Mais quand elle s'approcha, je vis, soulagée, que son visage était calme et posé.

— Je suis désolée, répétai-je. Je n'avais pas réalisé que vous étiez... Ce n'est pas important, je peux revenir une autre fois...

— Non, ne vous en faites pas, dit-elle. Je ne faisais rien de spécial. C'est juste plaisant de s'asseoir dans la chapelle parfois. C'est calme et paisible... et agréable d'être un peu seule. Je veux dire, tout le monde a été vraiment gentil avec moi, mais je... j'ai l'impression que je ne veux plus parler de la mort de maman... Vous voyez ce que je veux dire ?

— Oui, bien sûr, dis-je doucement. Je peux tout à fait comprendre.

— Y a-t-il une raison particulière pour laquelle vous me cherchiez ? demanda Mary.

— Euh... hésitai-je.

Après ce qu'elle venait de dire, comment diable pourrais-je aborder le sujet d'une autopsie du corps de sa mère ? Je cherchai quelque chose d'autre à dire.

— Hum... Je me demandais si ça ne vous dérangerait pas de me donner la recette de votre *Victoria sponge cake*. J'ai dit à Dora, ma cheffe au salon de thé, à quel point il était délicieux et elle a très envie d'essayer votre recette.

— Oh, bien sûr, dit Mary, un sourire illuminant son visage. Je serais ravie de la partager. Mais je ne l'ai pas au collège. Si vous me donnez votre e-mail, je peux vous l'envoyer ce soir. Je la chercherai en rentrant à la maison.

— Ce n'est pas pressé, dis-je.

Je me retournai pour quitter la chapelle.

— Merci. Je vais vous laisser...

Mais elle se mit à marcher à mes côtés, me suivant dans le jardin ensoleillé.

— Je viens avec vous. Je n'avais pas prévu de rester trop longtemps de toute façon. C'est un plaisir de vous revoir, Gemma, ajouta-t-elle avec un sourire timide.

Je lui souris en retour, me sentant comme une traîtresse de l'avoir soupçonnée du meurtre de sa mère. Cette fille douce et timide n'avait sûrement pas pu tuer quelqu'un.

— Le concierge à la porte m'a dit que le collège était officiellement en deuil, dis-je alors que nous marchions lentement le long du chemin. Il y a déjà eu un service commémoratif ?

Mary secoua la tête.

— Non, ils veulent attendre après les funérailles, qui auront lieu vendredi.

Oups. Cela signifiait que je n'avais plus beaucoup de temps. Je me mordis la lèvre. Ce n'était pas le bon moment pour lui poser la question – mais serait-ce un jour le bon moment ? Je pris une profonde inspiration et dis :

— Mary, je suis en fait venue vous demander quelque chose de précis.

— Oui ?

— Je me demandais...

J'hésitai, puis ajoutai à la hâte :

— Est-ce que vous... est-ce que vous envisageriez de demander une autopsie du corps de votre mère ?

Elle s'arrêta de marcher et me regarda fixement.

— Une autopsie ?

— Oui, il y a une certaine incertitude quant à la cause de sa mort – on se demande s'il s'agit vraiment d'une crise cardiaque, après tout. Je pense qu'il est important de le confirmer et le seul moyen d'en être sûr est qu'un médecin légiste effectue une autopsie.

Mary me regarda, horrifiée.

— Vous voulez découper le corps de maman ?

Je grimaçai.

— Eh bien, pas vraiment. On m'a dit que c'était une incision très discrète et qu'ils réparaient tout...

— Non ! s'écria-t-elle. Je ne peux pas faire ça à maman. Elle aurait détesté ça ! Des étrangers qui l'ouvrent et regardent à l'intérieur...

— Il n'y aurait qu'un seul étranger en fait, le médecin légiste, dis-je précipitamment. Et il ne s'intéresserait qu'à son corps, il ne la regarderait pas vraiment en tant que personne...

Je m'interrompis, me maudissant. *Argh ! Quel manque de sensibilité.*

Mais il n'y avait pas de bonne façon de dire ça. J'allais devoir arrêter de tourner autour du pot, décidai-je sinistrement. J'inspirai profondément et je dis :

— Mary, s'il y a une probabilité que votre mère ait été victime d'un... hum... acte criminel, ne voudriez-vous pas le savoir ?

Ses yeux s'écarquillèrent.

— Vous pensez que maman a pu être assassinée ?

J'hésitai, puis je me dis : *Après tout... Autant faire les choses jusqu'au bout.*

— Oui, je le pense. Je pense que la crise cardiaque était juste une couverture, un leurre.

— Mais le docteur Foster a dit...

— Le docteur Foster a peut-être eu tort, répondis-je sans ambages. C'est pourquoi nous avons besoin d'une autopsie. Pour pouvoir vérifier si votre mère a pu être empoisonnée.

— Empoisonnée ?

La voix de Mary monta encore dans les aigus.

— Mais qui aurait voulu empoisonner maman ?

Je ne voulais pas lui dire que la moitié du village de Meadowford, sans parler des concurrents de l'exposition féline et des gens du collège, voulait probablement empoisonner sa mère. J'essayai d'éluder la question.

— Écoutez, nous n'avons pas besoin d'entrer dans les détails maintenant – la première étape est de faire une autopsie pour confirmer les choses.

— La police soupçonne-t-elle quelqu'un ?

demanda Mary. C'est pour ça qu'ils veulent faire une autopsie ?

— Hum... eh bien, en fait la police n'en a pas demandé, admis-je. Ils sont toujours... euh... en train de rassembler des preuves pour étayer l'affaire. Mais il est crucial qu'il y en ait une. Et, en tant que membre de la famille, vous pouvez demander que le corps soit examiné, sans avoir à attendre que la police ouvre une enquête. Il faudrait que ce soit un légiste indépendant et ce serait à vos propres frais, ajoutai-je. Mais... j'espère qu'à vos yeux, ce serait de l'argent bien dépensé.

— Non, je ne le ferai pas, dit soudain Mary. Ce n'est pas une question d'argent – ça ne me dérange pas d'en dépenser –, mais c'est un manque de respect envers maman et je ne peux pas lui faire ça. Elle détesterait ça – je le sais – et je peux presque entendre sa voix...

Mary frissonna.

— Elle ne me pardonnerait jamais.

Elle jeta un regard effrayé par-dessus son épaule, comme si elle s'attendait à ce que le fantôme de sa mère surgisse de nulle part et commence à la réprimander.

— Si votre mère a été assassinée, elle voudrait que vous aidiez la police à attraper le tueur, dis-je désespérément.

— Mais vous venez de dire que la police ne pensait pas qu'il y avait assez de preuves, fit remarquer Mary. Si c'était le cas, ils auraient ouvert une enquête pour meurtre, n'est-ce pas ?

À contrecœur, je hochai la tête.

— Si la police pense qu'il y a une bonne raison de le faire, alors je suis d'accord, mais sinon, non, dit Mary. Je ne laisserai pas maman se faire ouvrir à cause de ragots qui circulent dans le village.

Je la voyais sous un nouveau jour. Mary Eccleston n'était pas aussi naïve – ni aussi docile – que je l'avais cru.

Je soupirai, vaincue.

— D'accord. Mais pourriez-vous y repenser, d'autant que l'enterrement a lieu vendredi ?

Mary acquiesça. Il faudrait que je m'en contente. Elle m'accompagna jusqu'au portail du collège et me regarda monter sur mon vélo et partir. Je jetai un coup d'œil en arrière en partant et la vis plantée là : une petite silhouette dodue se profilant dans l'arcade ouverte. Il y avait quelque chose de perdu et de solitaire en elle, et je ressentis une nouvelle vague de compassion.

Mais, mêlée à la pitié, il y avait quelque chose d'autre – un soupçon de malaise, un sentiment de doute pour la première fois. Je repensai à ce refus véhément de demander une autopsie. Même si je l'aimais bien, je savais que Mary Eccleston n'avait plus qu'à tenir deux jours et qu'ensuite sa mère serait enterrée en toute sécurité sous terre, avec une chance d'autopsie très improbable et aucun moyen de découvrir si elle avait vraiment été assassinée.

Oh, tout ce que Mary avait dit était tout à fait

logique – elle se comportait exactement comme une fille dévouée l'aurait fait dans une telle situation –, mais je ne pouvais m'empêcher de penser que c'était aussi une attitude très commode à avoir si vous aviez empoisonné votre mère et ne vouliez pas que la vérité éclate au grand jour.

Chapitre 18

Je revins en vélo de St Cecilia, me sentant totalement découragée. Cette affaire semblait ne mener nulle part et je sentais que bientôt, avec les funérailles de dame Clare, les chances d'attraper le tueur seraient réduites à néant. Une fois qu'elle serait enterrée, ce serait encore plus difficile – je devrais me battre pour obtenir un ordre d'exhumation, sans parler de l'autopsie.

Je soupirai d'impatience. *Après tout, pourquoi m'en soucier de toute façon ?* Cette femme avait été un tyran horrible et odieux, et avait probablement mérité ce qui lui était arrivé, à en croire les rumeurs. Pourquoi avais-je tellement envie de trouver son meurtrier ?

Parce que justice doit être faite, répondit une voix dans ma tête. Peu importait qui était la victime et combien elle avait été désagréable, elle ne méritait pas d'être froidement assassinée. Et le tueur ne méritait pas de s'en sortir. Et si j'avais le pouvoir de faire en sorte que justice soit rendue, alors je devais tout faire pour qu'il en soit ainsi. Je ne pouvais pas laisser tomber au premier obstacle. Je n'avais jamais été une lâcheuse et je n'avais pas l'intention de commencer maintenant.

De plus, pensai-je ironiquement, *d'un point de vue purement pratique, si je ne fais pas quelque chose à ce sujet, ma mère et les vieilles chouettes le feront probablement.* Je frémis à l'idée de ce qu'elles allaient pouvoir inventer pour enquêter sur cette affaire.

J'arrivai au salon de thé et je découvris que mes craintes étaient justifiées. Il restait encore une demi-heure avant l'ouverture officielle, mais, en passant devant le salon de thé, je pus voir à travers la vitrine qu'il y avait un groupe de personnes agglutinées autour d'une table près de la fenêtre. Je garai mon vélo dans la cour adjacente, qui servait autrefois d'écuries et avait donné son nom au Little Stables Tearoom, et je me précipitai à l'intérieur par la porte arrière. Cassie et Dora étaient dans la cuisine, en train de préparer quelques recettes, mais je les saluai à peine en passant devant elles pour me rendre dans la salle. Là, je trouvai ma mère et les vieilles chouettes en train de parler avec excitation.

— Mère ? dis-je en me dirigeant vers elles. Qu'est-ce que tu fais là ? Je n'avais pas réalisé que tu venais au salon.

— Oh, j'allais à la jardinerie pour voir leurs soldes, dit ma mère. Je me suis dit que j'allais passer discuter un peu avec Mabel et les autres...

Elle jeta un regard furtif autour d'elle et baissa la voix de façon dramatique, même s'il n'y avait personne d'autre dans le salon de thé.

— ... à propos de l'affaire.

— Gemma, est-ce que l'inspecteur O'Connor t'a dit quelque chose la nuit dernière ? demanda Glenda avec impatience. La police va-t-elle ouvrir une enquête pour meurtre ?

— Non, dis-je en essayant de cacher ma frustration. Devlin dit qu'il n'y a pas assez de preuves pour justifier...

— Balivernes ! déclara Mabel. Les jeunes d'aujourd'hui pensent qu'ils savent tout. Dis à ton inspecteur O'Connor que j'étais déjà grand-mère quand il était encore en couches-culottes. En fait, j'aurais pu *changer* ses couches. J'ai presque envie d'aller dans les bureaux du CID et de lui dire moi-même...

— Non, ne faites pas ça, dis-je précipitamment. Je ne pense pas que la police apprécierait. Vous savez ce qu'ils pensent de l'ingérence des civils.

— Ils devraient être reconnaissants que nous leur offrions cette interférence, fit Mabel, le regard noir, avant de faire un geste dédaigneux de la main. Peu importe, nous n'avons pas besoin de la police. Nous pouvons mener l'enquête nous-mêmes. Toi aussi, Evelyn. Tu peux rejoindre notre équipe, dit-elle à ma mère.

— Euh… attendez… quoi ? dis-je. Non, non, je ne pense vraiment pas que ce soit une bonne idée. Écoutez, vous ne pouvez pas entrer par effraction chez les gens, vous allez vous faire arrêter, même à votre âge !

— Pourquoi diable penses-tu que nous allons entrer par effraction chez les gens ? dit Mabel avec un air hautain.

Parce que c'est ce que je vous ai surprises à faire la dernière fois, pensai-je. À voix haute, je dis :

— S'il vous plaît, ne vous en mêlez pas. J'y travaille, j'ai juste besoin d'un peu plus de temps. Je suis sûre que je peux convaincre Devlin d'ordonner une autopsie du corps de dame Clare…

— Pourquoi ne le demandes-tu pas directement au légiste, ma chérie ? demanda ma mère.

— Quoi ?

Je la regardai fixement.

— Mère, je ne peux pas aller le voir et lui demander s'il veut bien me découper un corps, comme si je lui demandais de découper un gâteau !

— Pourquoi pas ? demanda ma mère.

J'ouvris la bouche pour répondre, puis me figeai et la refermai. Elle avait raison, pourquoi pas ? Lincoln n'avait-il pas suggéré quelque chose de similaire ? La veille, pendant notre conversation téléphonique, il avait dit que je pouvais essayer d'approcher le légiste moi-même. Et tout le monde savait que les médecins légistes prenaient parfois des risques et agissaient de leur propre initiative dans le cadre d'une enquête pour meurtre. En tout cas, c'était ce qu'ils faisaient dans les livres, pensai-je avec ironie. De toute façon, qu'est-ce que j'avais à perdre ? Rien à ce stade.

Je me tournai rapidement vers les vieilles chouettes.

— Dites, est-ce que vous pourriez vous débrouiller un peu sans moi ce matin, avec l'aide de Cassie ?

— Bien sûr, Gemma, dit Glenda, surprise. Mais qu'est-ce que...

— Je vous le dirai plus tard ! promis-je et, les abandonnant à leur perplexité, je me précipitai hors du salon de thé.

Je décidai de prendre le bus plutôt que de faire du vélo – il y en avait un direct pour l'hôpital – et j'y montai à la hâte, répétant dans ma tête ce que j'allais dire. Mais quand j'arrivai sur place, je perdis quelque peu mon sang-froid. Soudain, l'idée d'entrer dans la morgue et d'exiger une autopsie de la part d'un légiste que je n'avais jamais rencontré me semblait très intimidante.

Je sais. Je vais d'abord aller chercher Lincoln. Comme ça, j'aurais au moins le nom du nouveau légiste et peut-être même une idée de la façon de me présenter de la manière la plus avantageuse possible. Je me rendis au service de soins intensifs, mais Lincoln n'y était pas.

— Le docteur Green ? Il vient de descendre à la cantine de l'hôpital, en fait, m'informa l'une des infirmières à la réception de l'unité de soins intensifs. C'est au troisième étage. Si vous descendez maintenant, vous devriez pouvoir le trouver. Il n'y aura pas beaucoup de monde à cette heure de la matinée.

— Merci, répondis-je, me retournant déjà pour me diriger vers les ascenseurs.

Je trouvai la cantine assez facilement et je me précipitai à l'intérieur en scrutant la pièce à la recherche d'un signe de la grande silhouette de Lincoln. Je le vis instantanément, à ma droite, juste en entrant dans la pièce, et je me dirigeai vers lui, puis je m'arrêtai net.

Il était appuyé contre le mur, l'air détendu, la tête inclinée sur le côté d'une manière légèrement taquine, riant et regardant une jolie fille qui se tenait à côté de lui. D'après la blouse blanche et la tenue qu'elle portait, elle devait être médecin, même si elle semblait trop jeune pour être sortie de l'école de médecine. Ses cheveux étaient d'un noir de jais et soyeux, tirés en arrière en une queue de cheval basse, et ils étaient assortis à ses yeux noirs en amande. Elle avait cette peau lisse et éclatante que toutes les femmes asiatiques semblent posséder, avec un soupçon de taches de rousseur sur ses pommettes hautes. Sa tête était inclinée vers l'arrière. Elle regardait Lincoln et riait avec lui, son plateau en équilibre sur une hanche bien galbée.

Ils flirtent, compris-je. Et quelque chose remua inconfortablement en moi.

Soudain, je changeai d'avis sur le fait de parler à Lincoln. La dernière chose que je voulais faire était de m'immiscer dans ce tête-à-tête intime. Mais à ce moment-là, un bruit de vaisselle à l'autre bout de la pièce attira l'attention de Lincoln et ses yeux se posèrent sur moi.

— Gemma ! dit-il avec un sourire. Qu'est-ce que tu fais là ?

À contrecœur, je m'approchai d'eux.

— Euh... salut Lincoln, dis-je, mal à l'aise. Désolée de vous déranger...

Je jetai un coup d'œil à la fille, qui me regardait avec curiosité.

— Je... hum... j'espérais que tu pourrais être en mesure de m'aider. Je voulais essayer de parler au légiste suppléant – tu sais, tu as dit qu'il pourrait être ouvert à l'idée de m'écouter –, mais je trouvais ça un peu étrange d'aller simplement à la morgue... Je pensais que tu pourrais peut-être me donner son nom ?

— Je peux faire mieux que ça, répondit Lincoln en riant.

Il passa une main sous le coude de la fille qui se tenait à côté de lui.

— Laisse-moi te présenter le docteur Josephine Ling. Jo est la légiste qui remplace le docteur Maxwell pendant son congé de longue durée.

Je restai bouche bée. C'était *elle* la nouvelle légiste ? Cette fille avait l'air d'appartenir à une équipe de pom-pom girls chinoises ! Puis son regard croisa le mien et je vis l'intelligence vive dans ses yeux sombres – et je révisai rapidement mon jugement. Malgré son apparence, ce n'était pas une poupée chinoise sans cervelle.

— Salut, ravie de vous rencontrer, dit-elle en tendant la main vers moi.

Elle avait une voix douce et musicale.

— Qu'est-ce que vous vouliez me demander ?

— Hum... hésitai-je en l'évaluant, me demandant quelle serait sa réaction.

Puis je décidai de faire fi de toute prudence.

— J'aimerais que vous fassiez l'autopsie d'une femme qui est morte samedi dernier, dis-je. Je pense qu'elle a pu être assassinée.

— Dans ce cas, ne devriez-vous pas le signaler à la police ? demanda Jo.

— Je l'ai fait, c'est-à-dire que j'ai dit à l'inspecteur Devlin O'Connor...

Ses yeux s'illuminèrent.

— Oh, Dev ! Il est génial. C'est un enquêteur si brillant.

Je la regardai avec méfiance. *Dev ?*

Jo poursuivit :

— Attendez... samedi dernier, c'était à la fête du village dans les Cotswolds ? Dev n'était pas là en personne ? J'ai entendu dire qu'il y avait une histoire avec le gang de l'agri-crime...

— Oui, il était là. Il est arrivé juste après que dame Clare s'est effondrée et il a constaté son décès.

— Eh bien, s'il avait pensé qu'il y avait quelque

chose de suspect...

— Le fait est que le médecin généraliste de la femme était également présent à la fête et a certifié qu'elle était morte de causes naturelles. Elle avait des antécédents cardiaques et le médecin a affirmé que c'était une crise cardiaque.

Jo haussa les sourcils.

— Il n'a pas ressenti le besoin de faire une autopsie pour confirmer ?

— C'était le docteur Foster de Meadowford-on-Smythe, ajouta Lincoln.

Les sourcils de Jo montèrent encore plus haut.

— Oh.

Elle me regarda à nouveau.

— Mais Dev est normalement très vif sur ces choses. S'il ne pense pas qu'il y ait besoin d'une enquête...

— Devlin pourrait se tromper ! m'exclamai-je.

Je me sentais un peu déloyale de remettre en question son jugement en public comme ça, mais je commençais à désespérer.

— Je ne suis pas sûre qu'il prenne les preuves assez au sérieux.

— Vous avez des preuves ? dit Jo rapidement. Quel genre de preuves ?

Je lui expliquai tout ce que je savais, de l'incohérence avec le pilulier à la lettre anonyme que Mary avait trouvée, en passant par le comportement suspect d'Edwin Perkins, la possible rancune de Joseph et enfin la conviction générale que dame Clare avait de nombreux ennemis qui n'auraient pas hésité à lui faire du mal. Quand j'eus terminé, Jo secoua la tête d'un air sceptique.

— Je peux comprendre pourquoi Devlin est réticent à transformer cela en une enquête pour meurtre, dit-elle. Toutes les soi-disant « preuves » semblent hautement circonstancielles ou tangentielles et pourraient toutes avoir d'autres interprétations.

Mon cœur s'enfonça dans ma poitrine.

Elle se mordilla la lèvre inférieure pendant un moment, réfléchissant. Puis elle m'adressa un sourire de conspiratrice.

— Pourtant, j'ai confiance en l'intuition féminine. Je pense que vous tenez quelque chose... C'est d'accord, je vais le faire.

— Vraiment ? dis-je, ravie. Ce serait possible demain ? Parce qu'on l'enterre vendredi.

Elle réfléchit.

— Ça devrait pouvoir se faire. Mais sachez que ce n'est pas comme une émission de cuisine où je peux débarquer et dire : « Voilà ce que j'ai pour vous ! » Je ne peux pas le faire en cachette et ensuite donner des résultats au CID. Il faut passer par les canaux officiels. Mais je vais vous dire ce que je vais faire, dit-elle avec un enthousiasme soudain. Je parlerai à Dev et lui dirai que je partage vos soupçons et que je vous soutiens, et il officialisera le tout.

Oh, oh. J'espère que Devlin ne sera pas contrarié que j'aie agi derrière son dos, pensai-je, mal à l'aise.

— Vous pourriez le trouver assez difficile à convaincre, dis-je à Jo. J'ai déjà essayé de lui parler plusieurs fois...

— Oh, ne vous inquiétez pas, laissez-moi m'occuper de Dev, dit-elle avec un clin d'œil. Et je lui dirai que je prendrai sur mon temps libre pour le faire, comme ça il n'y aura pas de question d'heures supplémentaires et d'empiétement sur d'autres affaires.

— Merci, dis-je, surprise et reconnaissante. C'est... C'est très gentil à vous.

— Je t'avais dit qu'elle était géniale, dit Lincoln avec un sourire admiratif.

— La flatterie ne vous mènera nulle part, Docteur Green, dit Jo en riant et en s'amusant à pousser le bras de Lincoln. Maintenant, tu vas m'aider à manger ce muffin ou pas ?

Elle désigna son plateau qui contenait, outre le muffin au chocolat, une salade de pâtes, un pot de yaourt, une barre de muesli, un paquet de chips, une grosse banane et une tasse de thé. Je regardai le plateau plein à craquer, puis la silhouette mince et menue de Jo. Où mettait-elle tout ça ?

— Je vais juste prendre un café, dit Lincoln en se dirigeant vers le comptoir de la cantine.

Il me regarda à nouveau.

— Veux-tu te joindre à nous, Gemma ? Je peux t'offrir quelque chose ?

— N-non, merci, répondis-je. Je dois retourner au salon de thé. Mais merci. Et merci à vous, dis-je en me retournant vers Jo. J'apprécie vraiment.

Elle me sourit.

— Aucun problème. J'essaierai de le faire ce soir, et j'espère que vous aurez un rapport préliminaire demain matin.

Je laissai Jo et Lincoln parler et rire ensemble à la cantine, et je sortis lentement de l'hôpital pour prendre mon bus pour Meadowford. Je ressentais un drôle de mélange de sentiments – il y avait du soulagement et de la gratitude, mais aussi quelque chose qui ressemblait à de l'irritation. D'un côté, j'étais ravie et reconnaissante que Jo soit prête à prendre des risques pour moi. Mais d'un autre côté, l'assurance avec laquelle elle avait pris en charge la situation me contrariait légèrement. Comme la façon dont elle avait parlé si facilement de gérer Devlin ou « Dev », comme elle l'appelait. Je fronçai les sourcils. Ce surnom impliquait un niveau d'intimité qui me surprenait, étant donné qu'elle venait tout juste d'arriver au poste de suppléante. Et puis il y avait la façon dont Lincoln tournait autour d'elle, comme un labrador avide de caresses… et ils flirtaient *clairement* à mon arrivée…

Allez, Gemma, pensai-je avec un sourire en coin. *Tu es juste jalouse ! Admets-le !*

Très bien, peut-être que je l'étais. Juste un tout petit peu. Et un tout petit peu énervée. Oh, ne vous méprenez pas – bien sûr, j'étais heureuse que Lincoln ait potentiellement trouvé quelqu'un d'autre ; je n'essayais pas de lui mettre des bâtons dans les roues. Mais... j'étais humaine. Et toutes les filles pouvaient avoir du mal en voyant le type qui les appréciait passer à autre chose *aussi* rapidement et facilement. De plus, Jo Ling était le genre de fille à hérisser n'importe quelle femme. Elle était tout simplement *parfaite :* intelligente, charmante, sûre d'elle et très compétente dans son travail, tout en ressemblant à une sorte de mannequin asiatique !

Je secouai la tête et j'eus un rire d'autodérision. D'accord, peut-être que j'étais jalouse... et pas qu'un peu. Qui ne le serait pas de cette superbe créature ? Pourtant, si elle m'aidait à prouver que dame Clare avait été assassinée, je lui en serais éternellement reconnaissante.

Chapitre 19

La journée fut plus calme au salon de thé ce jour-là, et c'était tant mieux, car je devais partir tôt. J'avais pris rendez-vous pour Dora avec le généraliste du village et je comptais bien m'assurer qu'elle s'y tienne en la conduisant pratiquement à la porte du cabinet.

— Oh, pour l'amour de Dieu ! On croirait que je suis une enfant, vu la façon dont vous me traitez, grommela Dora alors que nous quittions ensemble le salon de thé et marchions lentement dans la ruelle pavée jusqu'à l'autre côté du village, où se trouvait le cabinet du généraliste. J'ai dit que j'irais et j'y vais ! Je n'ai pas besoin que vous me teniez la main.

Cependant, lorsque nous arrivâmes au cabinet et

que j'étais sur le point de lui dire au revoir, Dora m'attrapa soudain le bras.

— Hum, Gemma... Voudriez-vous bien... entrer avec moi, juste un moment ? dit-elle en se léchant les lèvres. Je veux dire, si vous n'êtes pas pressée...

— Oh, bien sûr, avec plaisir, répondis-je en souriant. Je vais m'asseoir avec vous dans la salle d'attente jusqu'à ce que vous entriez.

— Non, en fait, j'aimerais que vous veniez avec moi, si ça ne vous dérange pas, dit Dora.

Elle déglutit de nouveau et je vis le blanc de ses yeux.

— Je... hum... Ce serait bien d'avoir une amie avec moi... si c'est une mauvaise nouvelle.

— Je suis sûre que ça ira, m'empressai-je de dire. Ce n'est probablement rien du tout, et le médecin va vous soigner en un rien de temps.

À l'intérieur, nous trouvâmes une salle d'attente remplie de ce qui semblait être des personnes reniflant, toussant et des bébés pleurant. Comme dans la plupart des cabinets de médecine générale, les médecins avaient du retard et la réceptionniste nous informa en s'excusant que le Dr Foster ne pourrait pas nous recevoir avant au moins une demi-heure. Résignées, nous allâmes chercher des sièges pour attendre. Je m'assis entre un homme larmoyant au nez rouge et une femme d'âge moyen qui toussait dans son mouchoir, et je me dis que ce serait un miracle si je quittais le cabinet sans avoir attrapé quelque chose. Dora s'assit sur le bord de son siège, le dos bien droit et les yeux fouillant nerveusement la salle d'attente. J'essayai de l'intéresser aux quelques magazines qui étaient éparpillés sur la table à côté de nous – juste pour l'aider à se changer les idées –, mais manifestement, les derniers régimes de célébrités et les photos de rock stars prenant un bain de soleil nues sur leurs yachts n'étaient pas assez distrayants.

Enfin, la porte à côté de la réception s'ouvrit et le Dr Foster en sortit. Il avait l'air encore plus malingre qu'à la fête, ses lunettes glissant sur le bout de son nez et ses cheveux blancs légèrement en bataille. Il appela le nom de Dora et elle bondit comme un animal effrayé, tournant vers moi des yeux désespérés.

— Je suis là, dis-je de manière rassurante en me levant et en l'accompagnant dans le bureau du médecin.

— J'espère que ça ne vous dérange pas, mais j'ai un interne de première année avec moi aujourd'hui, déclara le Dr Foster en s'asseyant à son bureau et en indiquant le jeune homme qui se tenait derrière lui. Bien, que puis-je faire pour vous, Miss Kempton ?

Dora commença à parler de façon hésitante tandis que le Dr Foster prenait des notes sur un bloc-notes.

— Hmm... Oui, je vois...

— ... et j'ai des maux de tête terribles, avoua Dora. Surtout en fin de journée, après avoir cuisiné pendant un certain temps... je trouve que je ne vois pas les choses... quand je regarde en bas, tout semble flou. Et... et...

Elle prit une profonde inspiration.

— J'ai commis des erreurs récemment.

— Quel genre d'erreurs ?

— En pâtisserie, dit Dora, avec l'horreur de quelqu'un qui annoncerait un krach boursier mondial ou une menace pour la sécurité nationale.

Le Dr Foster avait l'air perplexe, ne comprenant manifestement pas en quoi une erreur de pâtisserie était si grave.

— Dora est une très bonne boulangère, expliquai-je. Elle ne fait jamais d'erreur.

— Eh bien, tout le monde en commet de temps en temps, dit le Dr Foster avec un sourire.

Dora se redressa avec fierté.

— Pas *moi.*

— Voyons, ma chère...

— Principalement avec les nouvelles recettes, remarquez bien, ajouta rapidement Dora. Je n'ai pas eu autant de problèmes avec les anciennes. Mais j'ai essayé de nouvelles recettes et je ne comprends pas - elles sont trop sucrées ou la pâte est trop liquide ou même... elles ont parfois un goût absolument dégoûtant ! Et les choses qui brûlent dans le four... Je ne fais jamais d'erreurs comme ça.

Elle s'agita, baissant les yeux sur ses mains, puis les releva, l'air effrayée :

— Je pense... Je pense qu'il y a quelque chose qui ne va pas avec ma tête. Peut-être quelque chose dans mon cerveau...

Elle déglutit convulsivement, puis dit d'un ton pressé :

— Pensez-vous que ce pourrait être une tumeur, docteur ?

Le vieux médecin fronça les sourcils.

— Hmm... hmm... eh bien, on ne peut pas se prononcer sans les examens appropriés. C'est une possibilité...

— Mais il pourrait aussi y avoir une explication plus simple, non ? dis-je rapidement en voyant le visage blême de Dora.

— Peut-être, peut-être... dit vaguement le Dr Foster. Avez-vous eu du mal à discerner les goûts récemment ?

— Non... Je veux dire, certaines choses n'ont pas très bon goût, mais je peux le sentir !

— Hmm... fort bien... et pouvez-vous distinguer les saveurs sur votre langue ? Sucré, salé, acide ?

— Oui.

— Et vos mains ? Vous est-il arrivé de faire tomber des objets ou de ne pas avoir la force de les saisir correctement ?

Dora baissa les yeux sur ses mains calleuses et secoua lentement la tête.

— Je ne crois pas. Il m'arrive de laisser tomber des objets, mais pas plus que d'habitude. J'ai du mal à verser correctement les produits dans un verre doseur, je n'arrive pas à obtenir les bons niveaux...

Elle leva les yeux vers lui, anxieuse.

— Je n'ai jamais eu de problème pour faire ça

avant.

— Et depuis combien de temps avez-vous remarqué ces… hum… difficultés ?

— C'est arrivé si progressivement que je ne m'en souviens plus vraiment. Vous savez, au début, vous mettez ça sur le compte de la négligence ou de la malchance…

Dora réfléchit un moment.

— Peut-être depuis deux mois environ ?

— Hmm… hmm… Je vois… Maintenant, je vais juste vérifier certaines choses… dit le vieux médecin en commençant à sortir du matériel médical d'un tiroir.

Dora me regardait avec appréhension tandis qu'il l'examinait. Je restai assise tranquillement en retrait et j'essayai de lui adresser un sourire encourageant chaque fois qu'elle regardait dans ma direction. Je la voyais devenir de plus en plus anxieuse alors que le médecin ne disait rien d'autre qu'un « Hmm… » occasionnel et son anxiété commençait à déteindre sur moi. Se pouvait-il que ce soit quelque chose de sérieux après tout ?

Finalement, le Dr Foster s'assit de nouveau en face de Dora.

— Miss Kempton, je pense que nous devrions vous envoyer passer d'autres tests à l'hôpital, peut-être un examen neurologique complet, dit-il gravement.

Dora couvrit sa bouche d'une main.

— Oh, mon Dieu ! Vous pensez… vous pensez… ?

— Je pense qu'à ce stade, nous devrions traiter vos symptômes comme quelque chose de sérieux qui nécessite...

— *Ahem*... excusez-moi, monsieur ?

L'interne s'éclaircit la gorge et prit la parole pour la première fois.

Nous nous tournâmes pour le regarder. Honnêtement, j'avais complètement oublié sa présence. Le jeune homme rougit légèrement devant notre regard, mais il continua, déterminé :

— Je me demandais si je pouvais suggérer quelque chose... avant que miss Kempton ne soit envoyée à l'hôpital... Juste... juste une explication qui pourrait avoir été négligée ?

Les sourcils du Dr Foster se rapprochèrent.

— Négligée ? Négligée ? Qu'est-ce que vous racontez, jeune homme ? s'offusqua-t-il. Vous êtes ici pour regarder, écouter et apprendre, pas pour interférer...

— À quoi pensiez-vous ? l'interrompis-je en regardant l'interne d'un air encourageant.

Il rougit à nouveau, puis dit d'une voix hésitante :

— Je me demandais si... si la vue de miss Kempton avait été contrôlée... ?

Le Dr Foster s'arrêta au beau milieu de sa tirade et eut l'air abasourdi pendant un moment, puis il dit d'un ton bourru :

— Eh bien, oui, bien sûr... bien sûr, c'était la prochaine chose que j'allais suggérer...

Il se retourna vers Dora, prit un dépliant sur son

bureau et le lui tendit.

— Pouvez-vous lire ça pour moi, s'il vous plaît ?

Dora regarda le morceau de papier, puis l'éloigna de plus en plus, jusqu'à ce que son bras soit tendu au maximum. Elle plissa les yeux et répondit de manière irritée :

— Eh bien, certainement... sauf que ce texte est ridiculement petit. Vraiment ! C'est honteux la façon dont ils font les choses de nos jours – je suis sûre que les textes étaient imprimés en plus gros caractères quand j'étais plus jeune, mais les entreprises sont prêtes à tout pour faire des économies maintenant –, je suppose qu'elles essaient d'utiliser moins de papier et...

— Miss Kempton, pouvez-vous lire ce qui est écrit ?

Dora plissa de nouveau les yeux, puis elle dit avec raideur :

— Je... hum... enfin, pas tout.

Le Dr Foster se pencha vers elle.

— Je pense que vous avez besoin de lunettes.

Dora le regarda avec méfiance.

— Je vous demande pardon ?

Le médecin gloussa.

— Ma chère, voilà votre problème. Vous avez tous les symptômes de la presbytie, aussi connus sous le nom de « vieux yeux ».

Dora était indignée.

— Mes yeux vont très bien ! J'ai toujours eu une excellente vue.

— Eh bien… *ahem*… vous savez, la vieillesse nous atteint tous, déclara l'interne d'un ton hésitant.

Dora et le Dr Foster se retournèrent pour le dévisager. J'eus de la peine pour lui.

— Il a raison, dis-je. Et c'est parfaitement logique, Dora ! C'est probablement pour ça que vous avez eu tant d'accidents ces derniers temps ! En fait, si vous lisez mal les ingrédients de la recette et pensez que les mesures ont un zéro supplémentaire ou autre chose, ça peut expliquer beaucoup de choses ! Vous ajouteriez dix fois plus que la quantité nécessaire – ce qui pourrait avoir un goût affreux ou même provoquer une sorte de réaction chimique entraînant des explosions !

— Quelle absurdité ! dit Dora.

— Vous devez admettre que vous avez beaucoup plus de mal à lire les instructions des recettes, non ? Et les chiffres sur le verre doseur ?

— Eh bien, je… oui, parfois… mais c'est parce que l'éclairage de la cuisine du salon de thé est tout simplement épouvantable, déclara Dora. Je suis sûr que ça irait mieux si c'était plus lumineux là-dedans.

— Il ne fait pas si sombre, protestai-je en riant.

Le Dr Foster répondit à mon commentaire par un sourire.

— La presbytie est pire en cas de faible luminosité – c'est l'un des symptômes classiques.

Dora secoua la tête avec insistance.

— Non, non, vous ne comprenez pas… Je sais que la vue des gens a tendance à se dégrader avec l'âge.

J'ai eu plusieurs collègues – d'autres *scouts* au collège – qui ont dû se procurer des lunettes lorsqu'ils ont atteint la quarantaine. Mais *je* n'en *ai* jamais eu besoin. Ma vue a toujours été très bonne, dit fièrement Dora.

— Tout le monde ne vieillit pas de la même façon, déclara le Dr Foster. Il est vrai que la plupart des gens commencent à développer une presbytie vers l'âge de 40 ans, mais cela varie. Certaines personnes n'ont besoin de lunettes que beaucoup plus tard et quelques chanceux n'en ont jamais besoin. J'ai connu une dame qui a vécu jusqu'à la fin de ses 90 ans et qui pouvait encore lire parfaitement bien sans aide visuelle. Mais c'est extrêmement rare.

— Quelle en est la cause ? demandai-je en pensant avec inquiétude à ma propre vue, encore jeune.

— Eh bien, ma chère, c'est simplement le vieillissement, vraiment. C'est le cristallin de votre œil. Il perd en élasticité avec l'âge, il n'est donc plus aussi souple. Cela signifie que lorsque vous regardez un objet proche de vous et que vos yeux doivent se recentrer, vos muscles oculaires ne sont plus capables de bomber le cristallin aussi bien et tout devient flou. Cela entraîne également une fatigue oculaire, qui peut conduire à des maux de tête.

Il se tourna vers Dora.

— Cela expliquerait pourquoi vous avez eu des maux de crâne, surtout après une journée passée à lutter pour lire les instructions et les chiffres des recettes.

— Oui, et même les boutons du four, dis-je. Ça expliquerait pourquoi les choses finissent trop cuites et brûlées, parce que vous l'avez réglé à la mauvaise température sans vous en rendre compte.

Le Dr Foster tapota la main de Dora d'une manière affable.

— Ma chère, vous devez aller voir un ophtalmologue et vous procurer des lunettes. Et ensuite tout ira bien. Il n'y a pas de honte à cela – nous avons tous besoin d'un peu d'aide parfois et cela fera toute la différence.

— Oh, très bien, dit Dora à contrecœur.

— Il y a un bon ophtalmo à Oxford, proposai-je. Ma mère y va. Je peux vous aider à prendre rendez-vous, si vous le souhaitez.

Le Dr Foster rayonnait.

— Bien, bien... Je suis content que nous ayons éclairci cela et que ce n'ait pas été grave. Je savais que ça ne le serait pas – quand on est médecin depuis autant d'années que moi, peu de choses vous échappent.

Je croisai le regard de l'interne et nous échangeâmes un sourire discret.

— Oui, convint Dora avec un certain soulagement, les couleurs revenant sur son visage. J'avais peur que ce soit quelque chose d'horrible, avoua-t-elle. Vous savez, avec toutes les choses qui se sont passées récemment et les gens qui ont été frappés soudainement, comme cette dame à la fête du village…

— Ah, oui, pauvre dame Clare… fit le Dr Foster en secouant la tête. C'est vraiment très malheureux. Bien sûr, j'avais prévenu sa famille – sa fille, Mary, et même Mr Perkins quand il m'avait interrogé sur sa santé cardiaque…

— Mr Perkins ? fis-je en me redressant. Edwin Perkins ? Il vous a questionné sur la santé de dame Clare ?

— Oui, c'est un vieil ami de la famille, dit le Dr Foster. Un homme très consciencieux. Il était très inquiet pour elle, et à juste titre. Il est venu me voir un jour et m'a parlé en toute confiance, me demandant quel était le pronostic de dame Clare.

— Et que lui avez-vous dit ? demandai-je avec avidité.

— Eh bien, je lui ai dit la vérité, bien sûr. Qu'elle souffrait d'un problème cardiaque qui, combiné à son poids et à son régime alimentaire, lui faisait courir un risque potentiellement élevé de crise cardiaque ou d'accident vasculaire cérébral à tout moment. Cependant, je lui ai assuré que ce n'était pas une fatalité ; avec un traitement approprié, dame Clare aurait pu vivre encore de nombreuses années.

— C'est gentil de la part de Mr Perkins d'être si concerné.

— Oui, oui, très louable de sa part. Mais je suppose qu'en tant que vieil ami de la famille, il ressentait une certaine responsabilité, maintenant que sir Henry est décédé. Il voulait même s'assurer qu'elle prenait le bon traitement. Bien sûr, je lui ai assuré que c'était le cas.

— Mr Perkins a posé des questions sur les médicaments de dame Clare ? C'est très… consciencieux de sa part, dis-je prudemment. Il avait peur qu'elle fasse une overdose ou quelque chose comme ça ?

— C'est drôle que vous disiez ça, dit le Dr Foster en fronçant les sourcils. C'est exactement ce qu'il m'a demandé ! Il voulait savoir quels étaient les risques d'overdose avec son médicament contre l'angine de poitrine. Je lui ai assuré que tant qu'elle suivait les instructions, elle ne devrait pas courir de risques. Maintenant, si elle avait été sous digoxine, ça aurait été une autre histoire, bien sûr. Ces composés à base de digitaline ont un index thérapeutique très faible. On peut faire une overdose si facilement et les effets peuvent être fatals.

— Vous l'avez dit à Mr Perkins ?

— Oh oui, certainement, mais je lui ai assuré que dame Clare était en sécurité, car elle n'était *pas* sous digoxine.

— Quand est-il venu vous parler de ça ? demandai-je.

Le Dr Foster fronça les sourcils.

— La semaine dernière, je crois.

Il eut un petit soupir.

— Qui aurait pu penser que quelques jours seulement après notre discussion, la chère dame s'effondrerait, morte ?

Chapitre 20

Mon téléphone sonna juste au moment où Dora et moi quittions le cabinet du médecin. Je la laissai prendre de l'avance pendant que je répondais. C'était Devlin.

— Salut Gemma, Jo Ling m'a dit que tu lui avais parlé de dame Clare.

— Je n'essayais pas d'agir dans ton dos ou quoi que ce soit, dis-je précipitamment. Je suis tombée sur Jo par hasard ; je cherchais... hum... Lincoln pour lui demander quelque chose et il était avec elle alors il nous a présentées. On a discuté et... elle était d'accord avec moi pour dire que les circonstances entourant la mort de dame Clare pouvaient être suspectes.

— Oui, c'est ce qu'elle m'a dit aussi – et je pense que ça pourrait valoir la peine de faire une autopsie après tout.

— Oh... vraiment ? dis-je, surprise.

— Eh bien, vu ce que Jo m'a expliqué, ça semble être raisonnable. Et je respecte son expertise et son jugement en la matière. Si Jo pense que ça vaut la peine d'enquêter davantage, alors je serai ravi d'abonder en son sens.

Mais évidemment pas si JE sens que ça vaut la peine d'enquêter, pensai-je avec ressentiment. À voix haute, je répondis :

— C'est génial. Alors, quand aura lieu l'autopsie ? Les funérailles sont vendredi, on n'a pas beaucoup de temps...

— C'est bon, Jo a arrangé les choses. Elle a contacté toutes les personnes qui doivent donner leur accord et les a amadouées pour qu'elles acceptent. Je devrai rédiger le rapport officiel, bien sûr, mais elle a déjà fait tout le travail pour moi.

Devlin eut un petit rire.

— Quand Jo décide qu'elle veut quelque chose, elle y arrive ! Et elle s'est portée volontaire pour rester tard ce soir pour faire l'autopsie sur son temps libre, ce qui est très gentil de sa part. Et comme ça, je n'ai pas à m'inquiéter d'essayer de la caser dans son planning de demain ou de retarder les funérailles.

— Et Mary Eccleston ? Il ne faudrait pas

l'informer qu'une autopsie va être pratiquée sur sa mère ?

— Si, Jo a dit qu'elle s'occuperait de ça aussi.

Y avait-il quelque chose dont Jo Ling ne pouvait pas s'occuper ? Je chassai cette pensée amère et me rappelai que je devais être reconnaissante. J'obtenais ce que je voulais.

— C'est fantastique. Jo est très forte. Alors quand aura-t-elle les résultats ?

— Le rapport préliminaire devrait être prêt demain matin. Et en fait, je pense que je pourrais la rejoindre pour l'autopsie ce soir. Ça ne te dérange pas, n'est-ce pas ? dit Devlin. Je rentrerai tard, mais si *c'est* un meurtre, je pense qu'il est important que je sois là. Il sera utile d'entendre les premières impressions de Jo. Elle a une façon très astucieuse de voir les choses.

J'essayai de chasser cette pointe de jalousie.

— Hum… ouais, bien sûr. Donc je suppose que je te verrai quand je te verrai…

Je raccrochai et fixai l'écran. J'aurais dû être contente, je le savais, que l'affaire progresse enfin. L'autopsie était la chose la plus importante - elle prouverait que dame Clare avait été assassinée et nous donnerait probablement des indices sur la manière dont elle avait été tuée. J'aurais dû être reconnaissante envers Jo d'avoir tiré toutes les ficelles nécessaires pour que cela se produise.

En même temps, je ne pouvais m'empêcher d'éprouver un léger ressentiment devant la facilité avec laquelle elle avait accompli tout ce que je m'étais efforcée de faire ces derniers jours. Devlin se moquait de la théorie du meurtre jusqu'à ce que Jo le suggère. Pourquoi semblait-il respecter son jugement plus que le mien ?

⁂

Cet épisode me laissa d'humeur assez grincheuse, et je fus étonnamment heureuse lorsque je me souvins que je devais dîner avec mes parents ce soir-là. Ce serait mieux que de rentrer à la maison toute seule pour m'asseoir dans la maison vide de Devlin et broyer du noir. Même ma mère, particulièrement exaspérante, serait toujours une distraction bienvenue.

Je pénétrai dans l'élégante maison de ville de mes parents, dans le nord d'Oxford, et fus accueillie par l'odeur réconfortante d'un rôti à l'ancienne et la vue familière de mon père au bout d'une table magnifiquement dressée comme d'habitude avec une nappe en lin, des verres étincelants et des couverts et de la vaisselle rutilants. Ma mère était en train de faire rouler son petit chariot de service dans la salle à manger, prête à servir la soupe.

— Salut papa, dis-je en lui donnant une bise rapide sur la joue avant de me glisser sur ma chaise habituelle.

Il hocha la tête et me sourit distraitement.

— Bonjour, ma chérie. Ça fait plaisir de te voir. Le

salon de thé fonctionne bien ? Et comment se passe l'installation chez Devlin ?

Un sentiment de chaleur m'envahit. Les questions étaient peut-être différentes, mais ses manières douces et son intérêt étaient les mêmes que lorsque je m'asseyais à table vingt ans plus tôt, dix ans plus tôt... et qu'il me posait des questions sur l'école, sur l'université... Pendant ce temps, ma mère rôdait de l'autre côté, me demandant si je m'étais lavé les mains et affirmant que le col de ma chemise avait besoin d'être repassé correctement. Je souris, sans être agacée, pour une fois, par son interférence. *C'est bien d'être indépendante*, pensai-je, *mais parfois, c'est aussi très agréable de revenir au nid.*

Ma mère sembla vouloir me dire quelque chose tout au long du dîner et dès que nous eûmes mangé le dessert et que mon père fut confortablement installé dans le salon avec une tasse de thé, elle me poussa dans la cuisine et me dit de façon dramatique :

— Ma chérie, je crois que j'ai trouvé un indice !

— Un indice sur quoi, Mère ?

— Sur le meurtre de dame Clare, bien sûr ! dit-elle. J'en ai parlé avec Mabel et les autres, et elles sont toutes d'accord pour dire que c'est d'une importance capitale.

— Qu'est-ce que c'est ? demandai-je, la curiosité me gagnant malgré moi.

— Eh bien, tu sais que je suis allée à la jardinerie ce matin ? Ils annonçaient des promotions et je voulais prendre des bégonias... même si je me suis dit que des nénuphars feraient bien dans la fontaine du salon de thé et je...

— Quoi ? dis-je, alarmée. Non, non, je n'ai pas besoin de nénuphars pour le salon, merci !

C'était déjà assez difficile de vivre avec cette monstruosité sans avoir d'autres « accessoires » ! L'hideuse fontaine en forme d'éléphant violet était l'achat dont ma mère était le plus fière depuis qu'elle avait découvert le shopping en ligne et c'était le fléau de ma vie. J'essayais toujours de trouver un moyen de la vendre sur eBay sans que ma mère le découvre.

— Oh, mais ma chérie, ils ont la section aquatique la plus merveilleuse – de magnifiques nénuphars miniatures, des joncs et des violettes d'eau, et des plantes indigènes britanniques comme les stellaires déprimées – et ils sont livrés déjà enracinés dans un panier grillagé, avec du compost aquatique pour pouvoir les placer directement...

— Non, Mère, dis-je précipitamment. Je n'ai vraiment pas besoin de nénuphars au salon de thé. Merci. De toute façon, qu'est-ce que ça a à voir avec ton indice ?

— Oh oui, l'indice... Eh bien, je me promenais dans l'allée des plantes à massifs et je dois dire, ma chérie, qu'ils avaient les plus beaux fuchsias et dahlias... J'avais pensé acheter des bégonias Sunset Yellow pour mes paniers suspendus, mais j'ai fini par me demander si les fuchsias Bella Rosella ne seraient pas mieux... Bien sûr, les Impatientes sont toujours aussi fabuleuses...

— *Mère !* Qu'est-ce que ça a à voir avec le meurtre de dame Clare ?

— Hmm ? Oh, dame Clare... oui, eh bien, quand je suis arrivée, je ne me souvenais plus de l'affaire exacte que j'avais vue dans la brochure publicitaire du journal, alors j'ai pris un exemplaire sur la pile près de la porte d'entrée pour me rafraîchir la mémoire. Et c'est là que je l'ai remarqué !

— Remarqué quoi ?

— Mes doigts étaient tachés du bleu le plus horrible !

— Et ?

Je la regardai, perplexe.

— Eh bien, je me suis souvenue de la dernière fois où mes doigts avaient été si horriblement tachés, avec exactement cette nuance de bleu...

Elle fit une pause dramatique.

— Quand je regardais la note anonyme !

Je fronçai les sourcils.

— La note que Mary Eccleston nous a montrée ?

Ma mère hocha la tête.

— Oui, ce jour-là, j'ai trouvé les taches les plus épouvantables sur ma jupe crème et je ne comprenais pas d'où elles venaient. D'horribles traces bleues... et puis j'ai réalisé que j'en avais aussi sur les doigts. Je ne l'avais pas remarqué à ce moment-là, mais j'ai dû m'en mettre sur les mains lorsque nous regardions cette note. Vois-tu, les lettres qui ont été utilisées pour former les mots – je pense qu'elles ont été découpées dans un exemplaire de la brochure de la jardinerie.

— Tu as peut-être raison, dis-je, soudain intéressée.

Je me souvins de ce matin où j'étais assise avec ma mère au petit-déjeuner et où elle avait sorti pour la première fois du journal la brochure consacrée à la jardinerie. Elle s'était alors plainte du papier bon marché et de la mauvaise qualité de l'encre. Et je me rappelais à présent que j'avais remarqué que mes propres doigts étaient tachés après cette visite à Eccleston House, même si je n'y avais pas prêté attention sur le moment.

— Et cela signifie que la personne qui a envoyé le mot anonyme à dame Clare – qui pourrait bien être son meurtrier, ajouta ma mère dans un souffle, est probablement quelqu'un qui fait ses courses à la jardinerie.

Je fronçai les sourcils.

— Eh bien, ça ne réduit pas tant que ça la liste des suspects. Je veux dire, les gens viennent de partout pour se rendre à cette jardinerie – et si la brochure a été insérée dans les journaux locaux et ensuite distribuée dans tout le comté, n'importe qui dans l'Oxfordshire aurait pu mettre la main sur un exemplaire.

Ma mère parut défaite par mon manque d'enthousiasme pour son « indice important » et je me sentis mal pour elle.

— C'est quand même une formidable découverte,

Mère, dis-je pour l'encourager. Ajoutée à d'autres éléments, elle pourrait être très précieuse. Sais-tu si Mary a déjà apporté la note à la police ?

— Je crois qu'elle n'a pas encore pris sa décision.

— Elle devrait vraiment la leur montrer, dis-je avec un soupir de frustration.

— Oui, c'est ce que dit aussi Audrey. Elle est vraiment très inquiète de toute cette affaire, vois-tu, et elle trouve merveilleux que Mabel et moi ayons pris l'enquête en main, puisque la police ne fait rien pour trouver le meurtrier de Clare Eccleston.

— Eh bien, ils *font* quelque chose à ce sujet maintenant, dis-je, et je parlai à ma mère de l'autopsie qui avait lieu ce soir-là. Cela confirmera si dame Clare est morte de causes naturelles et, dans le cas contraire, quelle était la cause du décès. Et alors le CID pourra commencer une enquête.

— Eh bien, je suis contente que la police prenne enfin cette affaire au sérieux ! déclara ma mère avec une certaine aspérité. Et je suis sûre que lorsque l'autopsie sera faite, ils découvriront que dame Clare a été horriblement empoisonnée.

— Mère, tant que nous ne connaissons pas les résultats de l'autopsie, tu ne peux pas tirer des conclusions hâtives comme ça, protestai-je. (D'accord, c'était un peu hypocrite puisque je pensais la même chose moi-même. Pourtant, je sentais que je devais être la voix de la prudence.) Ils peuvent encore découvrir qu'elle est morte d'une crise cardiaque.

— Non, dit ma mère avec suffisance. Elle a été empoisonnée.

Chapitre 21

Comme toujours, ma mère s'avéra avoir raison. Devlin m'appela dès qu'il arriva au travail le lendemain matin et dit, avec une note de respect dans la voix :

— Je déteste l'admettre, mais Mabel Cooke et ta mère avaient raison. Le rapport préliminaire de Jo m'attendait sur mon bureau. Clare Eccleston n'est pas morte d'une crise cardiaque. Du moins, si, mais pas naturelle. Elle a été empoisonnée, ce qui a provoqué un arrêt cardiaque.

— Quel était le poison ?

— Nous n'aurons pas de détails tant que nous n'aurons pas les résultats du laboratoire, mais Jo a dit qu'elle a fait une analyse toxicologique du sang, de l'urine et du contenu de l'estomac, et qu'elle a réussi à identifier la présence d'un glycoside cardiaque. Nous devrons attendre des tests supplémentaires avec la chromatographie en phase gazeuse et la spectroscopie de masse pour déterminer lequel.

— Un glycoside cardiaque ? Est-ce que ça pourrait être de la digitaline ? demandai-je alors que l'image d'un parterre de grandes et élégantes digitales dans les jardins d'Eccleston House me venait à l'esprit.

Mary y avait facilement accès, pensai-je avant de chasser cette idée. Au lieu de cela, je me rappelai qu'il y avait également une magnifique bordure de digitales dans les somptueux jardins de la chapelle de St Cecilia's College, que Joseph le jardinier entretenait avec amour. Je repensai à « l'indice » de ma mère de la nuit précédente. Un jardinier comme Joseph devait probablement passer beaucoup de temps dans les jardineries…

Devlin parlait toujours et je fis un effort pour revenir au présent.

— Oui, selon Jo, la digitaline – ou digoxine, la forme médicamenteuse purifiée – serait la plus courante, déclara-t-il.

— Elle sait comment le poison a été administré ?

— Très probablement par ingestion. Et d'après la quantité de poison dans l'organisme de Clare Eccleston et la rapidité avec laquelle elle s'est effondrée, elle l'a probablement ingurgité moins d'une demi-heure avant sa mort. Il n'y avait pas de marques d'aiguille sur le corps, mais Jo a dit que le contenu de l'estomac montrait des restes de ce qui ressemblait à un *sponge cake*, qui avait à peine été digéré.

— Oh oui, c'est vrai, dis-je. C'était un *Victoria sponge cake*. Elle en a mangé juste avant que l'évaluation ne commence. Mary, sa fille, en avait préparé pour le stand de gâteaux de la fête et dame Clare a insisté pour en manger – mais attends... fis-je en fronçant les sourcils. Ça ne peut pas être le gâteau. On a toutes pris une part et aucune d'entre nous n'a été malade.

— Comment ça ?

— Eh bien, ma mère, Audrey et moi, et Mary elle-même avons toutes pris une part du même gâteau. Le poison ne peut donc pas être dans le gâteau, sinon il nous aurait toutes affectées.

— Peut-être qu'il était seulement dans la part de dame Clare. Je suppose que vous aviez toutes des assiettes individuelles ?

— Oui. Mary a coupé le gâteau et a distribué les parts à chacune de nous.

— Y avait-il quelqu'un d'autre dans les environs ?

Je m'efforçai de réfléchir.

— Il y avait une autre concurrente, une dame avec des chats siamois appelée Theresa Bell. Elle était à la table à côté de nous. En fait, on lui a offert une part du gâteau, mais elle a refusé.

— Elle a refusé, hein ? dit précipitamment Devlin.

— Oui, et bizarrement, la raison qu'elle a avancée

est qu'il aurait pu être empoisonné, dis-je avec un rire ironique. C'est une femme bizarre. Quand on est arrivées, elle m'a dit que quelqu'un essayait de la tuer.

— Elle a dit quoi ?

— Oui, elle m'a prise à part et m'a dit que quelqu'un essayait de lui faire du mal, à elle et à ses chats ; elle n'arrêtait pas de parler des attaques dont elle avait déjà été victime lors d'autres expositions et du fait que tout le monde conspirait contre elle, que tout le monde voulait la faire tomber. C'était très mélodramatique. Elle m'a même accusée d'avoir essayé d'empoisonner l'eau de ses chats juste parce que je me tenais à côté de leur cage…

— Ça ressemble à un complexe de persécution, fit Devlin.

— Qu'est-ce que c'est ?

— C'est… eh bien, je suppose qu'on peut appeler ça un type de trouble mental. On l'a abordé brièvement dans notre formation au CID. En gros, c'est lorsqu'une personne a le sentiment irrationnel et obsessionnel d'être victime de l'hostilité des autres. C'est comme une forme de paranoïa, je suppose, bien que les personnes qui en souffrent croient sincèrement que tout le monde leur en veut.

— Et si une personne en souffre, tu penses qu'elle pourrait passer à l'acte en croyant être en position de légitime défense ? Du genre… s'en prendre à eux avant qu'ils s'en prennent à elle ?

— C'est possible, dit Devlin. Une personne qui

souffre d'un complexe de persécution a souvent tendance à soupçonner – généralement sans fondement réel – que d'autres l'exploitent ou lui font du mal et elle va interpréter des remarques anodines faites par d'autres personnes comme étant dégradantes, voire menaçantes. Ces personnes sont donc plus susceptibles de réagir avec colère, car elles sont déjà sur la défensive.

— Theresa a mentionné qu'elle pensait que dame Clare avait essayé d'empoisonner ses chats siamois lors de la dernière exposition, dis-je avec enthousiasme. Elle a peut-être décidé d'empoisonner la dame pour contre-attaquer ?

— Ne tirons pas de conclusions hâtives, dit Devlin sur un ton prudent. Il faudrait d'abord que j'interroge moi-même cette femme pour me faire une opinion sur un éventuel complexe de persécution. Je me base uniquement sur ce que tu m'as dit jusqu'à présent sur son comportement ce jour-là.

Il marqua une pause, puis ajouta :

— Mais d'abord, je dois parler à Mary Eccleston. C'est actuellement la principale suspecte.

— Ça ne peut pas être Mary ! dis-je. C'est une fille si douce et timide – et elle était si bouleversée ce jour-là, quand sa mère est morte... Je n'arrive pas à croire que ça puisse être elle.

— Gemma, tu ne peux pas laisser tes émotions obscurcir ton jugement. Il est bien connu que la plupart des victimes de meurtre connaissent leur meurtrier et qu'un membre de la famille est souvent le coupable. De plus, c'est Mary qui a le plus à gagner dans la mort de dame Clare. Je me suis renseigné rapidement ce matin et je crois qu'elle est la seule bénéficiaire de la succession de sa mère. Elle est devenue une jeune femme très riche.

— Oui, mais l'argent n'est pas la seule raison pour laquelle les gens commettent des crimes, dis-je rapidement. Dame Clare semblait avoir beaucoup d'ennemis. Cette femme était une vraie plaie et je pense que beaucoup de gens dans le village – sans parler de St Cecilia's College – auraient volontiers comploté pour l'éliminer.

— Tu penses à quelqu'un en particulier ?

— Eh bien, Audrey Simmons du village me parlait du jardinier du collège…

— Le jardinier du collège ? Celui dont tu avais parlé ?

— Oui, Joseph. Je ne connais pas son nom. Tu te souviens que je t'ai dit que je l'avais rencontré plusieurs fois ? Il fait quelques heures supplémentaires à Eccleston House de temps en temps.

— Oui, je me souviens vaguement que tu m'as parlé de lui, mais je dois admettre que je n'y ai pas vraiment prêté attention. Pas en tant que suspect dans une affaire de meurtre en tout cas.

— C'est un type vraiment bizarre. Un peu flippant.

— Flippant dans quel sens ?

— Oh, rien de sexuel. Juste… très bizarre. Il ne parle jamais, d'une part, et il ne regarde jamais les gens dans les yeux – et il a une étrange obsession pour ses plantes.

— Eh bien, c'est un jardinier, dit Devlin en riant.

— Non, non, c'est plus que ça. C'est presque comme s'il les voyait comme... eh bien, comme des humains. Quand je l'ai croisé à St Cecilia's, il parlait à un groupe de jeunes pousses.

— Il leur parlait ?

— Je sais, ça semble fou, mais c'était exactement ce qu'il faisait. Il avait une conversation avec les plantes, comme si elles étaient des personnes ou quelque chose comme ça. C'était vraiment bizarre.

— Eh bien, ça semble un peu étrange, mais il y a probablement toutes sortes d'hommes qui ont des passions et des passe-temps inhabituels. Ça ne fait pas d'eux des meurtriers.

— Oui, je sais, mais Joseph a aussi un mobile.

Je lui résumai l'histoire qu'Audrey m'avait racontée sur l'énorme dispute entre dame Clare et Joseph au sujet de la plantation de la bordure près de la chapelle du collège.

— Tu ne suggères pas sérieusement qu'un homme pourrait avoir assassiné quelqu'un juste à cause de quelques plantes mortes ? dit Devlin avec scepticisme. Et comment aurait-il pu se procurer le poison ?

— Il y a des digitales qui poussent partout dans les jardins du collège, dis-je rapidement. Et beaucoup à Eccleston House aussi. Compte tenu de son expertise, je suis sûre que Joseph a les connaissances nécessaires pour les récolter et en extraire le principe actif.

— Est-ce qu'il était à la fête ?

— Non, admis-je. Pas que je sache. Mais ça ne veut pas dire qu'il n'était pas là. Il y avait beaucoup de gens ; c'est un homme d'âge moyen, calme et sans histoires – j'imagine qu'il aurait pu facilement se perdre dans la foule.

— Ce que tu me dis, c'est qu'il n'a pas d'alibi pour l'heure du meurtre ; qu'il aurait pu, d'une manière ou d'une autre, se glisser inaperçu dans le pavillon de l'exposition féline et ajouter du poison à la part de gâteau dans l'assiette de dame Clare.

— Oui.

— Très bien...

J'entendis le bruit d'un stylo qui grattait le papier, puis Devlin dit :

— D'autres personnes au comportement suspect ce jour-là ?

— Eh bien, pas forcément pendant l'exposition, mais il y a *bien* quelqu'un qui s'est comporté de manière suspecte avant l'exposition. Et après aussi.

— Qui ça ?

— Edwin Perkins.

— Perkins... le libraire ? Celui que tu penses être une sorte de patron du crime qui aurait mis des voyous sur la route du frère de Cassie ?

Je me sentis rougir.

— Eh bien, tu dois admettre que c'était une drôle de coïncidence. Et c'est aussi une sacrée coïncidence qu'il se trouve être un ami des Eccleston.

— Mais on en revient toujours à la même chose : le mobile. Pourquoi Edwin Perkins aurait-il voulu assassiner dame Clare ?

— Eh bien, ça pourrait être par vengeance. Les commérages du village m'ont appris qu'Edwin est épris de Mary Eccleston. Et j'ai également entendu dire que dame Clare s'opposait à toute relation entre eux – en fait, elle prenait un malin plaisir à l'humilier publiquement à ce sujet.

— Tu penses qu'il l'a tuée parce qu'elle l'a humilié ?

À nouveau, Devlin semblait sceptique.

Je haussai les épaules, même si je savais qu'il ne pouvait pas me voir.

— C'est toi qui m'as dit tout à l'heure que les gens commettent des meurtres pour toutes sortes de raisons futiles. Et quand il s'agit de choses comme l'amour et les relations, les gens peuvent être très sensibles, n'est-ce pas ? Quelqu'un de guindé et pompeux comme Edwin aurait pu mal prendre une humiliation publique et décider de se venger.

— Hmm…

Je pouvais entendre dans le ton de Devlin qu'il n'était toujours pas convaincu.

— Ou bien… dis-je en repensant soudain à ce jour au salon de thé avec les vieilles chouettes qui bavardaient et en entendant à nouveau la voix d'Ethel, qui disait : « Il lui est tellement dévoué, il ferait vraiment tout pour elle… » Peut-être qu'il l'a fait pour Mary, dis-je.

— Comment ça ?

— Peut-être qu'il a tué dame Clare par « amour » pour sa fille. Tu ne sais pas quel tyran Clare Eccleston était, et la pauvre Mary était totalement sous sa coupe. Peut-être qu'Edwin ne supportait plus de la voir traitée de la sorte et pensait qu'en se débarrassant de sa mère, il libérerait Mary. En fait, il aurait fait d'une pierre deux coups, car plus personne ne l'aurait empêchée d'avoir une relation avec lui. En supposant qu'elle le veuille, bien sûr.

Devlin émit un bruit incrédule.

— Mary Eccleston a 25 ans. Elle n'a sûrement pas besoin de la permission de sa mère pour sortir avec quelqu'un ?

— Tu ne l'as pas vue avec sa mère, dis-je. Ce n'était pas une relation normale. Je veux dire, je pensais que *ma* mère était un peu autoritaire parfois, mais bon sang, ce n'est rien comparé à dame Clare ! Cette femme était une brute absolue et toute la vie de Mary a été régie et contrôlée par sa mère. Je pense qu'elle s'est tellement habituée à être docile et soumise qu'il ne lui serait jamais venu à l'esprit de la défier.

— Elle a tenu tête à sa mère la nuit avant l'exposition, souligna Devlin. Je me souviens que tu as mentionné que la femme de chambre des Eccleston avait entendu la mère et la fille se crier dessus.

Fichtre, pourquoi Devlin devait-il avoir une si bonne

mémoire ?

— Oh oui, c'est vrai, admis-je.

— La femme de chambre a-t-elle dit ce qu'elle avait réellement entendu ? Quelque chose que Mary aurait dit ?

J'hésitai à lui révéler ce que je savais.

— Gemma ? demanda Devlin d'un ton sec. Qu'est-ce qu'il y a ? Il y a quelque chose que tu ne me dis pas.

— Ce n'est rien, dis-je. Je suis sûre que ça ne veut rien dire, c'était juste puéril.

— Qu'est-ce que c'est ?

— La femme de chambre a entendu Mary crier sur sa mère : « J'EN AI MARRE D'ÊTRE TON ESCLAVE – JE TE DÉTESTE ! JE VOUDRAIS QUE TU SOIS MORTE ! » avant qu'elle ne sorte en trombe de la pièce.

— Je vois...

— Mais ça ne veut pas forcément dire quoi que ce soit ? dis-je. Je veux dire, c'est le genre de choses que les adolescents crient toujours à leurs parents et personne ne s'attend à ce qu'ils soient tous des meurtriers.

— Mais si leur parent meurt le lendemain et que l'adolescent hérite de tout, et qu'il était le mieux placé pour administrer le poison... Dans tous les cas, Mary n'est plus une adolescente.

— Je n'arrive pas à croire que ce soit Mary... dis-je misérablement.

La voix de Devlin s'adoucit :

— Eh bien, pour ce que ça vaut, je te promets que j'accorderai aux autres suspects que tu as mentionnés autant d'intérêt. En fait, je pourrais bien aller questionner Edwin Perkins avant d'interroger Mary.

— Demande-lui bien ce qu'il faisait dans le pavillon des chats, dis-je.

— Je croyais que tu avais dit que tu ne l'avais pas vu là-dedans.

— Non, je ne l'ai pas vu *dans* le pavillon, mais je l'ai croisé juste au moment où il sortait de la tente et où j'y entrais. J'étais sur le chemin du retour avec deux verres de limonade et je lui suis pratiquement rentrée dedans. Il avait l'air très pressé. J'aimerais savoir ce qu'il faisait là-dedans. Si on estime que Joseph aurait pu se glisser dans l'exposition féline et ajouter du poison au gâteau de dame Clare sans se faire remarquer, on pourrait en dire autant d'Edwin.

— Oui, très bon point. Eh bien, Mr Perkins et moi allons avoir une discussion intéressante, dit Devlin d'un ton sinistre.

— Devlin, à propos de Mary... Est-ce que tu vas lui demander de venir au poste ?

Il resta silencieux un moment, puis dit :

— Non, compte tenu de son récent deuil, je vais rester amical et décontracté pour le moment. Je l'interrogerai chez elle cet après-midi.

— Dans ce cas, je peux venir ? S'il te plaît ! Ce serait comme si elle avait une amie ou une proche chez elle, qui se trouverait par hasard là quand tu arriverais, plaidai-je. Et elle sera peut-être plus disposée à parler si elle sent qu'elle a une amie avec elle.

Devlin hésita, puis répondit :

— Très bien. Mais ça ne peut pas devenir une habitude, Gemma. Tu sais que je ne suis pas censé laisser des civils s'impliquer dans une enquête...

Je me souris à moi-même.

— Oh, totalement ! Ce sera la seule exception !

Chapitre 22

Je me précipitai à Eccleston House dès que je pus m'éloigner du salon de thé cet après-midi-là. Devlin était déjà là quand j'arrivai, assis dans le grand salon en face de Mary, qui était perchée sur le bord du canapé, ressemblant à un lapin effrayé. Son visage s'éclaira lorsque Riza me fit entrer dans la pièce.

— Gemma !

Elle se leva d'un bond, un sourire tremblant se dessinant sur son visage, et se précipita vers moi.

— J'étais dans le coin et je me suis dit que je pourrais passer voir comment vous alliez, dis-je doucement.

Mary serra mes mains fermement.

— Oh, Gemma, ils disent que maman a été

assassinée !

Je serrai ses mains de manière rassurante et jetai un regard interrogateur à Devlin.

Mary le remarqua et fit un effort pour se ressaisir. Elle m'emmena rejoindre Devlin sur le canapé et dit :

— L'inspecteur O'Connor veut me poser quelques questions sur maman et sur ce qui s'est passé à l'exposition féline samedi.

Je m'assis à côté de Mary et lui adressai un signe de tête encourageant.

— Vous devriez tout lui dire. Vous lui avez montré la note anonyme ?

Mary hésita, nous regardant successivement Devlin et moi, puis elle secoua la tête.

— Quelle note ? s'enquit Devlin en feignant parfaitement l'ignorance.

Mary hésita encore, puis se leva et se dirigea vers un bureau à l'ancienne sur le côté de la pièce. Du tiroir du haut, elle sortit une enveloppe A4 ordinaire et la tendit à Devlin.

— Je l'ai mise là-dedans, dit-elle. Je l'ai trouvée avec tante Audrey quand nous avons fouillé dans les papiers de maman le jour après la fête. Ça a été un sacré choc de la découvrir.

Devlin ouvrit l'enveloppe et jeta un coup d'œil à l'intérieur, puis il sortit des gants en latex de sa poche et les enfila avant d'extraire soigneusement le morceau de papier. En silence, il lut le message épelé par les lettres découpées. Je remarquai que l'encre bleu foncé des lettres avait un peu coulé et s'était étalée sur le papier, rendant les mots flous.

Devlin regarda à nouveau Mary.

— Avez-vous une idée de l'identité de l'expéditeur ?

Mary secoua la tête.

— On a envoyé des lettres anonymes à maman au collège l'année dernière… Tout le monde a pensé que c'était un coup de quelques étudiants. Mais elles n'étaient pas si… si méchantes – elles ressemblaient plus à des lettres de farce. Et elles n'avaient pas le même aspect. Elles avaient été tapées sur un ordinateur, alors que là, on dirait que quelqu'un a découpé des lettres quelque part et les a collées dessus.

— Ma mère pense que les lettres ont pu être découpées dans la brochure publicitaire de la jardinerie locale, dis-je. La même encre bleue a été utilisée ; elle vous tache les doigts quand vous la manipulez. On avait remarqué toutes les deux cette étrange tache bleue sur nos doigts, le jour où Mary nous a montré la note pour la première fois, mais sa signification nous avait échappé jusqu'à ce que ma mère retourne à la jardinerie hier et prenne un exemplaire de la même brochure – et finisse avec la même tache sur les doigts.

— Hmm, très intéressant, dit Devlin, qui glissa soigneusement la lettre dans l'enveloppe. Je vais prendre ça comme preuve et demander à la police scientifique de l'examiner, même si je n'ai pas beaucoup d'espoir de trouver des empreintes digitales utiles puisqu'elle a été manipulée par des tas de personnes. Qui d'autre a vu cette note ?

— Eh bien, à part tante Audrey et moi, seulement Gemma, sa mère, et Mrs Cooke et ses amies, dit Mary.

— Ça fait déjà beaucoup d'empreintes digitales.

Devlin posa l'enveloppe sur le côté et se pencha légèrement en avant.

— Mary, il y a des preuves que votre mère a été empoisonnée et nous pensons que c'était via le gâteau qu'elle mangeait, juste avant le début de l'évaluation. Un *Victoria sponge cake*, je crois ?

Mary fronça les sourcils.

— Oui, mais j'ai fait le gâteau moi-même. D'ailleurs, nous en avons toutes mangé et nous n'avons pas eu de problème !

Devlin leva une main.

— Oui, je sais - c'est pourquoi je pense que le poison n'était peut-être que dans la part de gâteau que votre mère avait dans son assiette. Quelqu'un a dû l'y ajouter. Avez-vous remarqué que quelqu'un rôdait autour de votre table, en particulier près de l'assiette de votre mère ?

Mary parut déconcertée.

— Je... je ne sais pas. Je veux dire, je ne regardais pas vraiment l'assiette. Nous étions tellement occupées à préparer Camilla pour le juge... et il y avait tellement de gens autour de nous...

Elle fit une pause.

— Avez-vous vu quelqu'un d'autre que vous

connaissiez à l'exposition ? dit Devlin, changeant de tactique.

— Eh bien, je suppose que nous connaissions, au moins de loin, beaucoup de concurrents...

— Non, je voulais dire quelqu'un que vous connaissez bien, comme un ami proche, peut-être ?

Mary secoua la tête.

— Non, pas vraiment. Comme je l'ai dit, je ne faisais pas très attention, mais je ne me souviens pas d'avoir vu quelqu'un. Je suppose que nous connaissions assez bien Theresa Bell - c'était la dame avec les chats siamois à la table à côté de nous. Nous l'avions vue plusieurs fois à d'autres expositions, mais je ne dirais pas que c'était une amie.

Elle eut un petit rire gêné.

Devlin insista :

— N'avez-vous pas vu Edwin Perkins à l'exposition ?

— Edwin ?

Mary parut surprise.

— Si, je l'ai vu quand Gemma et moi partions...

— Non, je voulais dire avant ça. Pendant l'exposition proprement dite, dans le pavillon. Vous l'avez vu là-bas ?

— Oh non, je ne l'ai absolument pas vu dans le pavillon.

Devlin fit un signe de tête. Je le regardai avec curiosité, mais il ne donna pas de détails. Au lieu de cela, il dit :

— Qu'y avait-il dans le gâteau ?

— Juste les ingrédients habituels : de la farine, des œufs et du beurre pour les bases de la génoise, de la confiture de fraises et de la crème fraîche fouettée pour la garniture. Oh, et quelques fraises comme décoration et du sucre glace sur le tout.

— Du sucre glace, dis-je soudain. Il serait très facile d'y mélanger quelque chose et de le saupoudrer sur le dessus du gâteau. On ne le remarquerait sûrement pas et la douceur du sucre masquerait probablement le goût amer.

Devlin hocha la tête, l'air sinistre.

— Oui, je pensais la même chose. Quelqu'un aurait pu faire moudre le poison et le mélanger à du sucre glace, puis le transporter dans un contenant discret, comme un petit flacon de talc. Puis la personne se serait glissée sans se faire remarquer à l'exposition, et aurait réussi à se placer à côté de la table des Eccleston quand personne ne regardait, et aurait pu facilement saupoudrer du sucre glace empoisonné sur la part de gâteau.

— Mais je n'ai vu personne faire ça ! dit Mary.

Devlin ne répondit rien, mais je savais qu'il pensait : *Parce que vous auriez pu le faire vous-même.* Et il avait raison. En fait, Mary était la personne qui avait eu le plus d'occasions d'altérer la part de gâteau ; c'était elle qui avait découpé les parts et les avait servies.

Comme s'il se faisait l'écho de mes pensées, Devin dit, sa voix changeant soudain :

— Mary, je crois savoir que votre mère et vous vous êtes disputées la veille de l'exposition ?

Mary rougit.

— Qu-Qu'est-ce que vous voulez dire ? balbutia-t-elle.

— On vous a entendues, répondit Devlin sans ambages. Apparemment, vous avez crié à votre mère que vous en aviez assez d'être son esclave et que vous auriez aimé qu'elle soit morte ?

— M-mais je ne le pensais pas, s'écria Mary. C'est juste un truc qu'on dit quand on est en colère... s'étrangla-t-elle. Vous croyez que j'ai tué maman ? Je n'aurais jamais voulu sa mort !

Elle fondit en larmes.

Devlin eut l'air légèrement décontenancé. Je passai un bras autour de Mary et j'adressai à Devlin un regard de reproche par-dessus sa tête. Bien qu'elle ait 25 ans, à bien des égards, Mary avait encore la vulnérabilité émotionnelle d'une enfant de 10 ans.

— Je suis sûre que l'inspecteur ne voulait pas dire ça, dis-je d'un ton apaisant en tapotant le bras de Mary.

Elle renifla et déglutit lorsque je pris un mouchoir dans la boîte sur la table et que je le lui tendis. Nous attendîmes pendant qu'elle se mouchait et reprenait ses esprits.

— Je suis désolée, dit-elle enfin d'une petite voix. Je ne veux pas répondre à davantage de questions.

Devlin se leva.

— Je suis désolé de vous avoir bouleversée, Miss Eccleston, mais il est important que je vous pose ces questions si nous voulons trouver l'assassin de votre mère.

Elle hocha la tête, mais ne répondit pas.

Devlin lui tendit sa carte.

— Si vous pensez à autre chose qui pourrait nous aider, n'hésitez pas à me contacter ou...

Ses yeux se tournèrent vers moi.

— Peut-être que vous préférez parler à Gemma à la place ? Vous pouvez le faire aussi.

Mary hocha de nouveau la tête et prit la carte, puis nous raccompagna jusqu'à la porte. Nous échangeâmes une rapide accolade et je suivis Devlin hors de la maison. Nous marchâmes lentement dans l'allée, nos chaussures crissant sur le gravier.

— Je dois retourner au poste ; j'ai bien peur de rentrer tard ce soir encore. Il y a pas mal de choses que je dois régler sur d'autres affaires, dit Devlin avec regret alors que nous nous arrêtions devant sa Jaguar garée devant les portes de la propriété. Mais je peux te ramener à la maison...

— Non, c'est bon, je vais rentrer à vélo. Ça me fera du bien de faire de l'exercice. Au fait, pourquoi as-tu posé à Mary cette question sur Edwin Perkins et si elle l'avait vu à l'exposition féline ?

— Parce que c'était son prétexte pour être entré dans le pavillon. Je l'ai interrogé plus tôt cet après-midi et il a dit qu'il était allé dans le pavillon de l'exposition féline pour dire bonjour aux Eccleston –

mais quand il est arrivé, elles étaient manifestement si préoccupées par la préparation du chat pour l'évaluation qu'il a décidé que ce n'était pas le bon moment et qu'il y retournerait plus tard.

Il m'adressa un petit sourire.

— Ce qui est une explication parfaitement plausible.

— Sauf que Mary a dit qu'elle ne l'avait jamais vu, dis-je rapidement.

Devlin inclina la tête.

— Oui, et je suis sûr que lorsque je reparlerai à Edwin demain et que je l'interrogerai à ce sujet, il me répondra qu'il ne s'est pas approché parce qu'il ne voulait pas les déranger, donc qu'elles ne l'ont jamais vu.

— Comme c'est pratique, dis-je sur un ton sarcastique. Et sa conversation avec le docteur Foster au sujet des médicaments de dame Clare ?

— Il a répété exactement ce qu'il a dit au médecin – qu'il était un ami de la famille inquiet et qu'il voulait s'assurer que dame Clare prenait ses médicaments en toute sécurité.

Je levai les yeux au ciel.

— Il a réponse à tout.

— Eh bien, il faut envisager la possibilité qu'il dise vrai.

— Comment ça ?

Devlin me regarda en coin.

— Il y a d'autres personnes qui auraient pu

trafiquer la part de gâteau de dame Clare beaucoup plus facilement… comme sa fille.

— Je n'arrive pas à croire que ce soit Mary !

Je jetai un coup d'œil en arrière vers Eccleston House.

— Elle semble si sincèrement bouleversée.

— Les apparences peuvent être trompeuses, déclara Devlin.

Je laissai échapper un soupir.

— C'est ce que ma mère a dit. Elle a dit que les gens peuvent être de très bons acteurs et que ce n'est pas parce qu'on les aime bien qu'ils ne peuvent pas être des meurtriers.

— Eh bien, pour une fois, je suis d'accord avec elle, dit Devlin sèchement. Surtout en ce qui concerne l'habileté des gens à jouer la comédie. J'ai interrogé des gens que je n'aurais jamais cru être des criminels froids et sans pitié. Ils sont capables de pleurer à volonté, d'avoir l'air vulnérables et de tirer sur la corde sensible. Ce sont en fait des maîtres manipulateurs et ils savent très bien comment susciter vos émotions. Donc non, tu ne peux plus te fier à tes sentiments. Les gens mauvais peuvent être gentils et sympathiques aussi.

Je le regardai d'un air pensif.

— Tu es devenu un vrai cynique, Devlin O'Connor.

Il haussa les épaules et m'adressa un sourire tordu.

— Ce sont les risques du métier.

Je ressentis soudain une certaine tristesse. Peut-être que ma mère avait raison après tout sur le fait de passer trop de temps du côté sombre de l'humanité. Cela déteignait sur vous. Oh, pas de la façon dont elle le pensait – quelqu'un avec l'intégrité de Devlin ne passerait jamais du « côté obscur » –, mais tout de même, cela pouvait vous arracher un morceau de votre âme.

⁂

Je pédalai lentement jusqu'à la maison de Devlin dans le crépuscule naissant, profitant de la douceur de la soirée printanière et du son des oiseaux qui se préparaient pour la nuit. Pour être honnête, j'appréciais l'idée d'une soirée en solo. J'étais peut-être tristement solitaire, mais j'avais hâte d'être seule. Oh, il aurait été agréable de passer une soirée avec Devlin, bien sûr, mais d'une certaine manière, la pensée d'avoir la maison pour moi seule m'offrait un sentiment de plaisir coupable. Ce serait tellement bien d'avoir un peu d'« espace », un peu de « temps pour moi ».

Bien sûr, mon « temps pour moi » incluait le temps de Muesli. En rentrant chez Devlin, je trouvai la petite chatte tigrée qui m'attendait impatiemment.

— *Mluuuou ! Mluuuouu !* dit-elle plaintivement en s'enroulant autour de mes jambes dès que je franchis la porte.

Je ressentis une pointe de culpabilité. Au moins, quand je vivais chez mes parents, Muesli avait souvent de la compagnie pendant la journée. Mais à présent que Devlin et moi travaillions de longues heures, elle restait toute la journée seule. Et même si je savais qu'elle passait la plupart du temps à roupiller joyeusement sur le canapé de Devlin, cela me faisait quand même un peu de peine. Parfois, j'aurais aimé pouvoir emmener Muesli au travail avec moi. Elle venait tous les jours au salon de thé avant que je ne l'adopte et divertissait tout le monde avec ses espiègleries. *Je devrais peut-être vérifier à nouveau*, me dis-je, *et voir s'il n'y aurait pas moyen d'avoir Muesli avec moi au Little Stables...*

En attendant, je décidai tout de même de passer une demi-heure à jouer avec elle. Comme tout chat qui se respecte, Muesli avait complètement ignoré tous les jouets coûteux que je lui avais achetés et préférait courir après un morceau de papier journal froissé attaché à un bout de ficelle. Je pris son jouet préféré et l'agitai devant elle.

— *Miaouuu !* cria joyeusement Muesli en courant après le bout de la ficelle.

Elle attrapa le journal et fit une culbute, le serrant entre ses pattes avant.

Je ris, je fis glisser la ficelle par terre, je retirai le bout du journal de ses griffes et je l'agitai en l'air. J'essayais toujours d'être plus rapide que Muesli, mais je n'arrivais jamais à égaler ses réflexes. Elle se précipita derrière la ficelle et bondit, se retournant et donnant des coups de pattes arrière comme si elle éviscérait une proie imaginaire.

Elle avait l'air si drôle que j'éclatai à nouveau de rire. Puis je pris mon téléphone et j'essayai de prendre une photo d'elle roulant sur le dos.

— *Miaouuu...*

Muesli se retourna de l'autre côté et inclina la tête, me regardant à l'envers.

— Espèce de petite coquine ! Est-ce que tu poses ? dis-je en gloussant et en prenant quelques photos supplémentaires.

Comme la plupart des propriétaires de chats, j'avais déjà des dizaines de photos de Muesli sur mon téléphone – Muesli dans des poses hilarantes similaires, Muesli pelotonnée dans son sommeil, Muesli regardant pensivement par la fenêtre, Muesli assise près de la porte, demandant à sortir... C'était embarrassant de voir le nombre de photos que j'avais de mon chat. Six mois plus tôt, je me serais moquée des propriétaires d'animaux de compagnie avec des photos de leurs animaux partout et maintenant, j'avais mon chat en écran de veille sur mon téléphone. J'eus un petit rire d'autodérision. Je n'avais jamais pensé que j'étais une « personne à chats ». Quelle ironie du sort.

Finalement, j'arrêtai de la mitrailler et je m'assis, passant en revue les photos que je venais de prendre. Je les fis défiler, me souriant à moi-même. Soudain, je pensai à quelque chose.

Attendez… cette photo de Muesli et moi ensemble… je ne l'avais pas prise. D'où venait-elle ?

Puis je me souvins. Bien sûr ! C'était la photo que Liam, le frère de Cassie, avait prise à la fête. Elle me l'avait envoyée sur mon téléphone. J'avais eu l'intention de l'imprimer et de la mettre dans un cadre, puis je l'avais complètement oubliée. J'inclinai mon téléphone, regardant la photo avec admiration. Liam était un formidable photographe. Le cliché était net et précis, et même l'arrière-plan était très détaillé. Elle avait été prise dans le pavillon de l'exposition féline et avait parfaitement capturé l'atmosphère chaotique qui régnait lorsque tout le monde se précipitait pour effectuer le toilettage final et préparer ses chats pour l'évaluation. Je pouvais voir la table des Eccleston en arrière-plan derrière Muesli et moi, avec dame Clare à moitié dans le cadre et un bout de Mary aussi. Elles tournaient le dos à l'appareil photo et on pouvait juste apercevoir la fourrure blanche comme neige de Camilla, leur chat persan, sur la table à côté d'elles.

Puis mon regard se porta sur une autre partie de la photo. Je fis un zoom avant. *Attendez une minute… n'était-ce pas… ? Si !*

À l'arrière-plan, à l'autre bout de la table des Eccleston, une assiette avec une fourchette couverte de confiture et de crème fouettée fraîche était posée à côté des dernières bouchées de *Victoria sponge*. *L'assiette de gâteau à moitié finie de dame Clare*, réalisai-je.

Mais ce qui avait attiré mon attention, c'était la main à peine visible, tendant le bras vers l'assiette. Pour y faire quoi ? Y ajouter du poison ?

La propriétaire de la main était masquée par l'angle de prise de vue de la photo ; en fait, *je* bloquais la personne. Je soupirai de frustration. *Quelle malchance !*

Mais au moins, je savais qu'elle n'appartenait pas à dame Clare ou Mary – elles étaient clairement visibles de l'autre côté de la table. Alors à qui appartenait la main ? Ces doigts fins et osseux et les ongles d'une nuance peu attrayante de lavande…

Du vernis à ongles lavande !

Soudain, je sus qui c'était. Mon esprit se remémora le jour de l'exposition… je me tenais près de la cage des chats siamois tandis que Theresa Bell m'accusait d'avoir essayé d'empoisonner ses chats… elle m'avait fait un signe du doigt et j'avais remarqué son vernis à ongles à ce moment-là et pensé que cette couleur était hideuse, surtout sur sa peau pâle…

Je regardai à nouveau la photo sur l'écran de mon téléphone. Il n'y avait aucun doute. C'était la main de Theresa Bell. La question était donc : qu'avait-elle fait au gâteau de dame Clare ?

Chapitre 23

J'étais impatiente que Devlin rentre à la maison et je me jetai sur lui dès qu'il passa la porte.

— C'est Theresa ! Theresa Bell ! Elle avait sa main au-dessus de l'assiette... et elle agissait bizarrement... et elle détestait dame Clare parce qu'elle pensait qu'elle avait essayé d'empoisonner ses chats à la dernière exposition... et elle ne voulait pas manger le gâteau elle-même... et peut-être qu'elle a simulé la scène du collier volé pour pouvoir délibérément s'écraser sur...

— Tout doux, Gemma, dit Devlin en attrapant mes poignets doucement et en m'immobilisant. Qu'est-ce que tu racontes ?

Je pris une profonde inspiration et recommençai :

— Je pense que la meurtrière est Theresa Bell. Tu sais que le frère de Cassie prenait des photos à la fête et qu'on lui a volé son appareil ? J'avais reçu une de ses photos plus tôt – une photo de moi et de Muesli – et je l'ai regardée à nouveau ce soir. En arrière-plan, on peut voir l'assiette dans laquelle Clare Eccleston mangeait, avec un reste de gâteau dedans… et on voit aussi une main qui se tend vers elle. Regarde !

Je mis mon téléphone sous son nez et lui montrai la photo zoomée.

Devlin fronça les sourcils, fixant l'image sur l'écran de mon téléphone.

— Comment sais-tu que c'est Theresa ?

— Grâce à son vernis à ongles ! Elle avait cette horrible nuance de vernis à ongles lavande – je l'ai remarqué ce jour-là à l'exposition –, et regarde, tu peux le voir là clairement sur la photo.

Devlin se gratta la tête.

— Je ne sais pas… Une autre femme n'aurait-elle pas pu avoir du vernis à ongles violet aussi ?

Je le regardai d'un air impatient.

— Tu ne connais pas les femmes. La plupart d'entre nous n'utiliseraient pas du vernis à ongles lavande. Ce n'est pas très courant, crois-moi. Surtout pas cette teinte. Du rose pâle, oui, ou du fuchsia vif, du mauve, du bordeaux… ou même du violet intense, je suppose, pour les adolescentes, mais cette nuance lavande avec cet aspect pâle et plastique ? Certainement pas.

Je secouai fermement la tête.

— En fait, je me souviens d'avoir été dans un magasin à Oxford et d'avoir vu un bac de promotions rempli de flacons de cette couleur et la vendeuse m'a dit qu'elle ne comprenait pas pourquoi les fabricants s'obstinaient à produire cette teinte, car elle ne se vendait jamais.

— D'accord, d'accord, tu m'as convaincu, dit Devlin, levant ses mains en signe de reddition. Alors qu'est-ce que tu veux dire ? Que Theresa était la seule personne susceptible d'avoir un goût aussi inhabituel en matière de vernis à ongles ?

— Je dis juste que les chances que quelqu'un d'autre au salon ait choisi cette couleur sont assez minces. Je veux dire, ça aurait pu arriver, je suppose... mais j'en doute. Et Theresa était à la table juste à côté de nous, elle avait une relation hostile avec dame Clare... *et* elle a refusé de manger le gâteau. Tout coïncide !

Je lui jetai un regard impatient.

— Tu l'as déjà interrogée ?

Devlin grimaça.

— J'ai essayé. Je n'ai pas eu l'occasion de te le dire plus tôt : je suis allé voir Theresa Bell avant de rendre visite à Mary cet après-midi. Mais j'ai à peine mis un pied chez elle qu'elle a commencé à crier au harcèlement policier. J'ai essayé de lui expliquer qu'elle n'était pas considérée comme suspecte – qu'elle pourrait peut-être aider la police –, mais je n'ai pas pu placer un mot, surtout quand ses chats siamois se sont joints à ses hurlements.

Je dus réprimer un sourire devant cette image.

— Mais tu as forcément la loi de ton côté ? Tu pourrais la forcer à répondre à tes questions.

— Je ne peux pas la forcer à faire quoi que ce soit. La police peut poser des questions, mais personne n'est obligé d'y répondre.

— C'est ridicule, répondis-je, frustrée. Tu as dit toi-même qu'une personne souffrant d'un complexe de persécution était susceptible de devenir agressive – et on sait qu'il y avait de l'animosité entre Theresa et dame Clare –, et maintenant qu'on peut prouver qu'elle était sur la scène du crime, en train de trafiquer la nourriture de la victime... Ce n'est pas suffisant pour l'arrêter pour suspicion de meurtre ?

Devlin secoua la tête avec impatience.

— Si, mais même en état d'arrestation, elle aurait le droit de garder le silence. En tout cas, je dois être prudent, surtout avec une suspecte aussi sensible que Theresa Bell. La dernière chose que je veux, c'est la traîner de force au poste, surtout si je n'ai pas de preuve accablante qu'elle a commis le meurtre.

— Et la photo ? Ce n'est pas une preuve ?

— Mais que montre vraiment la photo ? Tout ce qu'on peut y voir, c'est une main tendue vers l'assiette – une main qui *pourrait* appartenir à Theresa Bell, en partant du principe qu'aucune autre personne présente à l'exposition n'aurait porté un vernis à ongles de la même couleur. Ça ne tiendrait pas devant un tribunal. Et s'il s'avère que

Theresa Bell n'était pas coupable après tout…

Devlin fit la grimace.

— Je serais accusé de harcèlement policier à l'encontre d'une pauvre femme innocente et il y aurait beaucoup de publicité négative désagréable, ce qui est la dernière chose dont le CID a besoin en ce moment. Nous sommes encore en train de nous remettre du fiasco de l'agri-crime à la fête, et le fait que nous n'ayons pas compris que la mort de dame Clare était suspecte… Eh bien, dans l'ensemble, ça a été une très mauvaise semaine pour l'image de la police. Le commissaire nous a tous prévenus que nous devions faire très attention à nos actes, en particulier en public.

— Très bien, et si je lui parlais ? suggérai-je.

— Toi ?

— Oui, elle pourrait ne pas avoir une réaction aussi virulente à mon égard. Je ne suis pas de la police. Je ne suis pas un agent. Je suis juste une sympathique habitante du village – enfin, en quelque sorte, via mon salon de thé. Et Theresa a été plutôt amicale avec moi à l'exposition féline, si on oublie la partie où elle m'a accusée d'avoir essayé d'empoisonner l'eau de son chat, dis-je en souriant. En fait, elle se confiait pratiquement à moi au sujet de ses problèmes… Je pense qu'elle me parlerait.

Devlin soupira.

— Écoute, je sais que tu veux aider, Gemma, mais je ne peux pas te laisser interroger des suspects dans une affaire de meurtre. Tu es une civile. Tu ne peux pas t'impliquer.

— Tu m'as laissée assister à ton interrogatoire de Mary Eccleston.

— Oui, et je n'aurais probablement pas dû, dit Devlin sinistrement. Et c'est *moi* qui posais les questions ; tu ne faisais qu'écouter. Là, ce serait totalement différent. Non...

Il leva une main alors que je commençais à protester à nouveau.

— Ce n'est pas fait pour les amateurs.

— Je suppose que ça ne te dérangerait pas que *Jo Ling* lui parle, marmonnai-je un peu vite.

Les sourcils de Devlin se rapprochèrent.

— Qu'est-ce que tu insinues ?

— Rien, répondis-je laconiquement.

Puis j'inspirai profondément. Je ne voulais pas me disputer à nouveau.

— J'essaie juste d'aider.

— Oui, je sais et je te remercie. Mais tu dois laisser la police faire son travail, d'accord, ma chérie ?

Devlin m'adressa un sourire qui fit fondre mes derniers ressentiments.

— Je trouverai un moyen d'interroger Theresa, même si je dois passer par un avocat. Ça pourra prendre du temps, mais ne t'en fais pas, j'y arriverai.

Je le suivis jusqu'au salon où il s'écroula sur le canapé avec un profond soupir. Il s'affala contre le dossier et se frotta la nuque, fatigué. Je ressentis une vague de pitié pour lui. Devlin travaillait si dur. Maintenant que je vivais avec lui, je voyais bien à quel point il se donnait pour son travail. Je tendis la main et lui massai doucement la nuque.

— Mmmh...

Il ferma les yeux, appréciant le moment.

— *Miaouuu ?*

La petite tête grise de Muesli apparut soudain entre nous. Elle sauta sur le canapé et grimpa sur les genoux de Devlin, ronronnant de plaisir.

Il ouvrit les yeux et sourit à Muesli, puis tourna son regard bleu vif vers moi.

— Au fait, peux-tu m'envoyer une copie de cette photo ?

— Pour les preuves ?

Il rit.

— Eh bien, je suppose que ça pourrait être utile aussi, mais en fait, je pensais plutôt à moi. C'est une très belle photo de Muesli et j'aimerais en avoir une copie.

Je levai les yeux au ciel.

— Je n'arrive pas à y croire. Et moi qui pensais que tu allais dire quelque chose de vraiment romantique, comme le fait que tu voulais une photo de *moi* pour la garder avec toi tout le temps.

— J'ai déjà une photo de toi.

Je le regardai fixement. Devlin rougit légèrement et parut embarrassé.

— Où ça ?

Il pencha la tête à contrecœur vers son portefeuille sur la table basse.

— Dans mon portefeuille.

Je me penchai et j'ouvris le portefeuille. Au dos du rabat central en cuir se trouvait une fente pour les photos et, à ma grande surprise, j'y vis une photo de moi. Elle avait été prise alors que je jetais un coup d'œil par-dessus mon épaule, un sourire rieur sur le visage, les yeux brillants. Il s'agissait manifestement d'une vieille photo, légèrement délavée et dont les bords étaient usés. Je réalisai, à mes cheveux longs, qu'elle avait dû être prise lorsque nous étions à Oxford ensemble, il y avait huit ans.

— Mais... c'est une vieille photo, dis-je.

Je le regardai à nouveau.

— Ouais, eh bien...

Devlin détourna le regard, ses joues rougissant.

— Tu veux dire... que tu l'as gardée dans ton portefeuille toutes ces années ? chuchotai-je.

Il se retourna, ses yeux croisant les miens.

— Toujours, dit-il enfin.

Je le fixai, le cœur trop plein pour parler. Puis je me penchai lentement vers lui et nos lèvres se rencontrèrent. Doucement, tendrement, puis avec plus de passion. Les bras de Devlin se glissèrent autour de moi. Muesli miaula avec indignation lorsqu'elle fut éjectée des genoux de Devlin, mais pour une fois nous étions trop occupés pour l'entendre.

Chapitre 24

Devlin partit très tôt le lendemain matin et je décidai de me rendre au salon de thé plus tôt que d'habitude. Dora était normalement là bien avant l'ouverture, pour commencer à préparer les pâtisseries de la journée, et j'avais hâte de voir comment elle se débrouillerait avec ses nouvelles lunettes. Elle était allée voir l'ophtalmo à Oxford la veille et avait pris une paire de lunettes de lecture temporaires en attendant les lunettes de vue. J'espérais qu'elle trouverait les choses plus faciles.

Mon téléphone sonna quand je quittai la maison et je fus surprise d'entendre la voix de ma mère.

— Ma chérie ! Je voulais juste m'assurer que tu n'avais pas oublié pour cet après-midi.

— Cet après-midi ? demandai-je.

— L'évaluation de Muesli !

— Euh… l'évaluation ?

— Nous avions convenu avec Audrey Simmons d'emmener Muesli au presbytère à 17 h 30 pour son évaluation de chat de thérapie, tu te souviens ?

Oups, pensai-je. J'avais complètement oublié. Ça allait être un peu serré. Je devais d'abord revenir récupérer Muesli et ensuite retourner au village… ce qui signifiait que je devais essayer de quitter le salon de thé plus tôt ce jour-là encore et…

— Ma chérie ? Tu n'as pas oublié, n'est-ce pas ?

La voix de ma mère était pleine de reproches.

— Non, non ! Bien sûr que non ! m'empressai-je de mentir. 17 h 30. Aucun problème. Je serai là avec Muesli.

Je pourrais peut-être profiter de cette visite pour poser des questions à Audrey sur Theresa Bell, pensai-je en montant sur mon vélo et en me dirigeant vers Meadowford. Même si j'avais laissé tomber le sujet la veille au soir, je n'avais pas pu m'empêcher de penser à cette photo et à la main de Theresa Bell tendue vers l'assiette à gâteau.

Il *devait* y avoir un moyen de découvrir la vérité. Si seulement Devlin me laissait approcher Theresa ! J'étais sûre de pouvoir lui soutirer des informations précieuses, que la police pourrait utiliser pour approfondir son enquête. C'était tellement stupide de ne pas me laisser essayer, juste à cause d'une croyance idiote selon laquelle les amateurs ne devraient pas être impliqués. Bon sang, j'avais déjà aidé à résoudre trois affaires de meurtre ! Je n'étais plus vraiment une « amatrice », et d'ailleurs, ce n'était pas comme si je suggérais de m'attaquer à une dangereuse preneuse d'otages... J'allais seulement poser quelques questions à la folle aux chats !

J'étais irritée à l'idée de rester assise à ne rien faire, attendant que Devlin passe par les canaux officiels et outre les objections de Theresa. Ça semblait si... si *pathétique*, d'abandonner comme ça ! Incognito, la pensée surgit dans mon esprit : *Jo Ling n'aurait jamais abandonné parce qu'il y avait quelques obstacles sur son chemin...* Allais-je concéder la défaite si facilement ?

Je n'arrivais pas à chasser cette affaire de mon esprit et cela me rendit distraite et légèrement irritable au travail toute la journée. Je vis Cassie me regarder avec reproche à plusieurs reprises alors que je me trompais dans les commandes ou que je donnais des réponses vagues et peu utiles.

— Je m'occupe de cette table, dit-elle enfin en me prenant le bloc de commandes alors que je revenais avec une mauvaise commande pour la troisième fois. Tu sais quoi ? Pourquoi tu ne prendrais pas le reste de l'après-midi, Gemma ? Je sais que tu es censée emmener Muesli pour son évaluation thérapeutique cet après-midi, donc tu vas devoir passer chez Devlin de toute façon pour la récupérer et tu auras besoin de plus de temps pour ça. Pourquoi ne pas partir maintenant ?

— Maintenant ?

Je jetai un coup d'œil à l'horloge.

— Mais il n'est que 14 h 45.

— Et alors ? On a passé le coup de feu du déjeuner maintenant et je peux gérer l'affluence de l'*afternoon tea* avec les vieilles chouettes.

Elle fit un signe de tête en direction de Mabel et de ses amies, qui s'affairaient dans le salon, servant thé et gâteaux et bavardant joyeusement avec des amis et des inconnus. Elle me regarda d'un air sombre.

— De plus, ce n'est pas comme si tu étais d'une grande aide de toute façon.

— Oh, Cassie, je suis désolée, dis-je d'un air penaud. Ai-je vraiment été si mauvaise ?

— Tu as été terrible, dit Cassie avec la franchise qu'on ne trouvait que chez des amis très proches. Mais c'est bon, on a tous le droit d'avoir des jours « sans ». Assure-toi juste de retrouver ta bonne humeur et ton efficacité demain ! dit-elle avec une sévérité moqueuse.

Je ris et l'enlaçai brièvement.

— Merci, Cassie. Tu es la meilleure. Bon, je vais y aller. Oh, mais je vous retrouve toujours, Seth et toi, au pub ce soir, hein ?

Cassie acquiesça.

— 19 heures à l'Eagle and Child. À tout à l'heure.

⁂

En sortant du salon de thé, je me sentais un peu comme quelqu'un qui ferait l'école buissonnière. Je m'apprêtais à enfourcher mon vélo pour retourner chez Devlin, mais je m'arrêtai. Il était à peine 15 heures. Je n'avais pas besoin de récupérer Muesli avant 17 h 30. Il n'y avait aucune raison de rentrer directement.

Sans m'en rendre compte, je descendis de selle et je commençai à faire rouler mon vélo vers l'autre côté du village. *Je vais juste jeter un coup d'œil,* me promis-je. Je n'avais pas l'intention de lui parler ou quoi que ce soit, mais je voulais juste voir où Theresa Bell vivait...

J'avais demandé aux vieilles chouettes son adresse avant de partir et je trouvai sa maison à l'autre bout du village, à quelques portes du presbytère. Il s'agissait probablement autrefois d'une maison de ferme, bien qu'une extension moderne ait été ajoutée sur un côté. Les deux moitiés ne s'harmonisaient pas tout à fait et on aurait dit que quelqu'un avait pris deux maisons complètement différentes et les avait collées ensemble. D'un côté de la nouvelle extension, il y avait un énorme enclos, presque de la même hauteur que la maison elle-même, avec un grillage entourant complètement le jardin à l'intérieur.

Curieuse, je m'approchai et réalisai qu'il s'agissait d'un enclos pour chats personnalisé. Il y avait plusieurs siamois à l'intérieur, certains se promenant dans les parterres de fleurs, d'autres faisant leur toilette sur les différentes plateformes en bois, et d'autres encore se prélassant au soleil de l'après-midi. Ils se retournèrent tous et me regardèrent lorsque je m'approchai du côté de la grille, leurs yeux bleus bridés, larges et curieux.

J'essayai de voir si je pouvais reconnaître les deux siamois qui étaient à l'exposition féline, mais ils me paraissaient tous indiscernables : un groupe de chats lisses de couleur caramel et café, avec des yeux bleus étonnants et des points plus foncés sur leurs oreilles, leurs pattes et leur queue. Un grand siamois s'approcha hardiment du grillage et me renifla avec curiosité.

— *MOUAAA-OOOOH ?*

— Bonjour !

Je souris et m'accroupis. Loin de l'atmosphère tendue de l'exposition féline, ces chats semblaient beaucoup plus amicaux. Le jour de la fête, je les avais trouvés totalement inintéressants, mais à présent, je devais admettre qu'ils commençaient à me plaire : leurs têtes à la forme si particulière, leur regard exotique, leur corps long et maigre – si différent de Muesli – et pourtant beau à leur manière. Et il était évident qu'ils avaient de la Personnalité avec un *P* majuscule ! Ces chats avaient une réelle prestance... et comme je partageais ma vie avec un petit paquet d'ennuis, j'avais un faible pour les chats espiègles et malicieux.

— Bonjour toi, comment tu t'appelles ? demandai-je doucement en tendant ma main pour laisser le chat me renifler à travers le grillage.

— QU'EST-CE QUE VOUS FAITES À MES CHATS ?

Je me levai d'un bond. Je me retournai et trouvai Theresa Bell derrière moi, les bras croisés et le regard froid et suspicieux.

— R-rien ! dis-je, ressentant une terrible impression de déjà-vu. Je leur disais juste bonjour. Je passais devant et j'ai vu par hasard l'enclos – et j'admirais vos chats. Je ne connaissais pas beaucoup les chats siamois auparavant et je n'avais jamais réalisé à quel point ils pouvaient être adorables.

— Oh.

Elle se radoucit légèrement et s'approcha de moi.

— Eh bien, je suis heureuse que vous ayez finalement réalisé à quel point ils sont spéciaux. Il n'y a aucune autre race aussi merveilleuse que le siamois !

— Oui, je ne pense pas en avoir jamais vu d'aussi beaux que les vôtres.

Elle s'adoucit encore plus et se rengorgea légèrement.

— Oui, eh bien, mes chats sont les meilleurs de leur espèce, bien qu'ils soient souvent négligés et méprisés lors des expositions félines.

Elle fronça les sourcils.

— Ils gagneraient toutes les expositions, vous savez, sauf que les gens sont contre moi et sont prêts à tout pour m'attaquer et faire du mal à mes chats.

— Euh, oui…

Je l'interrompis précipitamment avant qu'elle ne reparte sur cette voie.

— Faites-vous quelque chose de spécial pour qu'ils se portent si bien ? J'ai aussi un chat et j'adorerais avoir des conseils.

Ses yeux s'agrandirent soudain et elle dit :

— Vous êtes la fille avec le chat de gouttière de l'exposition féline ! Celui avec le drôle de nom – Cornflake, c'est ça ?

— Euh… Muesli, en fait. Elle s'appelle Muesli.

— Oui, eh bien, il n'y a pas grand-chose à faire avec un chat de gouttière, dit-elle en me regardant avec pitié. Mais ça ne me dérange pas de partager certaines de mes astuces avec vous. Bien sûr, vous savez que votre Cornflake n'aura jamais la même fourrure brillante que mes chats, mais je suppose que vous pourriez l'améliorer un peu.

Je me retins de répliquer quelque chose d'acerbe et répondis :

— Merci. C'est très gentil de votre part.

— Aimeriez-vous entrer ? me demanda soudain Theresa. J'étais sur le point de me faire une tasse de thé. Voudriez-vous vous joindre à moi ?

— Oh…

J'hésitai, repensant à l'avertissement de Devlin de ne pas parler à Theresa Bell. Mais ce n'était pas comme si j'étais venue spécialement pour l'interroger sur le meurtre, me dis-je – il s'agissait juste d'une conversation aimable sur les chats et c'était *elle* qui m'invitait à entrer. J'aurais été stupide de refuser, surtout en sachant qu'une information utile aurait pu se glisser dans la conversation…

— Je prendrais bien une tasse de thé, merci, dis-je en souriant, et je la suivis dans la maison.

À l'intérieur, c'était comme si j'étais entrée dans une sorte de parc à thème sur les chats siamois : il y avait des coussins représentant des chats siamois sur le canapé, des dessous de verre à l'effigie de chats siamois sur la table basse, des peintures de chats siamois au mur, des figurines en porcelaine de chats siamois sur les étagères – et même une horloge grand-père miniature représentant un chat siamois avec une queue comme balancier ! Je m'assis avec précaution dans un fauteuil recouvert d'un plaid en polaire à motifs de chats siamois et j'observai Theresa apporter deux tasses décorées de chats siamois enjoués et une assiette de biscuits. J'étais presque déçue que les biscuits ne soient pas aussi en forme de chat siamois.

Pendant que je sirotais le thé et grignotais les biscuits, Theresa me donna quelques conseils de toilettage, puis aborda à nouveau son sujet favori : la conspiration contre elle et ses chats, qui les empêchait de gagner plus souvent aux expositions.

— C'est une campagne diabolique contre moi, je vous le dis ! C'est absolument honteux ! Ils sont simplement jaloux de mes chats et sont prêts à tout pour les empêcher d'obtenir la reconnaissance qui leur est due.

— C'est terrible, répondis-je avec compassion. Je n'arrive pas à croire que les gens soient si vindicatifs.

Theresa renifla.

— Eh bien, je n'aime pas donner de noms, mais... Clare Eccleston était exactement le genre de femme à faire quelque chose comme ça !

— Dame Clare ? demandai-je avec une surprise polie.

Theresa émit un bruit grossier.

— Ha, ha ! Se faire appeler « Dame » ! Je l'ai connue quand elle était simplement Clare Rogers ! Elle a grandi dans ce village, tout comme Audrey et moi. Non pas que nous étions amies, ajouta-t-elle rapidement.

— Je n'avais pas réalisé que vous étiez toutes ensemble à l'école.

— Eh bien, Audrey et moi étions dans la même classe, dit Theresa. Clare avait quelques années d'avance sur nous. Elle a toujours pensé qu'elle était meilleure que nous... *arf !* Audrey l'adorait peut-être, mais je n'étais pas si facile à duper. J'ai ma fierté et ma *propre* personnalité. Je ne laisserais pas quelqu'un me dicter ma conduite comme ça. Je ne sais pas comment Audrey le supportait, toujours à se plier aux humeurs et aux caprices de Clare. Mais bon, elle n'a jamais eu de caractère, dit-elle avec mépris. Audrey a toujours été un parasite, suivant les filles populaires partout à l'école.

Elle se pencha en avant et me lança un regard

noir.

— Savez-vous que l'année dernière, Clare a demandé au Cotswolds Cat Fancy Club de réimprimer son calendrier annuel parce que ses chats ne figuraient pas sur la première page ? Elle s'est imposée au comité et a eu le culot de suggérer qu'elle devrait être élue présidente du club ! *J'*aurais dû être présidente ! Je faisais partie du comité depuis des années et j'avais beaucoup plus d'expérience que Clare. Elle a juste utilisé l'argent de son mari pour acheter quelques persans à un autre éleveur et a ensuite commencé à se prétendre experte, en disant qu'elle élevait des champions d'exposition, alors qu'en réalité, elle ne connaissait rien à l'élevage des chats !

— Alors, Clare Eccleston vous a volé le poste de présidente ? demandai-je en pensant à la goutte d'eau qui ferait déborder le vase et aux mobiles pour commettre un meurtre.

Theresa pinça les lèvres.

— Elle aurait certainement aimé ! Mais finalement, le poste a été attribué à Jane Banks, un autre membre du comité. Jane élève des ragdolls, dit-elle en reniflant avec dédain, comme si cela voulait tout dire. Mais je savais que c'était juste pour ne pas faire d'histoires. Le comité a cédé face à Clare, comme d'habitude. Elle a dû leur dire que si elle n'obtenait pas le poste, je ne devais pas l'obtenir non plus ! Et je suis sûre que c'est Audrey qui a convaincu le comité de se soumettre aux exigences de Clare. Elle laissait toujours Clare lui marcher sur les pieds. Le programme des chats de thérapie, par exemple, était l'idée d'Audrey, mais Clare s'en est emparée et en a revendiqué tout le mérite, se faisant interviewer dans tous les journaux et les émissions de télévision – j'ai dit au comité qu'ils auraient dû venir m'interviewer *moi* ! Je fais du travail thérapeutique avec mes chats depuis des années. Pas officiellement, peut-être, mais mes chats sont merveilleusement sensibles et ils peuvent presque vous *parler*. Et il n'y a pas de chat plus amical et plus extraverti que le siamois. Ils sont idéaux comme animaux de thérapie !

— Vous vous êtes inscrite comme volontaire ? demandai-je. Nous emmenons Muesli pour son évaluation ce soir.

— Oh, eh bien, ils ne m'ont pas encore demandé, dit Theresa d'un ton hautain. Audrey a repris la direction du programme, maintenant que Clare est partie, et je suis sûre qu'elle va me le demander. Elle a simplement été trop occupée, je suppose. Toute cette agitation autour du « meurtre » de Clare, dit-elle avec irritation. Vraiment, c'est ridicule l'attention que reçoit Clare, comme d'habitude.

J'étais sur le point de rétorquer sèchement que je doutais que la morte ait organisé son propre meurtre juste pour attirer l'attention, mais je me retins. Au lieu de cela, je dis d'une voix se voulant apaisante :

— Il est compréhensible que les gens veuillent attraper un meurtrier. En fait, j'aurais pensé que la police serait désireuse de *vous* parler, étant donné que vous étiez là ce jour-là ? Vous pourriez être un témoin important.

Theresa parut un peu gênée.

— Oui, eh bien… un inspecteur du CID est venu me voir hier… mais j'étais très occupée – très occupée – et je n'ai pas eu le temps de répondre à ses questions, dit-elle rapidement en tripotant l'anse de sa tasse.

Ses ongles cliquetaient sur la surface en porcelaine du récipient et je remarquai qu'elle portait un vernis à ongles d'une autre couleur ce jour-là – une nuance orange maladive qui donnait l'impression que ses mains avaient la jaunisse. Theresa Bell n'avait certainement pas bon goût en matière de vernis à ongles !

— C'est une couleur inhabituelle, dis-je en désignant ses mains.

Elle écarta ses doigts et examina ses ongles.

— Oui, je l'ai trouvé en promotion. Je préfère normalement les nuances de violet…

— Ah oui, vous portiez un vernis à ongles couleur lavande à la fête, n'est-ce pas ? dis-je. Je me souviens de l'avoir remarqué sur vos doigts.

— Oh, c'est mon flacon porte-bonheur, dit-elle avec un sourire timide. Je porte toujours cette couleur pour les expositions.

Elle se leva et se dirigea vers une armoire sur le côté de la pièce, revenant un instant plus tard avec un petit sac de cosmétiques. Elle l'ouvrit et me montra une collection de petits flacons en verre à l'intérieur, la plupart dans des tons violet et pourpre. Elle sortit une bouteille pour me la montrer.

— Le voilà ! Il s'appelle « Lila karma » et il me porte toujours chance.

C'était exactement la teinte des ongles sur la photo. L'envie de sortir mon téléphone et de montrer la photo à Theresa, pour voir sa réaction, me démangeait, mais je me retins au prix d'un gros effort. Au lieu de cela, je me levai lentement et dis :

— Merci pour le thé. C'était charmant de discuter avec vous, mais je dois vraiment y aller maintenant.

Theresa parut désolée de me voir partir. Je compris soudain qu'elle se sentait seule et qu'elle avait apprécié d'avoir de la compagnie, en particulier le fait d'avoir quelqu'un auprès de qui elle pouvait s'épancher et se plaindre sans crainte de représailles.

— Revenez quand vous voulez, dit-elle. Surtout si vous avez besoin de conseils pour le pelage de Cornflake.

— Euh… merci. Oh, je peux utiliser vos toilettes avant de partir ?

Theresa désigna la porte qui donnait sur le couloir.

— C'est la première porte au bout du couloir.

Je suivis ses indications et me retrouvai dans une salle de bain spacieuse, avec des serviettes brodées de chats siamois près du lavabo et une housse de siège de toilette matelassée représentant des chats siamois. La pièce était étonnamment grande pour la taille de son cottage – je me demandai si Theresa avait transformé une salle de bain existante lors de l'extension de sa maison ou si elle avait combiné deux pièces en une seule. C'était probablement une bonne chose qu'il y ait autant d'espace, car, en plus de tout l'attirail des chats siamois, il y avait aussi plusieurs bacs à litière dans différents coins de la salle de bain.

Je me lavais les mains quand je remarquai quelque chose sur les bacs à litière. Me séchant précipitamment les mains, je me penchai pour les regarder de plus près. Mes yeux ne m'avaient pas trompée. Une page de journal avait été utilisée pour tapisser le fond du plateau ; ou plutôt, la page d'une brochure. Avec précaution, je pris un coin du bac en plastique et le secouai un peu, de sorte que la litière se déplace d'un côté, révélant davantage la page en dessous. Un titre s'afficha en haut :

« Mélange spécial pour les plantes à massifs ! »

Je fixai l'encre bleue caractéristique, légèrement étalée et brouillant les lettres... l'encre bleue bon marché qui tachait terriblement les doigts... la même encre bleue qui se trouvait sur la note anonyme que Mary m'avait montrée.

Je jetai un nouveau coup d'œil dans la salle de bain et je remarquai une pile de papiers empilés sur une panière à linge dans le coin. Je m'approchai pour regarder. Oui, c'était une pile de brochures de la jardinerie. Des exemplaires restants, désormais périmés et inutiles pour le magasin. Ils avaient probablement offert l'excédent à toute personne susceptible d'en avoir l'utilité, comme un éleveur de chiens avec des chiots ou une éleveuse de chats avec de nombreux bacs à litière à garnir.

Et si vous prévoyiez d'envoyer une note anonyme composée de lettres découpées et que vous aviez une pile de ces brochures à portée de main, il serait logique de les utiliser…

Je regardai la pile de papiers, mon esprit tourbillonnant. Tout cela n'était-il qu'une coïncidence ? Ou Theresa avait-elle envoyé le mot anonyme que dame Clare avait reçu juste avant d'être assassinée ? Et que dire de la photo montrant Theresa tendant la main vers l'assiette à gâteau ? Ce ne pouvait pas être une autre coïncidence tout de même ? *Theresa Bell était-elle la meurtrière ?*

Il n'y avait qu'un seul moyen de le savoir.

Chapitre 25

Je m'apprêtai à regagner le salon et m'arrêtai sur le seuil. Devlin m'avait dit de ne pas interroger Theresa, de ne pas interférer avec l'enquête. Mais Devlin n'était pas là. Et j'avais fait cette nouvelle découverte qui tournait en boucle dans mon esprit. Je ne pouvais pas supporter l'idée de partir et d'attendre à nouveau que la police passe par les voies officielles et fasse quelque chose.

— Theresa... dis-je en avançant vers elle. J'ai oublié de vous demander ce que vous avez pensé de cette note anonyme effrayante que dame Clare a reçu ?

Ses yeux s'écarquillèrent.

— Une note anonyme ? balbutia-t-elle.

— Oui, vous n'êtes pas au courant ? Je pensais que ça avait fait le tour du village. On a découvert une note anonyme parmi les papiers personnels de dame Clare, avec un message vicieux dessus.

— Oh, eh bien... j'essaie de ne pas écouter les ragots qui circulent dans le village, dit Theresa. Ce ne sont que d'horribles mensonges la plupart du temps. Comme les choses qu'ils disent sur moi...

— Ce ne sont pas que des ragots, la coupai-je. La police a été prévenue et elle traite l'affaire très sérieusement. En fait, je pense qu'ils croient que c'est un indice sur le meurtrier de dame Clare.

Theresa pâlit légèrement.

— Mais... mais cette note était juste censée lui faire peur. Ça n'a rien à voir avec le meurtre !

— Comment pouvez-vous savoir que ce mot était juste destiné à l'effrayer ? demandai-je. À moins que... vous l'ayez envoyé vous-même ?

Theresa recula d'un pas. La couleur avait quitté son visage.

Je la regardai droit dans les yeux.

— C'était vous, n'est-ce pas ? Et vous avez découpé les lettres dans les brochures de la jardinerie. J'en ai vu une pile dans votre salle de bain. Très pratique pour envoyer cette note.

— Je... Je ne sais pas de quoi vous parlez, chuchota Theresa Bell.

— Je pense que si, répondis-je d'un ton sinistre.

Je sortis mon téléphone et mis la photo de Liam devant elle.

— Vous voyez cette photo ? Elle a été prise à la fête le week-end dernier. Pendant l'exposition féline, en fait. Oui, c'est une photo de moi et de mon chat, Muesli – mais en arrière-plan, vous pouvez voir une partie de la table des Eccleston, et en particulier, une assiette de gâteau à moitié mangée qui avait été laissée sur le côté. L'assiette de gâteau à moitié mangée *de dame Clare.*

Je zoomai sur l'image et la montrai du doigt.

— Et il y a une main qui se tend vers cette assiette, une main avec un vernis à ongles lavande pâle, tout comme votre « Lila karma ».

Je regardai Theresa Bell d'un air accusateur.

— Que faisiez-vous au gâteau de Clare Eccleston ?

— Rien ! s'écria-t-elle. Je ne faisais rien au gâteau !

— Alors pourquoi tendiez-vous la main vers sa part ?

Theresa se tortilla et baissa les yeux. Son visage était rouge.

— Je... Je prenais juste un petit morceau.

— *Vous faisiez quoi ?*

De toutes les choses que je m'attendais à entendre, cela n'en faisait pas partie.

— Je voulais juste goûter, dit-elle d'un air boudeur. Il avait l'air délicieux et le *Victoria sponge* est l'un de mes gâteaux préférés.

— Mais on vous en a proposé au début, dis-je. J'étais là. Je vous ai entendue refuser.

Theresa gigota à nouveau.

— Eh bien, je ne voulais pas accepter avec Clare qui me regardait comme ça. J'ai ma fierté, vous savez, dit-elle en levant le menton.

Je la regardai d'un air incrédule.

— Vous me dites que vous avez piqué une part du gâteau de dame Clare ?

Theresa rougit encore plus.

— Oh, elle n'en mangeait plus de toute façon ! Je l'ai observée. Elle l'avait mis de côté et était occupée à toiletter son chat. Ça aurait été du gaspillage. Et il restait encore un peu de gâteau dans l'assiette. J'ai tout fini. Je... je pensais que ça ne dérangerait personne.

Elle me regarda d'un air alarmé.

— Je n'ai pas empoisonné Clare ! C'est *elle* qui a toujours essayé de me faire du mal – et je suis sûre qu'elle a essayé d'empoisonner mon Yum-Yum à la dernière exposition ! Pensez-vous que le poison m'était destiné en réalité ? Peut-être que j'étais la vraie victime ?

Je soupirai et réprimai l'envie de lever les yeux au ciel. Cette femme n'avait qu'une chose en tête. Puis j'eus une idée.

— Vous savez, c'est peut-être vrai, Theresa. Vous devriez parler à la police et tout leur dire, dis-je d'un ton grave. L'inspecteur O'Connor a essayé de vous voir hier – il vous a laissé sa carte, n'est-ce pas ? Vous devriez l'appeler dès que possible et lui raconter tout ce qui s'est passé. La police doit connaître tous les faits si elle veut vous protéger correctement.

Theresa poussa un cri qui semblait plus heureux qu'effrayé.

— Vous pensez vraiment ? Oh, mon Dieu, j'aurais pu être la vraie victime ! Quelqu'un pourrait essayer de me tuer ! Je vais l'appeler tout de suite !

Avant même que je ne quitte la maison, Theresa était déjà au téléphone avec le commissariat de l'Oxfordshire, demandant à la hâte un entretien avec Devlin. Je partis et je m'éloignai lentement en réfléchissant à ce qui venait de se passer. J'avais l'impression que ma tête tournait. J'étais tellement sûre que c'était Theresa, et soudain, tout était à nouveau chamboulé !

Se pouvait-il qu'elle ait dit la vérité ? Était-ce vraiment aussi simple que ça ? Au lieu d'empoisonner dame Clare, elle volait en fait une part de son gâteau ? Je secouai la tête. C'était grotesque. Tellement ridicule, en fait, que j'étais encline à la croire. Quelqu'un qui aurait voulu trouver une excuse aurait sûrement inventé mieux que ça.

Soudain, je m'arrêtai net. Quelque chose d'autre, de beaucoup plus important, venait de me frapper : *si* Theresa Bell disait la vérité et qu'elle avait mangé le reste du gâteau de dame Clare, cela signifiait que le gâteau ne pouvait pas avoir été empoisonné après tout ! Sans quoi Theresa aurait été empoisonnée, elle aussi. Et j'étais sûre, avec sa paranoïa et sa tendance à l'exagération, que si elle avait eu ne serait-ce qu'un *soupçon* de malaise après avoir mangé ce gâteau,

Theresa l'aurait fait savoir dans tout l'Oxfordshire.

Alors qu'est-ce que ça voulait dire ? Que le poison qui avait tué dame Clare n'était pas dans le gâteau après tout ? Et pourtant… l'autopsie avait montré très clairement que dame Clare avait été empoisonnée… et elle avait aussi confirmé qu'elle n'avait que du *Victoria sponge cake* dans l'estomac…

Le son d'une voix s'immisça dans mes pensées. Je regardai autour de moi, perplexe. D'où venait-elle ? On aurait dit un homme, qui parlait d'une voix basse et chantante, comme on le ferait avec une amante ou un enfant bien-aimé. Je tendis l'oreille : la voix venait de derrière un muret de pierres sur ma droite. Je réalisai que c'était le presbytère. Quelqu'un parlait dans les jardins. Je fis rouler mon vélo jusqu'au mur et je regardai à travers un trou dans le feuillage. Était-ce le vicaire ? J'étais sûre qu'Audrey avait mentionné que son frère ne revenait pas de sa lune de miel avant la semaine suivante. Alors qui cela pouvait-il bien être ?

Puis je vis la silhouette recroquevillée dans le parterre de fleurs de l'autre côté du mur et la réponse m'apparut. Bien sûr. Joseph le jardinier. Je m'en souvenais à présent : l'attitude dominatrice de dame Clare à l'exposition féline, lorsqu'elle avait pratiquement ordonné à Audrey de faire refaire les jardins du presbytère par Joseph. Audrey avait dû suivre le conseil de son amie. Il semblait que même morte, Clare Eccleston parvenait encore à exercer son influence.

Devant moi, le jardinier installait soigneusement un bulbe dans un trou dans le sol, puis brossait doucement la terre environnante pour la mettre en place autour de la jeune pousse, ses doigts la caressant avec amour. J'entendis encore cette voix douce et chantante :

— ... vous vous plairez ici, mes jolies... Oui, avec un beau soleil chaud l'après-midi et protégées contre le vent et la pluie... c'est un bel endroit pour vous... Bien sûr, pas aussi beau que le jardin d'Eccleston, mais aucun mal ne vous sera fait ici et ces fleurs à Eccleston, je m'inquiète pour elles... Je n'aime pas Mr Edwin... je ne pense pas qu'il se préoccupe du jardin... Il a dit à miss Mary que lorsque dame Clare serait morte, ils seraient libres de faire ce qu'ils...

Je manquai de m'étrangler. Joseph leva les yeux. Il me vit et me regarda d'un air dur. Il se leva.

— Joseph, dis-je précipitamment. Qu'avez-vous dit ? À propos d'Edwin et Mary ? C'était quelque chose que vous avez entendu, n'est-ce pas ?

Il ne dit rien et resta là à me regarder, le visage impassible.

Je soupirai de frustration. *Comment le faire parler ?*

Puis une bribe de conversation me revint. Ce jour-là, j'étais à la maison des Eccleston et Mary était sortie et nous avait trouvés ensemble, Joseph et moi... Elle avait fait ce commentaire étrange : « Il ne parle pas vraiment, sauf si vous parlez à ses plantes. » Je pensais qu'elle avait fait une erreur, un lapsus, et qu'elle avait voulu dire : « Il ne parle pas vraiment, sauf si vous parlez *de* ses plantes. » Mais maintenant, je me demandais si « à » n'était pas ce que Mary avait voulu dire.

La réponse me vint soudain : je savais comment communiquer avec Joseph. Je détournai mon regard du sien pour le poser sur la rangée de bulbes à ses pieds. Devais-je essayer ? Ça semblait tellement stupide... mais qu'avais-je à perdre ? Seulement ma dignité – et ma prétention à être saine d'esprit, si quelqu'un venait à passer, pensai-je ironiquement. Mais je me dis que cela valait la peine d'essayer. Je pris une profonde inspiration, je plaquai un sourire sur mon visage, et dis :

— Euh... euh... bonjour, les jeunes pousses... Êtes-vous confortablement installées ici ? Est-ce que... euh... le sol est agréable et doux pour vous ?

Oh, mon Dieu, c'est ridicule, pensai-je. Je devais être folle de rester là, à parler à un tas de bulbes de jacinthes ! Je jetai un regard à la dérobée à Joseph. Il me regardait, l'air étonné. Je me tortillai, puis j'inspirai à nouveau profondément et je poursuivis :

— Cela... hum... a dû être un parcours difficile depuis la jardinerie, mais j'espère que vous avez... euh... surmonté le choc maintenant. C'est un bel endroit que Joseph a choisi pour vous, ici à l'abri du mur. Vous êtes probablement en train d'attendre à boire, n'est-ce pas ? Je me demande comment vous aimez l'eau : provenant directement du robinet ou réchauffée dans un arrosoir ?

— Elles l'aiment bien fraîche.

Je fus si choquée d'entendre la voix de Joseph que je faillis tomber du mur. Je lui jetai un coup d'œil rapide, mais il regardait les bulbes avec détermination, sans croiser mon regard. Pourtant, cela m'encouragea. Je me raclai la gorge et m'adressai à nouveau aux bulbes :

— Oui, vous devez avoir très soif après votre trajet depuis la jardinerie. Et... hum... et les engrais ? Y a-t-il un genre – je veux dire, une saveur que vous aimez en particulier ?

— La farine d'os, dit Joseph. C'est ce qu'elles préfèrent. Et du bon phosphore pour les bulbes. Avec du compost aussi au début.

Il regarda les bulbes avec une fierté paternelle.

Bon. J'ai une conversation sur un possible meurtrier, via des bulbes de fleurs. C'est surréaliste.

Pourtant, je ne comptais pas laisser filer cette opportunité. Je poursuivis avec désinvolture :

— Vous devez être si heureuses dans votre nouvelle maison. Le presbytère a un très beau jardin – mais pas aussi beau que celui d'Eccleston House, bien sûr...

Je jetai un coup d'œil à Joseph et poursuivis précipitamment :

— Ces jardins sont très anciens et les fleurs ont dû voir beaucoup de choses. J'imagine les belles histoires qu'elles auraient à raconter ! Toutes les conversations qu'elles ont dû entendre... comme... la semaine dernière quand Edwin et Mary parlaient...

Est-ce que les... euh... les digitales les ont entendues ?

Il y eut une longue pause et je pensai que je l'avais peut-être perdu, puis Joseph dit :

— Non, les digitales ne pouvaient pas les entendre. Elles étaient trop loin. Mais les marguerites, elles, ce sont des fleurs effrontées. Elles les ont entendus. Je les étêtais quand Mr Edwin et miss Mary sont passés.

— Ils vous ont vu ? laissai-je échapper.

Joseph secoua lentement la tête.

— Romarin était dans le chemin.

— Qui ça ? Oh, vous voulez dire le romarin, la plante.

Je repensai au jardin d'Eccleston House et je me souvins de la haute haie de romarin qui avait été plantée au centre du jardin arrière, agissant comme une sorte d'écran ornemental divisant les deux côtés. Joseph devait être accroupi derrière, travaillant d'un côté, tandis qu'Edwin et Mary étaient passés de l'autre.

— Et de quoi parlaient Edwin et Mary ? Je veux dire, qu'ont entendu les marguerites ? m'empressai-je de corriger.

Joseph fronça les sourcils.

— Il lui disait qu'ils devaient se marier, Mr Edwin, mais miss Mary ne voulait rien entendre. Elle a dit que sa mère – dame Clare – ne le permettrait pas.

— D'accord, et ensuite ? Qu'a dit Mr Edwin après ça ? demandai-je en retenant mon souffle.

— Il lui a dit de ne pas s'inquiéter. Il a dit que quand dame Clare serait morte, ils seraient libres, et ils pourraient faire ce qu'ils voudraient.

J'expirai lentement.

— A-t-il dit autre chose ?

Joseph réfléchit un moment, puis secoua la tête.

— Et miss Mary ? Est-ce qu'elle... est-ce qu'elle était d'accord avec lui ?

— Elle a peur de tout, miss Mary. Tout comme le *Mimosa Pudica.* On ne peut pas l'approcher. Parce qu'elle referme ses feuilles si on la touche. Miss Mary est comme ça.

— Euh... d'accord, dis-je, un peu perdue. Eh bien, merci, Joseph. C'était sympathique... euh... de discuter avec vous et... euh... les jacinthes.

Il ne répondit pas, s'accroupissant à nouveau à côté des bulbes. Je restai un moment à regarder sa tête penchée et à me demander comment j'allais expliquer tout ça à Devlin. Comme si ce n'était pas suffisant que je lui désobéisse et que j'interroge Theresa Bell, maintenant je devais lui expliquer que j'avais un témoin prêt à témoigner contre Edwin – sauf qu'il fallait apporter un pot de géraniums au tribunal et poser toutes les questions à travers les fleurs ! Je gloussai malgré moi en recommençant à marcher, éloignant mon vélo du presbytère.

Puis je dégrisai. Hmm. D'une certaine manière, je ne pensais pas que Devlin allait voir le côté drôle de la chose. Pourtant, je ne pouvais pas repousser ces explications plus longtemps. Ces révélations étaient trop importantes. Il fallait le dire à Devlin. Je pris mon téléphone et l'appelai sur son portable. Je tombai directement sur le répondeur. Fronçant les sourcils, j'essayai d'appeler le poste de police à la place et on me passa les bureaux du CID. Une jeune voix familière et arrogante me répondit et, pour une fois, je fus contente. Un autre officier du CID n'aurait peut-être pas voulu me parler, mais le sergent de Devlin me connaissait et savait que j'avais aidé sur les enquêtes précédentes. Je lui demandai où était Devlin.

— Le patron ? Il est à Oxford, en train d'interroger ce libraire.

— Edwin Perkins ? demandai-je prestement.

— Oui, c'est ça. Il a dit qu'il voulait réessayer avec Perkins.

Mes pensées s'affolèrent. Le fait que Devlin interroge à nouveau Edwin signifiait que le libraire était un réel suspect dans ce meurtre. Et ce que je venais d'apprendre de Joseph pourrait être crucial pour aider Devlin à obtenir la vérité. Je pris une décision en une fraction de seconde.

— Savez-vous si Devli – si l'inspecteur O'Connor est susceptible d'être au magasin pendant un moment ?

— Oui, je pense. Il vient juste de quitter le poste il y a quelques minutes.

— Très bien, écoutez, j'ai des informations importantes pour lui. S'il vous contacte pour une raison quelconque, dites-lui que je me rends à la librairie d'Edwin Perkins et dites-lui de m'attendre.

Je raccrochai et réessayai d'appeler Devlin, mais je tombai sur le répondeur. Je n'avais pas une minute à perdre. J'enfourchai mon vélo, je quittai Meadowford et je retournai à Oxford.

Chapitre 26

Je pédalai furieusement et j'arrivai, haletante, devant la librairie d'Edwin, dans le centre d'Oxford, une trentaine de minutes plus tard. La porte du magasin était close, avec un panneau « FERMÉ » accroché sur la devanture, mais en regardant à travers la vitre, je pouvais voir deux personnes au fond de la boutique. C'était Devlin faisant face à Edwin de l'autre côté de son bureau. L'interrogatoire était manifestement toujours en cours.

En testant la poignée, j'eus le plaisir de découvrir que la porte n'était pas verrouillée. En silence, j'entrai dans la boutique. Edwin parlait. Sa voix était un parfait mélange d'impatience et d'agacement.

— ... Je ne vois vraiment pas quel est l'intérêt de

revenir sur tout cela, inspecteur – nous avons déjà fait le tour de la question hier ! Je vous ai déjà dit tout ce que je savais. J'ai expliqué ce que je faisais dans le pavillon de l'exposition féline et aussi pourquoi j'ai interrogé le docteur Foster sur les médicaments. C'est ridicule que vous me traitiez comme un suspect ! Pour l'amour de Dieu, pourquoi voudrais-je tuer Clare Eccleston ? C'était une amie de longue date et j'ai une grande affection pour toute la famille...

— Surtout la fille, dis-je.

Les deux hommes se retournèrent au son de ma voix.

— Gemma ?

Devlin fronça les sourcils.

— Qu'est-ce que tu fais l...

— J'ai parlé à Joseph, le jardinier, dis-je en m'avançant vers le bureau et en gardant les yeux rivés sur Edwin. Il m'a parlé d'une conversation très intéressante qu'il a entendue pendant qu'il travaillait à Eccleston House la semaine dernière. Une conversation entre vous et Mary Eccleston dans le jardin.

Edwin se raidit et cligna des yeux nerveusement, mais il dit avec une désinvolture étudiée :

— Vraiment ? Eh bien, il n'y a rien d'inhabituel à cela. Je suis un vieil ami de la famille et je discute souvent avec Mary, dans les jardins ou ailleurs. Nous... nous partageons un intérêt pour beaucoup de choses. Et maintenant que cette chère Clare est partie, je suis sûr que Mary appréciera plus que jamais d'avoir un ami.

— Oui, la mort de dame Clare est très commode pour vous, n'est-ce pas ?

— Je... Je ne sais pas de quoi vous parlez, dit Edwin.

— Gemma.

Devlin fronça les sourcils en me regardant.

Je l'ignorai et poursuivis de manière insouciante, m'adressant à Edwin :

— Non seulement il n'y a plus personne pour se mettre en travers de votre chemin, se moquer de vos sentiments et vous traiter de « vieux pervers »...

Je marquai une pause tandis qu'Edwin rougissait.

— ... mais cela fait aussi de Mary une riche héritière. Celui qui l'épousera aura une vie très confortable. Ce serait une raison plus que suffisante pour assassiner sa mère.

— C'est scandaleux ! s'écria Edwin, le visage écarlate. Comment osez-vous ! Clare Eccleston était mon amie la plus chère et je lui ai toujours souhaité le meilleur. Je n'aurais jamais comploté pour la tuer !

— Vraiment ? dis-je en haussant les sourcils. C'est intéressant, car selon Joseph, vous avez dit à Mary que lorsque sa mère serait morte, elle et vous seriez libres et pourriez faire tout ce qui vous plairait. C'est une chose très étrange à dire, n'est-ce pas ? À moins d'être pratiquement certain que dame Clare mourra bientôt, car on a échafaudé un plan pour la tuer.

— Vous... vous ne pouvez pas faire confiance à ce stupide jardinier ! grogna Edwin. Il a probablement tout inventé. Que faisait-il de toute façon, à nous espionner comme ça ?

— Il ne vous espionnait pas – il travaillait juste derrière la haie quand Mary et vous êtes passés de l'autre côté. Mais vous avez raison, ce n'est que sa parole. Je devrais peut-être parler à Mary, lui demander ce que vous avez dit ce jour-là. Je suis sûre qu'elle se souviendra de cette conversation et sera heureuse de la répéter.

Je croisai les doigts dans mon dos, espérant que mon bluff fonctionnerait. Si ce n'était pas le cas, j'allais avoir de *gros* problèmes. Devlin avait déjà l'air de vouloir m'étrangler et se retenait péniblement. J'évitai son regard, gardant les yeux résolument rivés sur Edwin. Je suivais une intuition : les sentiments d'Edwin pour Mary l'inciteraient à éviter toute gêne vis-à-vis d'elle ; il préférerait dire la vérité plutôt que de la mêler à toute cette affaire.

Le libraire resta un moment à me fixer, le visage en colère et rouge, puis il sembla se dégonfler sous mes yeux. Je poussai un petit soupir de soulagement. On aurait dit que mon bluff avait payé.

— Non, ne parlez pas à Mary, dit Edwin à la hâte. Très bien, je... j'ai *peut-être* dit quelque chose dans ce sens... mais je faisais simplement référence à un futur potentiel, pas à un futur spécifique ! Clare avait un problème cardiaque. Il était parfaitement naturel... euh, raisonnable de supposer qu'elle pourrait ne pas vivre très longtemps et que je parle à Mary de... euh... d'un moment où sa mère ne serait plus là.

— C'est une réponse très désinvolte, Mr Perkins, fit Devlin. Cependant, avec cette nouvelle information, les choses ne se présentent pas bien pour vous. Nous avons confirmé votre présence sur la scène du crime, peu de temps avant que la mort ne survienne. Nous savons que vous avez interrogé le médecin de la victime sur ses médicaments pour le cœur et en particulier sur leur toxicité et leur potentiel létal. Et maintenant nous découvrons qu'il y a un témoin qui vous a entendu parler avec impatience du moment où la victime serait morte. Pour les jurés, cela ressemblera beaucoup à une déclaration d'intention.

Devlin se pencha en avant.

— Une intention de meurtre.

— Je ne l'ai pas tuée ! éclata Edwin. Vous devez me croire ! Je ne l'ai pas fait !

— Alors que faisiez-vous réellement dans le pavillon de l'exposition féline ? demandai-je. Ce n'était pas seulement pour dire bonjour à dame Clare et à sa fille. Vous fabriquiez autre chose là-dedans. Ce jour-là, vous avez entendu mon amie discuter des photos de son frère dans mon salon de thé, vous vous êtes empressé de partir soudainement – je pense que vous avez organisé le vol de l'appareil photo de Liam, pour éviter que ses photos de la fête ne tombent entre les mains de la police. J'ai raison, n'est-ce pas ?

— Euh... quoi ?

Edwin avait l'air de quelqu'un dont on aurait percé à jour le secret.

— Non, non... Je... Non, pourquoi je ferais ça ?

— Parce que vous aviez peur qu'il ait pu vous photographier par inadvertance, dit soudain Devlin. Parce que les photos pourraient vous montrer en train de trafiquer la part de gâteau de dame Clare, d'ajouter du poison...

— Non ! s'écria Edwin. Je n'ai jamais touché à son gâteau ou à quoi que ce soit d'autre d'ailleurs ! En fait, je ne me suis jamais approché des Eccleston !

Il nous regarda d'un air hagard pendant un moment, puis s'affaissa sur sa chaise et fit un geste de défaite avec ses mains.

— Très bien, vous avez raison. Je... je faisais bien quelque chose dans le pavillon. Mais il ne s'*agissait pas de* comploter un meurtre.

Il inspira profondément.

— J'avais rendez-vous avec quelqu'un, pour lui montrer de la... euh... littérature érotique.

Devlin eut un rire sans humour.

— De la littérature érotique ? Vous voulez dire que vous vendiez du porno.

Edwin se hérissa d'une indignation pompeuse.

— Ce ne sont pas des photos trash d'hommes et de femmes nus agissant comme des animaux ! Il s'agit d'un produit érotique vintage très rare et de grande valeur, représentant des hédonistes à la recherche du plaisir sensuel.

— Vous vendiez du porno, répéta Devlin. N'essayez pas d'enjoliver la situation. Et c'est illégal à moins que vous ne le fassiez dans un établissement agréé, surtout si vous le vendez à des mineurs...

— Non, non, mon client n'était certainement pas un mineur ! s'empressa de dire Edwin. C'est un collectionneur expérimenté – je vous l'ai dit, il ne s'agissait pas de vieux exemplaires en lambeaux du magazine *Playboy* ou de quelque chose comme ça ; il s'agissait de précieuses premières éditions d'ouvrages érotiques du XVIIIe siècle et il voulait les examiner en personne avant de les acheter.

— Alors pourquoi ne vous êtes-vous pas rencontrés dans votre magasin après les heures de travail ou chez lui ? Pourquoi toute cette agitation dans un lieu public ? demanda Devlin.

— C'était l'idée de mon client. Il était très méfiant quant aux moyens de le contacter. Il a suggéré la fête comme un bon endroit pour se rencontrer parce qu'il avait déjà prévu d'y être.

Edwin hésita, jetant un regard inquiet à Devlin.

— C'est l'homme dont la photo était dans les journaux, ajouta-t-il à voix basse.

— Nate Briggs, le « patron de l'agri-crime » ? s'écria Devlin en se levant d'un bond. Bon sang, pourquoi vous ne l'avez pas dit dès le début ? Pouvez-vous le recontacter ?

Edwin eut soudain l'air sournois.

— Euh, oui... oui, je suppose que oui. Il était intéressé par un autre volume et je lui ai promis de le contacter lorsque je mettrais la main dessus.

Puis une expression de ruse apparut sur son visage.

— Mais si je le contacte pour vous, je veux une protection policière et l'assurance que vous ne m'accuserez de rien.

— Vous n'êtes pas en position de négocier, Mr Perkins, grogna Devlin. D'abord, vous avez menti à la police et je pourrais déjà vous faire arrêter pour obstruction à la justice.

— Mais vous ne pouvez pas m'inculper pour le meurtre de Clare Eccleston, gémit Edwin, perdant toute sa bravade en une seconde. Je vous le dis, je ne me suis jamais approché d'elle ! Je n'ai rien à voir avec son meurtre !

Devlin le regarda sinistrement.

— Si vous dites la vérité à ce sujet et que votre « client » peut prouver ce que vous avez dit, alors vous éviterez toute poursuite. La meilleure chose à faire est donc de coopérer avec la police et de nous aider à appréhender cet homme. Son témoignage vous fournira un alibi pour le meurtre.

Il fit un geste l'invitant à s'exécuter.

— Je pense qu'il serait préférable que vous m'accompagniez au poste maintenant pour faire une nouvelle déposition. Et cette fois, je vous suggère de dire la vérité, toute la vérité.

Chapitre 27

Je m'éloignai lentement d'Oxford à vélo avec des sentiments mitigés. Oh, j'étais ravie que Devlin ait finalement obtenu une percée dans son affaire. Mais en ce qui concernait le meurtre de dame Clare, nous étions de retour à la case départ. Si Edwin était tiré d'affaire, qui restait-il comme principal suspect ? Cela pourrait-il être Theresa Bell ? Ou même Joseph ? Je pensai à Mary, mais je chassai cette idée. Non, je n'arrivais toujours pas à y croire. Pas Mary.

Le trajet en ville avait pris plus de temps que prévu et je devais foncer pour retourner chez Devlin, prendre Muesli et arriver au presbytère à temps. Ma mère était très pointilleuse sur la ponctualité et je savais que j'en entendrais parler pendant des mois si j'étais en retard, surtout après son appel pour me rappeler le rendez-vous ce matin-là.

J'arrivai devant le presbytère en soufflant et en haletant, Muesli légèrement secouée dans sa cage installée dans le panier avant. Je gémis et grimaçai en descendant de vélo, les muscles de mes cuisses me lançant après avoir pédalé frénétiquement lors de cet aller-retour à Oxford. *Je vais mourir demain,* pensai-je en soulevant la cage du chat et en marchant, à la John Wayne, dans le jardin du presbytère. Il n'avait pas la profusion de couleurs des jardins d'Eccleston House - sans doute parce qu'il n'avait pas bénéficié de l'expertise de Joseph –, mais il était joli à sa façon, avec un parterre de primevères et différentes sortes de marguerites plantées sous un grand cornouiller, une bordure ombragée pleine de lierre et de délicates petites fleurs blanches à l'abri du mur de pierre et un banc de roses à l'ancienne de l'autre côté. J'avais remarqué que la voiture de ma mère était garée à l'extérieur, mais je fus soulagée de voir qu'elle se tenait sur le pas de la porte, sur le point de sonner. *Ouf.* J'étais arrivée à temps.

Audrey ouvrit la porte, très élégante dans une robe noire en crêpe et des collants noirs.

— C'étaient les funérailles de Clare aujourd'hui, expliqua-t-elle en nous faisant entrer dans la maison.

— Oh, je n'avais pas réalisé, dit ma mère. Vous êtes sûre que c'est le bon moment ? Peut-être devrions-nous faire ça un autre jour…

— Non, non, dit précipitamment Audrey. Ce sera bien d'avoir une distraction. De toute façon, ce n'était pas grand-chose en fin de compte. Clare avait laissé quelques instructions – je pense qu'elle voulait vraiment des funérailles grandioses –, mais Mary a décidé qu'au vu de l'enquête sur le meurtre et de l'attention qu'elle avait déjà attirée dans la presse, il serait préférable d'avoir une petite cérémonie tranquille.

Je fus surprise d'apprendre que Mary avait remis en cause la volonté de sa mère – il semblait que la jeune fille timide et soumise que j'avais rencontrée au départ était déjà en train de devenir une personne à part entière.

— Venez dans le salon, dit Audrey en s'avançant dans le couloir. Je viens de préparer le thé et j'ai fait des scones aussi. Je suis sûre qu'ils ne sont pas aussi délicieux que ceux de votre salon de thé, Gemma, mais j'espère que vous les apprécierez quand même.

Je suivis ma mère tandis qu'Audrey nous conduisait dans le salon confortable aux poutres basses du presbytère. Nous nous assîmes et pendant un moment, la conversation se concentra sur le merveilleux étalage de choses sur la table. Il y avait des petits gâteaux et des scones, avec de la confiture et de la crème fraîche, et des petits sandwiches au concombre, aux œufs et au cresson, et au jambon du Yorkshire.

— Cette confiture est merveilleuse, Audrey, dit ma mère en se servant un autre scone et en ajoutant une généreuse portion de confiture de fraises. Vous l'avez achetée à la fête ?

— Oh non, elle vient du magasin du village. Nous avons vendu toutes les confitures à la fête, et je n'ai pas pu rapporter de pot.

— Oh, quel dommage. J'ai cru vous voir rapporter un pot à la maison – dans votre panier, alors que vous retourniez à votre voiture.

Audrey fronça les sourcils.

— Vraiment ? Non, vous avez dû vous tromper. J'aurais aimé réussir à récupérer un pot, cependant. Ces confitures avaient l'air délicieuses. Vous savez, j'envisage d'étendre le stand de gâteaux et de confitures à la fête de l'année prochaine – ça a été un tel succès, je pense que nous aurions pu vendre le double et récolter tellement plus d'argent.

— Ferez-vous à nouveau partie du comité l'année prochaine ? demandai-je. Ça semble représenter beaucoup de travail.

Audrey sourit.

— J'aime ça. C'est agréable de se sentir utile, surtout que...

Elle s'interrompit et regarda la maison.

— Eh bien, maintenant que mon frère est marié et qu'il va y avoir une nouvelle maîtresse de maison ici, je ne suis pas sûre... eh bien, que ma présence ne sera pas de trop...

— Oh, c'est absurde, dit ma mère. Je suis sûre

que votre frère apprécie beaucoup la façon dont vous vous êtes occupée de lui au fil des ans.

— Je n'ai jamais eu l'intention de venir vivre avec lui, vous savez, mais il a eu la fièvre glandulaire il y a plusieurs années et a été très malade pendant des mois. Il avait vraiment besoin de quelqu'un pour s'occuper de lui et, à la fin, je faisais tellement d'allers-retours que j'ai décidé qu'il était plus simple de renoncer au bail de mon appartement et d'emménager avec lui. Bien sûr, Jeremy a toujours été un célibataire endurci, si dévoué à son travail, vous savez, personne ne s'attendait à ce qu'il se marie soudainement à 44 ans ! Je suppose que j'étais comme la sœur vieille fille des romans, qui s'occupe du héros.

Audrey émit un rire d'autodérision.

— Jeremy est tellement plus jeune que moi – il y a treize ans d'écart entre nous, voyez-vous –, donc j'ai toujours été plus une mère qu'une sœur pour lui et « tenir sa maison » est venu naturellement…

Une ombre traversa son visage.

— Je suppose que tout cela va changer maintenant.

— Mais vous avez sûrement l'intention de continuer à vivre ici ? demanda ma mère. Je suis sûre qu'ils seraient plus qu'heureux que vous restiez avec eux. La maison est certainement assez grande.

— Eh bien, il y a une aile autonome d'un côté, mais je ne voudrais pas m'imposer. Et un couple de jeunes mariés doit commencer sa vie sans que quelqu'un vive avec eux, je pense, déclara Audrey. De plus, j'avais pensé que peut-être...

Elle rougit légèrement.

— De toute façon, c'était juste un vœu pieux.

Je me demandai si elle pensait à Edwin Perkins et si elle avait nourri l'espoir qu'il pourrait encore partager ses sentiments et la demander en mariage.

— *Miaouuu ?* fit une petite voix à nos pieds.

Libérée de sa cage, Muesli s'amusait à gambader et à explorer la maison pendant que nous prenions le thé. À présent, elle se frottait contre nos jambes, exigeant de l'attention.

— Elle est si gentille, dit Audrey en souriant à Muesli.

— Les apparences peuvent être trompeuses, marmonnai-je.

Audrey gloussa.

— Oui, votre mère me racontait l'autre jour certaines de ses amusantes pitreries.

— Elle vous a raconté la fois où Muesli a grimpé dans un conduit et a disparu dans notre cavité murale ?

Audrey éclata de rire.

— Oui. J'ai connu un chat qui a grimpé dans les chevrons exposés du toit pendant une rénovation et qui s'est pelotonné dans un bon lit moelleux d'isolant... et qui s'est ensuite retrouvé piégé quand ils ont posé des planches sans se rendre compte qu'il était là-haut.

— Pas votre chat, j'espère, dit ma mère, alarmée.

— Oh, non, il appartenait à un membre du Cotswolds Cat Fancy Club. Malheureusement, je ne peux pas avoir de chat ici, car mon frère est extrêmement allergique. Mais j'aime passer du temps avec les chats des autres grâce à mes fonctions au sein du club.

— J'ai entendu dire que ce programme de chats de thérapie était votre idée, dis-je. C'est un projet fantastique.

Elle rosit de plaisir.

— Merci, oui – j'en suis très fière. C'est une chose qui est vraiment « à moi » d'une certaine manière, et pas seulement un projet existant que je soutiens. Bien sûr, Clare avait raison – avec son expérience supérieure et sa connaissance des chats, elle était une cheffe bien plus appropriée pour le programme. Mais maintenant qu'elle n'est plus là, la responsabilité me revient.

Elle soupira.

— Parfois, je n'arrive pas à croire que Clare est partie.

Il y eut un silence gênant. Gênant, probablement, parce que ni ma mère ni moi ne pouvions trouver quelque chose de gentil à dire sur la morte. Puis Audrey se reprit et dit d'un ton vif :

— Eh bien ! Mieux vaut continuer avec l'évaluation de Muesli.

— Sur quoi exactement est-elle évaluée ? demandai-je. C'est comme un examen ?

Audrey eut un petit rire.

— Bonté divine, non, rien de si formel. Nous voulons juste voir si c'est un chat calme, confiant et amical qui n'a pas peur d'interagir avec des étrangers.

— Oh, pas de problème, alors, dis-je sèchement.

— Non, je ne pense pas, dit Audrey en souriant lorsque Muesli sauta sur ses genoux.

La petite chatte tigrée la regarda, puis se pencha en avant et renifla Audrey avec curiosité.

— *Miaouu ?* fit-elle, et elle éternua légèrement.

— Oh, peut-être qu'elle n'aime pas le parfum que je porte, dit Audrey en riant, et Muesli sauta de ses genoux.

— Pour ma part, je trouve qu'il sent très bon, dit ma mère en se penchant vers Audrey et en reniflant de manière appréciative. Où l'avez-vous acheté ?

— Je l'ai fait moi-même, en fait, dit Audrey. À partir des fleurs de mon jardin. J'aime les parfums floraux à l'ancienne. On ne semble plus en trouver – tout est si exotique maintenant, quand on va dans les grands magasins ; vous savez, on ne trouve que des choses de type néroli, ylang-ylang et d'autres que je n'arrive même pas à prononcer.

Elle eut un rire gêné.

— Je dois avouer que je préfère les parfums de l'Ancien Monde comme la lavande et la rose... Je suppose qu'on les appellerait aujourd'hui des parfums de « grand-mère ».

— Oh, je trouve que les parfums *vintage* sont charmants, dis-je avec un sourire. Et je n'ai certainement pas encore l'âge d'être grand-mère ! Je n'avais jamais réalisé qu'on pouvait faire du parfum maison, par contre.

— Eh bien, comme je l'ai dit, ce ne sont pas les parfums complexes que vous pouvez acheter dans les grands magasins, avec des huiles essentielles et des notes de tête et tout le reste, déclara Audrey. C'est un parfum très simple, à base d'eau. Mais ce n'est pas aussi difficile que les gens le pensent. Il suffit de faire tremper les pétales de fleurs, de filtrer le liquide, puis de chauffer l'eau parfumée aux fleurs très doucement, jusqu'à ce qu'elle se réduise. Il dure un bon mois si vous le gardez dans une bouteille hermétique, dans un endroit frais.

Elle jeta un coup d'œil à Muesli et sourit.

— Peut-être que je devrais essayer de faire un parfum à l'herbe à chat. Muesli pourrait m'aimer davantage. En tout cas, je vois que la timidité ne sera pas un problème pour elle. Je pense que notre problème sera plutôt de l'empêcher de filer dans le couloir de l'hôpital à la recherche de nouveaux amis !

— J'ai entraîné Muesli à marcher avec un harnais pour que vous puissiez la tenir de cette façon. Peut-être que « marcher » est un peu exagéré, admis-je en riant. Mais elle supporte très bien les harnais.

— Formidable. C'était une des questions que je voulais vous poser. Il est obligatoire pour tous les chats du programme de porter un harnais en public. Pour leur propre sécurité.

Audrey se baissa pour prendre Muesli et fit courir

ses mains le long de son corps, la touchant partout, la faisant rouler sur le dos, inspectant ses pattes, agitant ses mains devant le visage de Muesli. La petite chatte tigrée se tortilla légèrement, mais elle accepta la manipulation sans trop d'histoires, à part un « Miaouu ! » quand Audrey tira doucement sur sa queue.

— Bien sûr, nous ne laisserions personne la traiter de manière aussi brutale, mais il est difficile de savoir ce que les gens peuvent faire parfois, en particulier les enfants, ou même ceux qui n'ont pas le plein contrôle de leur fonction motrice, expliqua Audrey. Il est donc important que nous sachions que l'animal est très tolérant, qu'il ne réagira pas de manière agressive et qu'il peut faire face à des situations imprévisibles.

Elle sourit et reposa Muesli par terre.

— Eh bien, Muesli a réussi avec brio ! Je vous enverrai tous les documents officiels et nous pourrons alors commencer à organiser des visites pour vous.

— Splendide, dit ma mère, aussi fière que si Muesli venait d'être diplômée d'Oxford. Je savais qu'elle s'en sortirait à merveille. En fait, si l'évaluation n'avait pas été interrompue, je suis sûre que Muesli aurait gagné à l'exposition féline le week-end dernier.

— Euh, eh bien…

Audrey avait l'air mal à l'aise. Elle me jeta un coup d'œil et je vis à son expression qu'elle pensait la même chose que moi : que c'était probablement une chance que l'évaluation ait été interrompue par l'effondrement de dame Clare, sans quoi ma mère aurait pu subir une très grande déception et humiliation. Pourtant, aucune de nous ne voulait ruiner ses illusions.

— Mère, je pense que Muesli est beaucoup plus apte à être un chat de thérapie qu'un chat d'exposition, dis-je rapidement.

Puis je jetai un coup d'œil à l'horloge sur la cheminée et me levai du canapé.

— Je suis désolée, mais j'ai rendez-vous avec des amis pour prendre un verre ce soir...

— Oh oui, et je ferais mieux de rentrer à la maison pour commencer le dîner, dit ma mère en se levant à son tour. Merci pour le thé et les gâteaux, Audrey. C'était divin.

Alors que nous étions dans le couloir, en train de mettre nos manteaux, ma mère jeta un coup d'œil à quelque chose sur la table de l'entrée et dit :

— C'est magnifique... Je ne crois pas les avoir déjà vus ici.

Je suivis son regard. Sur la table de l'entrée se trouvaient plusieurs grands morceaux de carton, sur lesquels étaient fixés ce qui ressemblait à des collages de photos, d'illustrations et de mots découpés dans des documents imprimés.

— Oh oui, j'étais en train de faire du tri et j'ai trouvé ça, dit Audrey avec un sourire en coin. Elles ont été faites par Mary quand elle était adolescente.

Elle adorait le scrapbooking et avait l'habitude de découper toutes sortes de choses dans des magazines et des journaux, et même dans du papier cadeau, pour en faire des collages. J'avais l'intention de les prendre pour les lui montrer la prochaine fois que j'irai à Eccleston House.

Je fixais les collages, ce sentiment de malaise montant en moi une fois de plus. Dans mon esprit, je revoyais la note anonyme, avec ses lettres soigneusement découpées, tout comme les lettres de ces collages. Je repensai à mon entretien avec Theresa ce matin-là. Je réalisai qu'elle n'avait jamais avoué avoir envoyé le mot. Elle avait eu l'air coupable et avait balbutié quelque chose – et j'avais immédiatement supposé que c'était un aveu. Mais et si je m'étais trompée ? Et si c'était *Mary* qui avait envoyé ce mot anonyme à sa mère ?

En fait, il était plus logique que Mary ait écrit la note, parce que le mot suggérait que le meurtrier était un étranger, ce qui était exactement le genre de chose que vous auriez planifié si vous étiez la fille de la femme assassinée et que vous vouliez détourner les soupçons. La note anonyme suggérait que la menace venait de l'extérieur de la famille.

Je déglutis, mal à l'aise. Aurais-je pu me tromper sur Mary Eccleston, après tout ?

Chapitre 28

Ce soir-là, je devais retrouver Cassie et Seth dans l'un de nos repaires favoris de l'époque où nous étions étudiants : le pub Eagle and Child, situé sur St Giles Street, ce large boulevard à l'extrémité nord d'Oxford, où se trouvaient plusieurs collèges de l'université, la Theology Faculty, l'Oxford Quaker Meeting House et St Giles' Church, église datant du XIIe siècle. De l'extérieur, l'Eagle and Child était un pub d'apparence relativement modeste, installé dans un petit bâtiment étroit datant du milieu du XVIe siècle, pris en sandwich entre une rangée de maisons mitoyennes dépareillées qui s'étendaient le long du côté ouest du boulevard. Ce qui l'avait rendu célèbre, c'était le fait qu'il était autrefois le repaire des

Inklings, un groupe d'écrivains d'Oxford comprenant des noms emblématiques comme C. S. Lewis et J. R. R. Tolkien. Chaque fois que j'y étais allée en tant qu'étudiante, j'avais toujours trouvé bizarre d'imaginer Lewis ou Tolkien assis là, discutant de leurs premiers brouillons et s'acharnant sur le développement des personnages et les failles de l'intrigue, comme n'importe quel autre écrivain. Bien sûr, comme la plupart des étudiants d'Oxford, vous finissiez par être blasé au bout d'un moment par toute la magnifique histoire qui vous entourait, et l'Eagle and Child – comme beaucoup d'autres endroits – devenait juste un pub lambda où retrouver vos amis.

Je franchis l'étroite porte d'entrée, je me faufilai entre plusieurs personnes faisant la queue au minuscule bar (qui semblait conçu pour servir des nains et des elfes) et je regardai autour de moi, m'imprégnant de l'atmosphère : les boiseries sombres et les petites arrière-salles douillettes, le sentiment de claustrophobie agréable que ces vieux bâtiments anglais semblaient toujours créer. J'étais heureuse de constater que l'endroit n'avait pas tellement changé depuis l'époque où j'étais étudiante. Oh, il avait été ouvert et modernisé quelque peu, mais au moins il n'avait pas été transformé en un sanctuaire hollywoodien avec des posters du *Seigneur des Anneaux* aux murs et des répliques de films bon marché en vente derrière le comptoir du bar. En fait, avec la réserve et la tendance à la sous-estimation typiquement anglaises, vous auriez difficilement pu être au courant des célèbres liens littéraires du pub si vous ne connaissiez pas son histoire. Ce n'était qu'en s'aventurant dans l'arrière-salle du pub que l'on remarquait une illustration du *Seigneur des Anneaux* sur le mur ou la minuscule carte de Narnia accrochée à une porte.

Je trouvai Cassie et Seth confortablement installés dans l'un des étroits box en bois, chacun sirotant une pinte de la célèbre bière du pub.

— Enfin ! On pensait que tu t'étais perdue, dit Cassie alors que je me laissais tomber à côté d'eux.

— Désolée, je ne pensais pas que l'évaluation pour la thérapie prendrait autant de temps et puis j'ai dû déposer Muesli chez Devlin.

— Je vais te chercher un verre, Gemma ? dit Seth, toujours aussi prévenant.

Je lui souris, me rappelant la façon dont il avait proposé de porter ma valise jusqu'à ma chambre d'étudiante la toute première fois que nous nous étions rencontrés. À bien des égards, Seth n'avait pas beaucoup changé depuis le garçon timide et studieux qu'il était, même s'il était maintenant postdoctorant dans l'une des prestigieuses universités d'Oxford.

— Merci, Seth. Un panaché, s'il te plaît.

— Alors…

Cassie se pencha vers moi avec un sourire conspirateur dès que Seth fut parti.

— Je meurs d'envie de te le demander, mais je

n'en ai jamais eu l'occasion au salon de thé, et en plus, je n'étais pas sûre que tu veuilles les oreilles indiscrètes des vieilles chouettes alentour, mais comment ça se passe dans votre nid d'amour ?

J'hésitai une fraction de seconde avant de répondre :

— Ça se passe bien.

Mais ma meilleure amie me connaissait trop bien.

Cassie haussa les sourcils.

— Mais ? insista-t-elle.

Je haussai les épaules.

— Je ne sais pas... C'est... eh bien, dans un sens, c'est merveilleux de vivre avec Devlin. On se voit beaucoup plus et, bien sûr, sa maison est si spacieuse et confortable, je ne vivrais jamais dans un endroit aussi agréable toute seule... et elle est parfaitement située pour le travail... et c'est génial de ne pas avoir ma mère sur le dos tout le temps...

— Mais... ? répéta Cassie.

J'hésitai, me sentant légèrement déloyale envers Devlin.

— Eh bien, c'est juste que... il y a des petites choses, tu sais... par exemple, on s'est disputés parce que Devlin ne comprenait pas pourquoi je jetais mes vêtements sur une chaise près du lit au lieu de les remettre immédiatement dans l'armoire.

Cassie roula des yeux.

— Sérieusement ? C'est la réaction typique d'un homme ! D'une part, on peut avoir envie de porter à nouveau l'un des vêtements avant de le mettre au lavage… et il se peut qu'il ne soit pas vraiment sale, mais qu'on ne veuille pas le remettre dans l'armoire avec tous les vêtements propres… ou parfois, on n'a tout simplement pas envie de raccrocher les choses immédiatement.

— Exactement ! dis-je. C'est ce que j'ai dit à Devlin. Je veux dire, il n'utilisait pas la chaise, donc je ne voyais pas où était le problème. Mais ça semblait vraiment le déranger. Bien sûr, quand je lui ai fait remarquer qu'il laissait sa collection de CD éparpillée sur la table d'appoint, il n'a pas eu l'air de penser que c'était un problème !

Je grimaçai.

— Je ne vois pas pourquoi il ne pourrait pas les remettre sur l'étagère, au lieu de les laisser traîner. Et puis il y a la façon dont Devlin est le matin : il sort du lit, plein d'énergie et de bonne humeur… *argh…*

Classa éclata de rire.

— Alors, il est du matin, hein ? Ooh, ça ne va jamais bien se terminer avec toi.

Je lui adressai un sourire penaud.

— Je ne suis pas si terrible que ça, si ?

— Gemma, tu es *terrible* le matin ! Je pense souvent que c'est un signe de l'amour que tu portes à ton salon de thé que d'être capable de t'y traîner et d'être si gaie et lumineuse avec les clients le matin. Je ne voudrais pas te voir au réveil. En fait, j'ai *déjà vu* comment tu es : un ours avec un mal de crâne lancinant ne t'arriverait pas à la cheville. Je pense que je compatis avec Devlin sur ce coup-là.

— Mais il n'y a pas que moi ! protestai-je. Devlin n'est pas parfait non plus !

— Alors, que fait-il ? Il ronfle ? Il laisse la lunette des toilettes levée ?

— Non, non, il n'est pas grossier comme ça. C'est un parfait gentleman dans ce sens. Il y a juste certaines choses qu'il fait qui m'énervent vraiment, surtout en fin de journée quand je suis fatiguée et irritable. Comme… comme il a cette habitude de fredonner. Je ne pense pas qu'il en soit conscient, il le fait quand il est occupé à d'autres choses, comme faire la vaisselle, par exemple. Mais ce n'est même pas une vraie chanson ! C'est juste un fredonnement sans mélodie. Ça commence vraiment à me taper sur les nerfs au bout d'un moment.

Cassie sourit.

— Il me semble que vous avez juste du mal à vous habituer à partager un espace commun.

Je soupirai et m'adossai.

— Le truc, c'est que je ne sais pas pourquoi ces petites choses me dérangent autant. Je veux dire, Devlin et moi, on passait beaucoup de temps ensemble à l'université, dans la chambre l'un de l'autre.

— C'était différent à l'université, répondit Cassie. On vivait tous dans ces dortoirs d'étudiants, entassés ensemble, partageant une salle de bain entre seize et tout ça…

Elle frissonna.

— Il n'y a aucune chance que je puisse faire ça

maintenant. En plus, je pense qu'on devient moins tolérant en vieillissant. Tu as besoin d'un espace à toi.

— Je suppose...

Je restai silencieuse pendant un moment, réfléchissant.

— Maintenant que tu le dis... c'est peut-être ça. Je n'ai pas l'impression que cet endroit est vraiment à moi. C'est la maison de Devlin et je suis une sorte d'invitée, même s'il m'a dit de faire comme chez moi.

Je laissai échapper un soupir.

— Je sais que je ne devrais pas me plaindre – je devrais m'estimer heureuse d'avoir un merveilleux petit ami qui m'a invitée à vivre gratuitement dans sa magnifique maison et qui adore Muesli... mais...

Je soupirai à nouveau.

— Je ne sais pas... Je suppose que je rêvais depuis si longtemps d'un endroit à moi. Non pas que je me plaigne, dis-je à la hâte.

— Non, je peux comprendre, dit Cassie doucement. Un endroit à toi, un endroit avec ta propre identité, un sanctuaire personnel qui est complètement à toi.

— On dirait une publicité pour une sorte de spa chic, dis-je en riant.

Seth revint, posant un petit verre de panaché – une bière mélangée à de la limonade – sur la table en face de moi. Il rentra dans le box et demanda :

— Qu'est-ce que j'ai manqué ?

— Pas grand-chose, dis-je rapidement. Juste une

discussion de filles. Au fait, Cassie t'a parlé du meurtre à la fête le week-end dernier ?

— Oui, elle m'a tout raconté. Et je l'ai lu dans les journaux aussi.

Seth secoua la tête et émit un rire incrédule.

— Je n'arrive pas à croire que je ne te vois pas pendant une semaine et que tu te retrouves embarquée dans un meurtre mystérieux, Gemma.

Cassie se tourna vers moi avec enthousiasme.

— J'ai entendu dire que la police a arrêté Edwin Perkins pour le meurtre. C'est vrai ?

— Non, pas arrêté. Ils lui ont demandé de se rendre au commissariat pour « aider l'enquête ». Les commères du village ont encore tiré des conclusions hâtives.

Rapidement, je leur racontai tout, y compris la scène dans la librairie d'Edwin plus tôt dans la journée.

— Donc Edwin ne pouvait pas être le meurtrier, puisqu'il avait un alibi pour tout le temps où le poison aurait pu être administré. Il était avec ce Nate Briggs.

— Oh.

Cassie parut déçue.

— Edwin avait l'air du genre de vieux cinglé qui pourrait bien être un meurtrier.

— C'est un peu dur, Cassie, dit Seth de sa voix calme. Parfois, les choses ne sont pas ce qu'elles semblent être et quelqu'un qui paraît être dans la position idéale pour être un meurtrier est en fait complètement innocent.

Je savais que Seth parlait d'expérience – quelques mois plus tôt, il avait été accusé d'un meurtre violent survenu dans l'un des collèges d'Oxford. Pendant un certain temps, nous n'avions pas su s'il allait être arrêté, et cela avait été une période difficile pour nous. Nous avions dû nous battre pour résoudre l'affaire et prouver son innocence.

— Oh, Seth… Je suis désolée ! dit Cassie, immédiatement contrite. Tu as raison. J'ai parlé sans réfléchir.

Elle tendit le bras et lui serra la main. Seth rougit jusqu'à la racine de ses cheveux. Je vis ses doigts se tendre pour attraper ceux de Cassie en retour, mais elle avait déjà retiré sa main et se détournait pour dire quelque chose à la serveuse qui passait. Les yeux de Seth se remplirent de frustration et il retira rapidement sa main, la gêne assombrissant son visage.

Je ressentis un picotement familier d'impatience. Je savais que Seth avait secrètement le béguin pour Cassie – en fait, il était tombé raide dingue d'elle dès leur rencontre en tant qu'étudiants –, mais il était timide et hésitant, et avait trop peur de déclarer ses sentiments, au cas où Cassie ne les partagerait pas, au risque que cela ruine leur amitié. Je pouvais le comprendre, mais quand bien même, j'aurais aimé qu'il dise quelque chose. D'abord, je soupçonnais Cassie de l'aimer bien plus qu'elle ne le pensait. Et d'autre part, s'il ne se bougeait pas, un autre homme allait intervenir, comme cela s'était souvent produit par le passé. Jolie et vive, avec une silhouette de rêve en prime, Cassie ne manquait jamais d'attirer l'attention des hommes. Et Seth… Je soupirai en moi-même. Regarder Seth essayer d'initier une romance, c'était comme regarder une tortue traverser la route ! À ce rythme, quand Seth se déciderait à dire quelque chose, Cassie serait probablement déjà mariée et aurait trois enfants !

— Bon, donc si ce n'est pas Edwin, alors qui reste-t-il ? dit Cassie, se retournant vers moi et revenant avec impatience au meurtre. La folle aux chats siamois ?

— Theresa Bell ? Ça pourrait être elle, je suppose, rétorquai-je d'un ton dubitatif. Elle était au bon endroit au bon moment et la photo de Liam la montre clairement en train de tendre la main vers l'assiette avec le gâteau. Mais elle a une explication à ça.

Je leur répétai ma conversation avec Theresa Bell du matin même.

— Elle a pris un peu de gâteau pour le manger ? réagit Cassie avec incrédulité. C'est une blague ?

Je secouai la tête.

— Non, c'est ce qu'elle prétend.

— C'est tellement ridicule que ça doit être vrai, souligna Seth.

J'acquiesçai :

— Oui, c'est ce que je pensais. Je veux dire, pourquoi penser à une raison aussi stupide à moins que ce soit la vérité ? Et aussi… eh bien… elle semblait vraiment *embarrassée* – pas coupable, effrayée ou désespérée, comme on s'attendrait à ce qu'elle se sente si on découvrait qu'elle était la meurtrière –, mais véritablement penaude et embarrassée.

— De toute façon, il ne s'agit pas seulement d'avoir eu l'opportunité de trafiquer le gâteau de dame Clare, pas vrai ? dit Cassie. Je veux dire que dans les affaires d'empoisonnement, il faut aussi se questionner sur l'accès à la toxine.

— C'est facile dans ce cas, expliquai-je, le poison est un glycoside cardiaque ; le plus connu est la digitaline, que l'on trouve dans les digitales. Et les digitales poussent partout, même sur le bord des routes de campagne !

— Il n'est même pas nécessaire que ce soit des digitales, ajouta Seth. Les glycosides cardiaques se trouvent dans un groupe diversifié de plantes dont la digitale n'est qu'un exemple. On en trouve également dans le laurier-rose, le muguet, l'aconit jaune et la giroflée. En fait, on peut même en trouver chez certains papillons, qui se nourrissent de ces fleurs. Les anciens Égyptiens et Romains les connaissaient bien et les utilisaient pour traiter les problèmes cardiaques.

Il se pencha en avant, les yeux brillants d'excitation.

— Leur mécanisme d'action est fascinant ! Le glycoside inhibe la pompe sodium-potassium dans la membrane des myocytes cardiaques et la concentration de sodium intracellulaire augmente donc. Ensuite, un deuxième échangeur d'ions membranaire est également affecté...

— Seth !

Je lui adressai un regard à la fois affectueux et exaspéré.

— Je ne pense pas que connaître l'action moléculaire des glycosides cardiaques va nous aider à trouver le tueur.

— Désolé, répondit Seth avec un sourire penaud. Bref, ce que je voulais dire, c'est qu'il n'est pas nécessaire que ce soit des digitales, il y a tout un tas d'autres plantes dont le poison pourrait provenir.

— Eh bien, je pense que tu devrais t'en tenir aux digitales. C'est le plus commun et le plus probable – pourquoi compliquer les choses ? demanda Cassie.

Elle me regarda soudain.

— Y a-t-il des digitales à Eccleston House, au fait ?

— O-oui, dis-je avec réticence. Pourquoi ?

— N'oublions pas que Mary Eccleston fait aussi partie des suspects. En fait, je pense qu'elle serait une candidate encore plus probable que Theresa Bell – ou ce jardinier bizarre. Mary était sur place, elle aurait pu facilement glisser du poison dans la part de gâteau qu'elle a donnée à sa mère, elle avait beaucoup à gagner de sa mort...

— Ce n'est pas Mary, m'obstinai-je. J'ai l'intuition que ce n'est pas elle...

— Ton instinct peut te tromper, dit Cassie.

— De toute façon, on a un plus gros problème maintenant, rétorquai-je. Si Theresa Bell dit la vérité, alors ça signifie qu'elle a mangé tout le reste de gâteau dans l'assiette de dame Clare. Et pourtant, elle allait bien. Ce qui suggère que le poison *n'était pas* dans le gâteau après tout. Alors comment diable Clare Eccleston a-t-elle été empoisonnée ?

— Hmm... tu me poses une colle, dit Cassie en fronçant les sourcils.

— Elle n'a rien bu, n'est-ce pas ? demanda Seth.

— Pas que je sache – et le rapport d'autopsie ne mentionne que le *Victoria sponge cake* dans son estomac.

Je secouai la tête, frustrée.

— J'ai l'impression que c'est la clé de tout le mystère. Elle nous échappe depuis le début. On a d'abord cru que le poison était dans une fausse pilule contre l'angine de poitrine... mais elle s'est avérée être normale. Puis on a pensé que le poison était dans le gâteau... mais ce n'est pas possible puisqu'on est plusieurs à avoir mangé le même gâteau sans problème. Ensuite, on a pensé qu'il avait été ajouté à la part de gâteau de dame Clare directement... mais il semble maintenant que Theresa Bell ait également goûté à la même part, et n'ait eu aucun symptôme.

J'écartai les mains.

— Alors, où *était* le poison ? Si on arrive à comprendre ça, j'ai le sentiment qu'on pourrait bien résoudre l'affaire.

Chapitre 29

J'eus une nuit agitée et même si je détestais donner raison à Cassie, j'étais fatiguée et grognon au salon de thé le lendemain matin. Je savais que le CID de l'Oxfordshire bourdonnerait d'activité ce jour-là, avec une grande opération en cours pour capturer le gang de l'agri-crime sur la base des informations que Devlin avait glanées auprès d'Edwin Perkins. L'enquête pour meurtre serait reléguée au second plan jusqu'à ce que cette opération soit menée à bien.

Mais je ne pouvais pas m'empêcher d'y penser. Alors que j'ouvrais le salon de thé et que j'accueillais les premiers clients, mon esprit revenait sans cesse à cette énigme : *Où avait-on mis le poison ?* J'avais le sentiment tenace que je passais à côté de quelque chose – un indice capital – que j'avais vu ou entendu. Je fronçai les sourcils, repensant aux événements des derniers jours… Était-ce quelque chose que ma mère avait dit ? Ou quelque chose que les vieilles chouettes avaient mentionné ? Ou même quelque chose que Seth avait expliqué la nuit précédente… ? J'avais le sentiment que c'était tout cela à la fois, mais je n'arrivais pas à mettre le doigt sur quelque chose de précis. C'était incroyablement frustrant.

Le salon de thé était ouvert depuis à peine vingt minutes lorsque mon téléphone sonna et je fus surprise par la voix à l'autre bout de la ligne. C'était Jo Ling.

— Oh, bonjour, docteur Ling…

— S'il vous plaît, appelez-moi Jo, dit-elle, et j'entendis le sourire dans sa voix. Lincoln m'a donné votre numéro…

— J'avais l'intention de vous appeler, en fait, révélai-je, un peu gênée. Je voulais vous remercier d'avoir effectué cette autopsie si rapidement et d'être restée tard sur votre temps libre pour le faire.

— Oh, pas de problème, répondit Jo. Je n'ai fait que mon travail. En fait, c'était la raison pour laquelle je vous appelais – les rapports toxicologiques sont arrivés. J'ai déjà envoyé un rapport à Dev, mais je sais qu'il est occupé aujourd'hui et j'ai pensé que vous aimeriez le savoir tout de suite, plutôt que d'attendre qu'il vous le transmette.

— Oh, merci, dis-je, agréablement surprise. C'est très gentil.

— Ce n'est rien. J'ai eu l'impression que c'était vraiment important pour vous. Je suis probablement en train d'enfreindre un million de règles de la police en partageant cette information avec une civile...

Elle émit un petit rire, montrant le peu de cas qu'elle faisait du respect des règles.

— Mais de toute façon, je vous fais confiance, Gemma. Alors, les résultats montrent que le poison qui a tué Clare Eccleston était de la convallatoxine.

— Conva-quoi ?

— Convallatoxine. C'est un glycoside cardiaque, similaire aux composés de la digitale, sauf qu'il provient d'une plante différente : *Convallaria majalis*, aussi connu sous le nom de muguet.

— Oh, c'est vrai, dis-je en me rappelant soudain les divagations de Seth au pub la nuit précédente, à propos d'autres plantes contenant des glycosides cardiaques. Donc vous voulez dire que nous nous sommes trompés ? Nous pensions que c'était de la digitaline et nous nous intéressions donc aux digitales...

— Eh bien, ce n'est pas vraiment faire fausse route. Le muguet pousse dans de nombreux jardins anglais également. C'est une fleur indigène commune – elle est très populaire dans les bouquets de mariée, vous savez, parce que ses délicates fleurs blanches sont si jolies. Bien sûr, la plupart des gens ne se rendent pas compte de sa toxicité – même l'eau dans laquelle on met les tiges coupées peut être toxique si on la boit.

— Est-ce aussi puissant que la digitale ?

— Oh oui, clairement. En fait, sa marge de sécurité est encore plus étroite que celle de la digitaline, ce qui explique probablement pourquoi elle n'a jamais été développée pour un usage pharmaceutique.

— Merci pour toutes ces informations, dis-je. J'apprécie vraiment.

— Pas de problème. J'espère que ça pourra vous être utile. Maintenant, j'ai une question pour *vous*, fit-elle, le ton devenant plus léger. Vous êtes une vieille amie de Lincoln, non ?

— Oui, nos mères sont les meilleures amies du monde et nous nous connaissons depuis que nous sommes enfants. Pourquoi ?

— Savez-vous s'il a des phobies ? Le groupe de médecins auquel j'appartiens organise bientôt sa soirée mensuelle et certains d'entre nous vont faire des sketches comiques. Je voulais en faire un sur Lincoln et j'ai besoin de matière.

Elle gloussa.

— Oh… hum…

Je me creusai les méninges.

— Eh bien, il n'a pas peur des araignées, des serpents ou de quoi que ce soit d'autre, d'après ce dont je me souviens.

— Et les aliments ? Il y a quelque chose qu'il ne supporte vraiment pas ?

— Il me semble qu'il n'aime pas la crème anglaise, dis-je. Je me souviens que lorsque nous étions enfants et que sa famille venait pour des déjeuners et autres, il refusait toujours de prendre de la crème sur ses desserts. Mais c'était il y a longtemps. Vous savez, nous nous sommes tous les deux éloignés d'Oxford – nous ne sommes revenus que récemment – donc je ne l'ai pas vu pendant des années. Ses goûts ont peut-être changé depuis.

— Ha, ha ! J'en doute. Les choses que vous détestez dans votre enfance restent en vous, je pense. Oooh... la crème anglaise... Je pourrais faire beaucoup de choses avec de la crème anglaise...

Jo eut un rire malicieux.

— Hum... bien, j'espère que vous passerez un bon moment.

— Oh, c'est certain ! Merci, Gemma, c'est formidable. À bientôt !

Je raccrochai et fixai l'écran. Mais avant que je puisse réfléchir davantage à cet appel, mon téléphone sonna à nouveau. Cette fois, c'était ma mère.

— Ma chérie, je suis sur le point de partir à Eccleston House et je me demandais si tu voulais que je m'arrête à la jardinerie pour te prendre ces nénuphars ? Ils ont toujours cette promotion en cours et elle vaut vraiment le coup.

— Non merci, Mère. Je te l'ai dit, je ne veux pas de nénuphars. Pourquoi vas-tu à Eccleston House ? demandai-je, curieuse.

— Oh, Mary m'a envoyé un mot hier soir, me demandant de la retrouver là-bas ce matin. Elle a dit qu'elle avait quelque chose à me montrer. Ça avait l'air assez urgent.

— Au sujet du meurtre ?

— Je ne sais pas, ma chérie, le mot ne le disait pas. Je suis certaine que je le saurai bientôt. Je pars maintenant. Tu es *sûre* pour les nénuphars ? Parce que je pense qu'ils seraient fabuleux au salon de thé. En fait, tu pourrais même déplacer la fontaine au centre de la pièce – je ne sais pas pourquoi tu la laisses sur le côté du comptoir comme ça, on croirait que tu en as honte ! et tu pourrais la remplir de nénuphars et peut-être même avoir des poissons rouges…

— Non, non, Mère ! Pas de nénuphars ou de poissons rouges ou quoi que ce soit d'autre, dis-je désespérément.

Je levai les yeux et vis Cassie qui me faisait signe de l'autre côté de la salle, essayant d'attirer mon attention. Je m'empressai de dire :

— Merci d'avoir pensé à moi, Mère, c'est très gentil de ta part. Mais honnêtement, je pense que la fontaine est… euh… bien comme elle est. Je suis désolée, je dois y aller. Je t'appelle plus tard, d'accord ?

Je raccrochai avec un certain soulagement et regardai dans la direction que Cassie indiquait. Je gémis intérieurement en voyant une silhouette familière franchir la porte du salon de thé : le même crâne chauve, le même sourire flagorneur et le même costume gris brillant. C'était le vendeur de cuillères.

Je me souvins que nous lui avions dit de revenir plus tard dans la semaine. Je laissai échapper un soupir. Autant le recevoir et en finir avec ça. Il était évident qu'il ne comptait pas baisser les bras.

Il rayonnait quand je m'approchai de lui.

— Miss Rose ? Merci de prendre le temps de me recevoir. Je vous promets que vous allez *adorer* nos produits – vous ne trouverez pas la même qualité ailleurs et je suis sûr que vos clients apprécieront le...

Je levai ma main, l'arrêtant à mi-chemin.

— Pourquoi n'irions-nous pas dans la cuisine, Mr... euh... ?

— Baxter, dit-il en me serrant la main avec enthousiasme. Certainement, certainement, et j'ai apporté une sélection de cuillères à vous montrer.

Il brandit une petite mallette de voyage.

Je le conduisis dans la grande et confortable cuisine du salon de thé qui était remplie, comme d'habitude, de l'odeur merveilleuse des pâtisseries fraîches. Des plateaux de scones, de muffins et de *Chelsea buns* sortant du four étaient posés sur les comptoirs latéraux et, sur la grande table en bois au centre, Dora avait de la farine jusqu'aux coudes et pétrissait de manière experte une grosse boule de pâte. Elle leva les yeux lorsque nous entrâmes et je vis avec plaisir qu'elle portait une nouvelle paire de lunettes. Elles lui allaient bien, lui donnant un air de mère Noël.

— Dora, voici Mr Baxter, expliquai-je. Il a des

objets à nous montrer... des cuillères en chocolat, c'est bien ça ?

Je me tournai vers le vendeur.

— Pas n'importe quelles cuillères en chocolat ! s'exclama-t-il, sa poitrine se gonflant pour se donner un air important. Nous sommes fiers de n'utiliser que du chocolat belge de la meilleure qualité, ainsi que des ingrédients de premier choix qui sont transformés au minimum. Vous pouvez être sûre que nos produits ne contiennent pas d'arômes artificiels ou de conservateurs désagréables. Et toutes nos cuillères en chocolat sont fabriquées à la main dans notre cuisine gastronomique. Ce sont pratiquement des œuvres d'art !

Pendant qu'il parlait, il s'affairait à déballer sa valise et à en sortir plusieurs cuillères enrobées de chocolat, qu'il disposa sur la table en bois.

— Voici notre gamme classique – un magnifique chocolat noir riche, un chocolat au lait crémeux et un délicieux chocolat blanc parfumé à la vanille... et puis il y a notre gamme de spécialités, avec du caramel salé – c'est l'un de nos best-sellers – et des miniguimauves qui fondent merveilleusement dans votre boisson... et du moka, qui est un mélange de chocolat et de grains d'espresso purs...

Il leva les mains en l'air, comme un magicien sur le point de commencer un tour de magie.

— Et maintenant ! Je vais vous montrer...

Dora et moi regardâmes, un peu interloquées, l'homme sortir un thermos et une tasse de son étui et verser une tasse de café chaud.

— Là, vous voyez ? C'est une tasse de café ordinaire... bien... mais si vous y ajoutez une de nos cuillères, elle deviendra *extraordinaire* !

Il fit une démonstration avec l'une des cuillères en chocolat qu'il avait apportées, en l'incorporant au liquide chaud.

— Regardez comment le chocolat fond sur la cuillère, pour tourbillonner dans le café et lui donner une toute nouvelle saveur et complexité ! Même le simple fait de remuer la cuillère vous procurera du plaisir – un moment d'évasion loin de vos vies chargées – et vous n'aurez pas à vous soucier d'ajouter quoi que ce soit à votre boisson. La cuillère fait tout pour vous, en vous donnant un délicieux...

— Attendez, qu'est-ce que vous avez dit ? m'exclamai-je.

Le vendeur se figea, la bouche ouverte.

Je fixai la tasse de café dans sa main, observant la façon dont le chocolat fondait lentement sur la cuillère en bois et se mélangeait au liquide chaud.

Je tapai frénétiquement du doigt sur la tasse.

— Ce que vous venez de dire, sur le fait de ne pas avoir à ajouter quoi que ce soit à la boisson... la cuillère fait tout pour vous... OH MON DIEU ! manquai-je de m'étrangler. Je sais comment dame Clare a été empoisonnée !

Chapitre 30

Laissant Dora et Mr Baxter me regarder bouche bée, je me précipitai hors de la cuisine et courus vers le comptoir, manquant de heurter Cassie.

— Gemma ! Qu'est-ce qu'il y a... ?

Elle me fixa pendant que je fouillais sous le comptoir pour essayer de trouver mon téléphone. Où l'avais-je mis ? Je cherchai dans ma mémoire pour essayer de me souvenir : j'avais parlé à ma mère... et puis j'avais vu le vendeur entrer... et j'avais posé mon téléphone pour aller le saluer... *Ah ! Ici.* Je pris le téléphone et composai le numéro d'Eccleston House.

— C'était sur la fourchette, dis-je dans un murmure essoufflé à Cassie alors que j'attendais que l'on réponde à l'appel. Le poison – il était sur la fourchette ! On n'y avait pas pensé ! On croyait que le poison était dans le gâteau, mais le meurtrier était plus malin que ça. La fourchette utilisée par dame Clare a dû être enduite de poison. C'est pour ça que Theresa Bell a mangé la même part de gâteau et n'a pas été malade. Parce qu'elle a utilisé ses doigts et que le poison n'était que sur la fourchette. Alors que Clare Eccleston a mis la fourchette complètement dans sa bouche et a probablement léché toute la confiture et la crème pendant qu'elle mangeait, absorbant sans le savoir tout le poison aussi !

Cassie semblait incertaine.

— Mais… dans ce cas, est-ce que ça ne pointe pas du doigt Mary ? Je veux dire, c'est elle qui coupait les gâteaux et les servait.

— Oui, mais je viens de me souvenir de quelque chose, dis-je à la hâte. Ce jour-là, lorsque j'ai raccompagné Mary chez elle après la fête, je l'ai aidée à transporter des affaires de la voiture à une antichambre, où elles conservaient tout leur attirail d'expositions félines. Mary divaguait un peu – je pense qu'elle était encore sous le choc –, mais je me souviens très bien qu'elle a mentionné un tas de fourchettes de pique-nique posées sur un banc.

Je me penchai vers Cassie.

— Elle a dit qu'elle les avait cherchées partout ; elle n'a réalisé qu'à ce moment-là qu'elle les avait laissées derrière elle par erreur.

— Et alors ?

— Ça veut dire que quelqu'un d'autre lui a donné les fourchettes à gâteaux ! On avait toutes une fourchette pour manger, mais elles ne venaient pas de chez Mary – alors où les avait-elle trouvées ? Je dois lui demander...

Je fronçai les sourcils alors que le téléphone continuait à sonner dans mon oreille.

— Où est-elle... ?

— Peut-être qu'elle n'est pas chez elle, suggéra Cassie. Elle est peut-être à St Cecilia's ?

— C'est le week-end, je ne pense pas... Oh, après tout, je suppose que ça ne fait pas de mal d'essayer.

Je raccrochai et j'appelai le collège. En une minute, on me passa les bureaux de l'administration du collège.

— Oh, bonjour Gemma.

Mary avait l'air surprise de m'entendre.

— Oui, j'ai décidé de venir au collège pour traiter de la paperasse. Les bureaux ne sont généralement pas ouverts le week-end, mais je... je n'avais pas vraiment envie de rester dans la maison. C'est le premier week-end depuis... depuis que maman est morte...

Elle s'éclaircit la gorge.

— Bref, vous vouliez me demander quelque chose en particulier ?

— Oui, écoutez, Mary, à la fête du week-end dernier, vous avez découpé et servi le *Victoria sponge cake*, n'est-ce pas ?

— Oui.

Elle semblait perplexe.

— D'où venaient les fourchettes ? Vous avez dit que vous aviez laissé les vôtres chez vous, alors où avez-vous trouvé celles avec lesquelles nous avons mangé ?

— Oh…

Elle resta silencieuse un instant.

— Je ne me souviens pas vraiment… Je n'étais pas très attentive, pour vous dire la vérité. Je pense… Je pense que tante Audrey m'a aidée à passer les assiettes, donc c'est probablement elle qui a ajouté les fourchettes. Je suppose qu'elle en avait dans son panier.

Je me figeai, n'en croyant pas mes oreilles.

— *Audrey ?*

Soudain, plusieurs choses défilèrent dans mon esprit, comme une caméra qui se mettrait au point : Jo Ling identifiant le poison comme étant de la convallatoxine, que l'on trouvait naturellement dans le muguet, un composant populaire des bouquets de mariée en raison de ses délicates fleurs blanches en forme de clochettes… Mon arrivée avec Muesli pour son évaluation au presbytère et mon admiration pour la bordure de lierre et de plantes vert foncé avec de délicates fleurs blanches… Audrey parlant de la fabrication d'un parfum maison, en trempant les fleurs dans l'eau pour en extraire les principes actifs… et la voix de Jo Ling à nouveau, qui disait : « Le muguet pousse dans de nombreux jardins anglais également. C'est une fleur indigène commune… Bien sûr, la plupart des gens ne se rendent pas compte de sa toxicité – même l'eau dans laquelle on met les tiges coupées peut être toxique si on la boit. »

J'avais l'impression que ma tête tournait. *C'était Audrey depuis le début.*

Puis je me souvins d'autre chose : la veille, alors que nous étions au presbytère pour l'évaluation de Muesli, ma mère avait fait remarquer qu'elle avait vu Audrey rapporter un pot de confiture de la fête. Audrey l'avait nié… Je repensai à un *Victoria sponge cake*, recouvert de crème fraîche et d'une succulente confiture de fraises… Il serait si facile de tremper une fourchette dans de la confiture empoisonnée, puis de l'ajouter à une assiette. Toutes les confitures rouges se ressemblaient, quelle que soit leur provenance. Dame Clare, en prenant la fourchette et en commençant à manger le gâteau, n'aurait jamais deviné que la confiture de fraises déjà étalée sur la fourchette provenait d'ailleurs. Et une fois la fourchette léchée au cours du repas, toute trace de poison disparaissait. Il n'y aurait pas de crainte que des morceaux de gâteau soient retrouvés après coup avec le poison incriminé.

C'était tellement ingénieux. Audrey connaissait les habitudes de son amie – elle savait que Clare apportait normalement ses propres gâteaux aux expositions félines et qu'en tant qu'amie proche, elle serait invitée à y participer. Elle n'avait qu'à se tenir prête et attendre l'occasion. Elle avait préparé sa fourchette et le pot de confiture empoisonné, habilement caché parmi les autres pots de son panier. Tout ce qu'elle avait à faire par la suite, c'était de mettre le pot empoisonné de côté et de l'emporter discrètement chez elle à la fin de la journée... Personne ne l'aurait jamais soupçonnée, personne n'aurait jamais su... sauf que ma mère l'avait vue emporter le pot de confiture incriminé chez elle...

Mon estomac fit un bond et je sentis un frisson m'envahir.

... personne n'aurait jamais su, sauf ma mère...

Je manquai de m'étouffer.

— Mary, dis-je d'un ton pressant. Avez-vous envoyé un mot à ma mère hier soir ?

— Un mot ? Non, pourquoi ?

— Ma mère a reçu un mot disant que vous vouliez qu'elle vous retrouve à Eccleston House ce matin.

— Je ne lui ai jamais envoyé de message, dit Mary, l'air perplexe. La dernière fois que j'ai parlé à votre mère, c'était le jour où elle est venue à la maison avec les vieilles dames du village. Vous étiez là aussi, vous vous souvenez ? J'étais allée voir les avocats...

— Qui savait que vous alliez au collège ce matin ? Qui savait qu'il n'y aurait personne à Eccleston House ? demandai-je.

— Je... Riza savait, je suppose, puisque je lui ai donné tout le week-end de congé et que j'ai peut-être mentionné que j'avais l'intention de venir. Oh, et tante Audrey le savait. Elle m'a appelée hier soir et m'a demandé ce que je faisais ce matin. Je pense qu'elle avait peur que je me sente seule...

Il ne m'en fallait pas davantage. Je mis fin à l'appel au beau milieu de sa phrase et j'appelai immédiatement le portable de ma mère. Je priai pour qu'elle ne l'ait pas oublié dans la boîte à gants de sa voiture ou laissé sur la table de l'entrée à la maison – ou que sa batterie ne soit pas à plat –, toutes ces choses étant très courantes chez ma mère. Je poussai un soupir de soulagement en entendant sonner... et sonner... et sonner.

— Allez... décroche... décroche... marmonnai-je en faisant les cent pas en cercle.

— Gemma, qu'est-ce qui se passe ? dit Cassie, à côté de moi. Qu'a dit Mary ? Qu'est-ce que c'est que cette histoire avec ta mère ?

Je reposai violemment mon téléphone.

— Je n'ai pas le temps de t'expliquer, Cassie, mais ma mère pourrait être en danger ! Je vais directement à Eccleston House. Tu peux continuer à essayer de l'appeler ? Si tu y arrives, dis-lui que la meurtrière est Audrey Simmons ! Dis-lui de ne pas s'approcher d'Audrey et, surtout, de *ne pas manger ni boire* ce qu'elle pourrait lui offrir !

Je criais à présent, et je vis tout le salon de thé me regarder avec de gros yeux, y compris les vieilles chouettes, mais je m'en fichais. Je tournai les talons, passai la porte en trombe et grimpai sur mon vélo en un éclair. Quelques minutes plus tard, je pédalais frénétiquement vers Eccleston House. Mon cœur battait furieusement au rythme de mes jambes.

Plus vite. Plus vite. Oh, mon Dieu, j'espère ne pas arriver trop tard...

Le vélo s'emballa dans le virage d'un chemin de campagne et dévala à toute vitesse les dernières centaines de mètres, jusqu'à ce que je tourne vers les imposantes portes d'entrée d'Eccleston House et que je commence à descendre la longue allée de gravier. Je pouvais voir la maison devant moi et une voiture garée devant la porte d'entrée. La Peugeot rouge de ma mère. Il y avait deux silhouettes debout près de la porte d'entrée.

Étaient-ce ma mère et Audrey ? Que faisaient-elles ? Je pédalai plus vite en maudissant les roues du vélo qui s'enfonçaient dans l'allée de gravier, soulevant des cailloux de partout. Je sautai de mon vélo, le jetai sur le côté et courus sur le reste du chemin. Mes jambes étaient comme du plomb et un point de côté me tiraillait, mais je l'ignorai, haletant alors que je dévalais le dernier tronçon de l'allée.

Devant moi, les deux silhouettes devinrent plus nettes. L'une d'elles était sans aucun doute ma mère et elle tenait quelque chose dans ses mains. Une boîte en carton. J'écarquillai les yeux en la voyant soulever quelque chose et le porter à sa bouche.

— Mè-re ! m'écriai-je. MÈ-RE ! NE MANGE PAS ÇA !

Mais alors que je criais, je vis l'autre silhouette réagir instantanément. C'était Joseph, réalisai-je, et je le regardai avec surprise arracher quelque chose de la main de ma mère.

Elle poussa un cri d'indignation et trébucha en arrière.

Puis j'arrivai à leur niveau. Je me hissai, la respiration sifflante, sur les marches de l'entrée. Ils se tournèrent vers moi, ma mère me regardant avec étonnement.

— Gemma, qu'est-ce que...

— Mère !

Je haletais si fort que je pouvais à peine parler.

— Tu as... tu as mangé quelque chose ? *Tu as mangé quelque chose ?* répétai-je, l'air hagarde.

— Eh bien, non, ma chérie, j'étais sur le point de goûter l'une de ces délicieuses tartelettes, mais cet homme abominablement grossier me l'a arrachée des mains ! Vraiment ! Alors que je lui en avais déjà proposé une part.

Elle se retourna pour regarder Joseph d'un air désapprobateur.

— Vous aviez déjà la vôtre, vous n'aviez pas besoin de prendre la mienne aussi. Personne ne vous a appris les bonnes manières ?

Je baissai les yeux et vis que Joseph tenait deux tartelettes à la confiture, une dans chaque main. Celle qu'il avait arrachée à ma mère était serrée dans son poing, la pâte s'effritant légèrement et la confiture suintant entre ses doigts. Il y avait d'autres tartelettes dans la boîte que ma mère tenait.

— Elles ne sont pas bonnes, dit soudain Joseph.

Sa voix était rauque et pressante.

— Elles vous feraient du mal.

Je me retournai vers ma mère et dis lentement, sans vouloir l'alarmer :

— Mère, donne-moi cette boîte. Je ne pense pas que tu devrais manger une seule de ces tartelettes...

— Pourquoi pas ? demanda ma mère, surprise.

— Donne-les-moi...

Je lui pris la boîte avec précaution.

— Où as-tu trouvé cette boîte d'ailleurs ?

— Elle était là, sur le pas de la porte, avec mon nom dessus, expliqua ma mère. Il y avait un mot de Mary, disant qu'elle avait dû s'absenter, mais qu'elle avait préparé ces tartelettes ce matin et qu'elle voulait mon avis. J'étais sur le point d'en goûter une quand j'ai vu le jardinier... Joseph, c'est ça ?... debout, en train de tailler la haie. Je me suis dit que j'allais lui en proposer une – tu sais, pour être polie –, bien que je me demande pourquoi je me suis donné cette peine. Vraiment, ces manières sont choquantes ! Il venait à peine de s'en servir une qu'il a tendu la main et m'a arraché la mienne !

Je jetai un coup d'œil à Joseph, puis dis à ma mère :

— En fait, Mère, je crois que tu devrais remercier Joseph. Je pense qu'il t'a sauvé la vie.

Ma mère me dévisagea.

— Je te demande pardon ?

— Du muguet, dit Joseph. Ce sont de jolies fleurs. Mais elles sont aussi dangereuses.

Il fronça le nez.

— Je peux les sentir.

Le parfum, réalisai-je. Je me penchai et reniflai les tartes. Oui, je reconnaissais ce parfum familier. Audrey le portait le jour où nous avions emmené Muesli au presbytère pour l'évaluation. En fait, ma petite chatte avait mal réagi à l'odeur et avait sauté des genoux d'Audrey. *J'aurais dû écouter l'instinct de Muesli,* pensai-je.

Et Joseph, réalisai-je, avec son nez expert en fleurs, avait dû en capter le parfum dès qu'il avait porté la tartelette à sa bouche. Il ne s'était peut-être pas rendu compte que les tartelettes avaient été délibérément empoisonnées, mais il connaissait suffisamment les propriétés mortelles du muguet pour empêcher ma mère de manger sa part.

— Oh mon Dieu, Mère, si tu avais mangé ne serait-ce qu'une bouchée...

Je frissonnai.

— Je pense que ces tartelettes à la confiture ont été empoisonnées, probablement par la convallatoxine, une toxine qu'on trouve dans le muguet...

— *Empoisonnées ?*

Ma mère fixait les tartelettes à la confiture dans la boîte, comme si elle s'attendait soudain à ce qu'elles deviennent vertes et que des têtes de mort apparaissent à leur surface.

— Mais pourquoi diable quelqu'un voudrait-il m'empoisonner ?

Je regardai à travers la cime des arbres au loin où je pouvais voir le clocher de l'église du village. Je pensai à une femme impitoyable et calculatrice qui attendait au presbytère. Une femme qui avait dissimulé sa nature meurtrière sous une apparence agréable et serviable.

— Parce que tu en savais trop, dis-je d'un ton sinistre. Et tu as ruiné le meurtre parfait.

Chapitre 31

Tous les habitants du village se rassemblèrent solennellement devant le presbytère et regardèrent Devlin en faire sortir Audrey. Je pouvais voir l'incrédulité sur les visages des gens et entendre les chuchotements dans la foule alors que nous regardions tous la vieille fille d'âge moyen monter dans la voiture de police qui attendait.

— *Audrey Simmons !* Qui l'aurait cru ?

— Mon Dieu !

— Mais elle était tellement utile au comité de l'église… et à la collecte de fonds pour les organisations caritatives…

— Oui, elle semblait toujours prête à se porter volontaire ! Elle acceptait toujours les tâches supplémentaires et ne se plaignait jamais…

— Et c'était une partie du problème, dis-je à Cassie alors que nous étions en train de discuter dans le salon de thé un matin quelques jours plus tard. Audrey Simmons avait un désir presque pathologique d'être *utile*. Je veux dire, on aime tous se sentir utiles et désirés, mais avec Audrey, c'était devenu une obsession. C'était la seule chose qui nourrissait son estime d'elle-même et lui donnait un sentiment d'identité. En faisant du bénévolat, en assumant toutes les responsabilités lors des différents événements communautaires, elle se sentait importante.

— N'oublie pas son frère, dit Cassie. J'ai toujours pensé que c'était un peu bizarre. Tout le monde disait qu'elle était gentille de s'occuper de lui, mais tu ne trouvais pas ça étrange ? Vivre avec lui et le materner comme ça ? Le gars avait la quarantaine, pour l'amour du ciel !

— Eh bien, ça pourrait être dû en partie aux habitudes de l'enfance, parce que son frère *était* beaucoup plus jeune qu'elle… mais je vois ce que tu veux dire, convins-je. Je pense que le materner permettait à Audrey de se sentir bien dans sa peau. C'est triste, vraiment, parce qu'elle aurait dû se marier et avoir ses propres enfants, pour pouvoir se sentir « nécessaire » de cette façon.

— Elle aurait probablement étouffé ses enfants, si elle en avait eu, dit Cassie sombrement. Elle a manifestement un petit vélo dans la tête.

— Oui, et quand son frère lui a annoncé qu'il allait se marier, elle a dû paniquer. Soudain, il n'avait plus besoin d'elle – il avait une femme maintenant, qui s'occuperait de lui et serait la nouvelle maîtresse du presbytère. Je pense que le monde d'Audrey a été mis sens dessus dessous et qu'elle a commencé à se sentir vraiment désespérée.

Je pensai à Edwin.

— Et ça n'a pas aidé que sa propre histoire d'amour ne soit pas réciproque. Elle avait aimé Edwin Perkins si fidèlement toutes ces années – je pense qu'elle n'a jamais perdu l'espoir qu'il puisse encore l'épouser.

— Pas avec Mary dans les parages ! dit Cassie.

J'acquiesçai.

— Ça a dû vraiment la ronger de voir qu'Edwin n'avait d'yeux que pour Mary, une fille qui avait moins de la moitié de son âge. Elle a vraiment dû commencer à en vouloir à la jeune femme.

— Tu crois que c'est ce qui lui a donné l'idée de tout ça ? demanda Cassie. Ça aurait pu être un moyen de se débarrasser de Mary ? Je veux dire, en lui faisant porter le chapeau pour le meurtre de sa mère et en la jetant en prison, elle pensait peut-être qu'Edwin oublierait son engouement pour Mary et *la* remarquerait elle, *Audrey,* enfin.

Je haussai les épaules.

— Je ne sais pas trop. Audrey n'a pas beaucoup parlé quand Devlin l'a interrogée. Elle est devenue distante et renfermée. Elle ne veut parler à personne, pas même à son avocat. Mais d'après le peu qu'elle a dit, Devlin pense que c'était une combinaison de facteurs. L'hostilité envers Mary a certainement été l'un des déclencheurs. Et puis Clare Eccleston elle-même en était un autre.

— Clare Eccleston ? Mais je croyais qu'elles étaient amies ?

Je levai les yeux au ciel.

— Je ne pense pas que qui que ce soit ait pu être vraiment ami avec dame Clare. C'était vraiment un tyran. Mais je pense qu'Audrey s'est habituée à jouer la soumise dans cette relation. C'était un schéma établi depuis qu'elles étaient à l'école, je pense, et ça s'est poursuivi dans leur relation à l'âge adulte.

— Alors, qu'est-ce qui a changé ?

Je haussai à nouveau les épaules.

— Qui sait ? Les gens craquent parfois, pas vrai ? Je ne pense pas qu'on puisse intimider quelqu'un et le maltraiter pour toujours. La personne finit par en avoir assez et par se rebeller – et dans ce cas, c'est généralement assez spectaculaire. À force de donner des coups de pied à un chien, il n'est pas étonnant qu'il se retourne un jour pour vous mordre. Et je pense qu'Audrey se sentait en colère et lésée depuis un certain temps. Et le programme des chats de thérapie a été la goutte d'eau qui a fait déborder le vase. C'était l'idée d'Audrey, son bébé, la première chose qui lui avait donné un sentiment de réussite et d'identité qui lui était propre, plutôt que de soutenir les autres. Elle était admirée, respectée, appréciée…

et puis Clare Eccleston a débarqué et s'est attribué tout le mérite.

— En voyant les choses comme ça, j'éprouverais presque de la compassion pour Audrey, dit Cassie. J'aurais voulu tuer cette Eccleston moi-même.

— Oui, admis-je. C'est une chose terrible à dire et le meurtre est répréhensible, mais je dois admettre que l'on ne peut s'empêcher de penser que cette victime a eu ce qu'elle méritait.

— Et la note anonyme ? demanda soudain Cassie. Qu'est-ce qu'elle venait faire dans tout ça ?

— En fait, la note anonyme n'avait rien à voir avec Audrey. C'était une coïncidence, expliquai-je. Elle venait de Theresa Bell. C'était juste un peu de méchanceté mesquine, vraiment. Mais quand Audrey l'a vue, elle y a immédiatement perçu une autre opportunité de piéger Mary. Elle se souvenait à quel point Mary aimait le scrapbooking quand elle était petite et elle savait qu'elle avait encore quelques-uns de ses collages découpés. C'est pour ça qu'elle insistait pour que Mary montre la note à la police. Je pense que c'était pour pouvoir attirer les soupçons sur Mary plus tard, en utilisant les collages en sa possession. En fait, elle les a délibérément laissés de côté quand elle a su que ma mère et moi venions au presbytère. Elle voulait que nous les voyions et que nous ayons des doutes sur Mary... et je dois admettre que ça a presque marché avec moi, ajoutai-je avec regret.

— Quelle vieille fille sournoise, dit Cassie en

secouant la tête. Ça me rend folle de penser que je l'appréciais !

— Je l'aimais bien aussi. C'est une des raisons pour lesquelles je ne l'ai jamais soupçonnée. Oh, elle a très bien joué son rôle : il n'y a qu'à voir la façon dont elle semblait si soucieuse de trouver l'assassin de Clare Eccleston et dont elle s'est occupée de Mary. Elle nous a tous trompés. Il y avait peu de chances que quelqu'un pense à la fourchette empoisonnée…

— Tu dois remercier Mr Baxter pour ça, dit Cassie avec un sourire.

J'éclatai de rire.

— Oh, je l'ai fait ! J'en ai commandé six de chaque saveur, même si je ne sais pas ce que je vais faire d'autant de cuillères en chocolat !

— Mais quand même, quelqu'un *aurait pu* poser plus de questions à Mary sur la façon dont le gâteau avait été servi le jour de la fête et il en serait ressorti qu'Audrey avait fourni les fourchettes. Elle ne s'était pas préparée à ça, dit Cassie.

— Non, mais c'est la parole d'une personne contre une autre, n'est-ce pas ? Mary elle-même a déclaré qu'elle n'avait pas été très attentive et qu'elle ne savait pas d'où venaient les fourchettes - elle a supposé qu'elles venaient d'Audrey comme elle l'avait aidée à servir. Mais Audrey aurait pu simplement dire qu'elle ne savait pas non plus d'où venaient les fourchettes ! Ou même que lorsque Mary lui a tendu les assiettes pour qu'elle les distribue, les fourchettes étaient déjà dessus, fis-je remarquer. Il n'y avait aucune raison de suspecter Audrey, alors qu'il y avait des tas de raisons de suspecter Mary. Rappelle-toi, c'est elle qui avait le plus à gagner de la mort de sa mère. Alors qui penses-tu que la police ou un jury aurait cru ? La parole d'Audrey ou celle de Mary ?

— Malin, dit Cassie à contrecœur. Et je parie qu'elle aurait joué son rôle à la perfection, faisant croire à tout le monde qu'elle était contrariée d'incriminer Mary, alors qu'elle ne faisait que planter un couteau dans le dos de la pauvre fille. Je pense que c'est ça le plus effrayant : comment Audrey pouvait être si gentille en apparence alors que, pendant ce temps, elle prévoyait de vous tuer. Je veux dire, regarde comment elle s'est comportée avec ta mère ! Lui laisser ces tartelettes empoisonnées et prétendre qu'elles venaient de Mary, c'était digne d'un génie du mal.

Je grimaçai.

— Je ne sais pas si c'était du génie, mais c'était clairement mal. La police a analysé ces tartelettes et il y avait assez de convallatoxine dans la confiture pour abattre un cheval. Si Joseph ne l'avait pas arraché des mains de ma mère, si elle en avait pris ne serait-ce qu'une bouchée…

Je frissonnai.

— Je ne veux même pas y penser.

— J'espère que tu lui as écrit une belle note de remerciement, dit Cassie en plaisantant.

Je souris.

— Je vais faire encore mieux que ça, je vais passer

le voir après le travail aujourd'hui, avec un cadeau très spécial.

⁂

Plus tard dans la soirée, alors que le soleil commençait à descendre à l'horizon, je traversai Oxford pour me rendre à St Cecilia's College. Après m'être renseignée à la *Porter's Lodge*, on me dirigea vers un petit cottage situé à l'arrière du collège. Il n'y avait pas de sonnette. Je frappai à la porte d'entrée en bois et restai nerveusement debout, tenant devant moi la grande boîte emballée dans un papier cadeau.

Après quelques instants, je frappai à nouveau à la porte.

Toujours rien.

J'hésitai. J'étais sûre que Joseph serait chez lui – c'était ce que pensait le concierge du collège. Alors pourquoi ne répondait-il pas ? Je ne voulais pas laisser le paquet cadeau sur le pas de la porte, au cas où il serait endommagé. Je regardai autour de moi et remarquai un étroit chemin menant sur le côté du cottage. *Peut-être que Joseph est dans le jardin derrière*, pensai-je soudain. Ça expliquerait pourquoi il n'a pas entendu frapper à la porte. J'hésitai un moment de plus, puis je commençai à suivre le chemin contournant le cottage.

Après avoir traversé quelques grappes d'arbustes denses, je franchis enfin une vieille tonnelle en bois pour entrer dans un petit jardin de cottage. C'était comme une réplique miniature de celui d'Eccleston House, mais bien plus joli d'une certaine manière. Ce petit espace compact débordait de fleurs et d'arbustes. Des rosiers romantiques grimpaient le long du treillis en bois à côté de moi, la lavande et le romarin formaient une haie odorante le long de la rangée arrière, et tout autour s'entassaient des fleurs de toutes formes, tailles et couleurs : jonquilles, perce-neige, reines-des-prés, gentianes, digitales, hortensias, ancolies, myosotis... et une dizaine d'autres fleurs dont j'ignorais le nom. Même si elles n'avaient pas encore toutes fleuri, leur doux parfum se mêlait et embaumait l'air autour de moi.

Et là, au centre, tel un magicien qui aurait fait naître ce jardin enchanté (et d'une certaine manière, il l'avait fait), se trouvait Joseph. Il était accroupi à côté d'une grande grappe de pieds-d'alouette, tuteurant soigneusement leurs longues tiges. Il leva la tête lorsque je fis un pas dans le jardin et se leva rapidement, les yeux écarquillés de surprise.

— Je... Bonjour Joseph ? dis-je en lui adressant un sourire hésitant. J'ai sonné à la porte d'entrée, mais personne n'a répondu, alors je suis passée par-derrière... Hum... c'est un beau jardin, on dirait qu'il sort d'un conte de fées...

Je me tus alors qu'il restait là, sans rien dire.

Oh, mon Dieu, je ne vais pas encore devoir avoir une conversation avec les pensées ou autre, juste pour lui parler ?

Déterminée, je fis un pas vers Joseph et dis :

— Je suis venue vous remercier, en fait.

Il leva la tête, étonné, et croisa mon regard pour la première fois.

— D'avoir sauvé la vie de ma mère, expliquai-je. Si vous n'aviez pas agi si vite, je pense qu'elle aurait... enfin, bref, merci.

Il ne dit rien, mais je vis que ses yeux s'étaient adoucis. Encouragée, je soulevai la boîte que j'avais apportée et la lui tendit.

— C'est pour vous, dis-je inutilement. Je suis allée dans un centre spécialisé... on m'a dit que c'était l'une des plus rares... hum... En tout cas, j'espère que vous l'aimerez.

Il me regarda avec étonnement, puis tendit les bras et prit la boîte, comme un orphelin recevant son tout premier cadeau le matin de Noël. Lentement, il retira le ruban et déballa le papier coloré, puis souleva avec précaution son contenu. J'entendis son exclamation de surprise quand il vit ce qu'il y avait à l'intérieur : un petit pot en terre cuite contenant un seul bulbe, d'où poussait une tige d'un vert riche qui se terminait par une grappe de fleurs d'un violet profond, presque noir. Une jacinthe noire rare.

— Midnight Mystic. *Hyacinthus orientalis*, murmura Joseph avec révérence, ses doigts caressant les délicates fleurs sombres.

Ses yeux brillaient. Il avait l'air ravi. Pendant un moment, c'était comme s'il avait oublié que j'étais là. Puis il se retourna vers moi et, lentement, un large sourire se répandit sur son visage.

Je clignai des yeux. C'était comme si j'étais face à une personne totalement différente. L'effrayant jardinier avait disparu, remplacé par un homme d'âge moyen aux épaules voûtées, aux yeux pétillants et au sourire doux.

— Merci, miss. C'est le plus beau cadeau qu'on m'ait fait, dit-il timidement. Merci beaucoup.

⁂

Le lendemain matin, j'étais encore ragaillardie par ma visite au cottage de Joseph (oui, il m'avait même invitée à entrer et m'avait offert du thé !) lorsqu'une grande et belle silhouette familière entra dans le Little Stables Tearoom. Plusieurs femmes écarquillèrent les yeux et les têtes se tournèrent pour regarder avec appréciation Devlin traverser la pièce dans ma direction. Il était très élégant dans ses vêtements de travail – un costume anthracite, une chemise blanche impeccable et une cravate en soie italienne. Il s'arrêta près du comptoir et sourit à Cassie, lui tendant un petit paquet.

— Livraison spéciale… pour ton frère, Liam.

Les yeux de Cassie s'illuminèrent.

— Vous avez retrouvé son appareil photo ?

— Ouaip. Un de nos gars l'a trouvé hier en passant au crible tout ce qu'on a ramassé lors de l'intervention au repaire du gang de l'agri-crime.

— C'est formidable ! Il va être très content, dit Cassie. Je vais l'appeler tout de suite !

Elle disparut dans la cuisine et Devlin jeta un coup d'œil dans le salon de thé, qui bourdonnait du brouhaha des conversations et du tintement joyeux de la vaisselle.

— Je vois que la vie est revenue à la normale, observa-t-il en souriant. Je suis surpris que Mabel Cooke et ses amies ne soient pas là.

— Oh, je suis sûre qu'elles ne vont pas tarder, lui assurai-je. Elles sont probablement à la poste en ce moment, à échanger avec la moitié de Meadowford les derniers potins.

— Quelles sont les dernières nouvelles ?

— Mary Eccleston a décidé de vendre Eccleston House. Elle veut prendre un nouveau départ et m'a dit qu'elle avait toujours rêvé de vivre aux États-Unis. Elle va suivre des études supérieures dans une université là-bas et va vivre à Boston.

Devlin poussa un sifflement.

— Elle avait l'air d'une petite chose effrayée – je n'aurais jamais pensé qu'elle aurait le courage d'aller vivre dans un autre pays.

— Je pense qu'elle sort enfin de sa coquille, qu'elle a une chance de découvrir qui elle est vraiment – ou qui elle veut être – et je trouve ça génial, dis-je avec enthousiasme.

— Tant mieux pour elle, fit Devlin avec un hochement de tête. Eh bien, je lui souhaite bonne chance. Dis-moi, je finis tôt aujourd'hui pour changer. Ça te dirait d'aller voir un film ce soir ?

Je souris.

— J'aimerais bien – mais ça devra être un peu plus tard. Je dois faire un saut chez mes parents pour récupérer mon courrier.

Il fronça les sourcils.

— Gemma, pourquoi tu ne remplacerais pas ton adresse par la mienne ? Ça t'éviterait d'avoir à te soucier d'aller récupérer ton courrier chez tes parents. Puisqu'on va vivre ensemble maintenant, c'est logique…

— En fait, Devlin… hésitai-je. Je voulais t'en parler.

Il haussa les sourcils devant mon ton sérieux.

— Oui ?

J'inspirai profondément.

— Je… euh… je ne suis pas sûre d'être tout à fait prête à… eh bien, à ce qu'on vive ensemble. Oh, ne te méprends pas, dis-je précipitamment. J'ai adoré vivre chez toi et c'est génial de pouvoir passer plus de temps ensemble… et tu as été merveilleux de nous laisser, Muesli et moi, faire irruption dans ta vie comme ça… Mais… eh bien… je sens que j'ai besoin d'avoir un endroit à moi. Au moins pour un petit moment.

Je le regardai d'un air nerveux.

— Je… J'espère que tu peux comprendre ?

Devlin me regarda silencieusement pendant un moment, puis il sourit.

— Oui, je peux comprendre.

Je sentis une vague de soulagement me traverser.

— Vraiment ? Merci, dis-je avec gratitude.

— Tu veux juste pouvoir jeter tes vêtements partout sans que personne ne te le reproche, dit Devlin avec un sourire taquin. Non, mais sérieusement, Gemma, je comprends. Et en attendant, tu es toujours la bienvenue chez moi aussi longtemps que tu en as besoin, jusqu'à ce que tu trouves un endroit à louer.

Je ressentis une vague d'amour pour lui. Impulsivement, je m'avançai pour l'embrasser, mais, à ce moment-là, la porte du salon de thé s'ouvrit et quatre petites vieilles entrèrent en trottinant.

— Inspecteur O'Connor ! C'est justement l'homme que nous cherchions, fit la voix forte de Mabel Cooke.

Devlin grogna sous cape. Il se retourna et se redressa.

— Comment puis-je vous aider, mesdames ? demanda-t-il de son ton le plus formel.

— C'est une main, inspecteur ! dit Glenda Bailey avec enthousiasme. Une main dans la benne !

— Peut-être pas seulement une main, ajouta Florence Doyle.

— Je n'ai jamais aimé les bennes, dit Ethel avec un frisson.

Devlin les regarda, l'air abasourdi.

— Quelle benne ? De quoi parlez-vous ?

— La benne devant le numéro 14 de Lemon Tree Lane, dit Mabel avec impatience. Les propriétaires sont londoniens – ils ne gardent le cottage que pour les week-ends impairs et ils font des rénovations. Il y a une benne devant la propriété depuis des semaines. C'est une vraie horreur, je vous le dis ! Ce n'est pas étonnant que les Américains les appellent des « bennes à ordures », bien que j'abhorre certains des termes américains pour désigner les choses, celui-ci semble beaucoup plus approprié que le terme britannique...

— Oh, Mabel, peu importe comment les Américains l'appellent, parle-lui de la main ! s'écria Glenda.

— Ah, oui, c'est vrai – c'est une main, inspecteur, dit Mabel, comme si cela expliquait tout.

Devlin soupira.

— Mrs Cooke, j'ai peur de ne pas vous suivre.

Mabel se pencha en avant et dit dans un murmure théâtral :

— La main pourrait être reliée à un corps. Un corps assassiné, caché dans la benne.

Je réprimai un grognement. *C'est reparti.*

Épilogue

— Merci d'avoir amené Muesli me voir, Gemma, elle est adorable ! Nous sommes ravis de l'avoir dans l'équipe des chats de thérapie.

Jane Banks me sourit depuis le seuil de sa porte en me regardant placer la cage de Muesli dans le panier avant de mon vélo.

— Et merci d'avoir été si compréhensive à l'idée de devoir repasser une évaluation. Je sais que vous l'avez déjà fait avec Audrey Simmons... *um-ahem...*

Elle s'éclaircit la gorge.

— Mais maintenant que j'ai repris le programme, je préfère rencontrer à nouveau tous les chats.

— Pas de problème, Mrs Banks, dis-je en souriant.

— Je vous enverrai les documents et, une fois que vous serez dans notre système, nous pourrons commencer à programmer vos visites.

Je hochai la tête et la saluai d'un geste de la main, puis je repartis, pédalant lentement vers le centre d'Oxford. Jane Banks vivait au sud d'Oxford, à quelques rues de Folly Bridge, qui traversait la Tamise et menait à l'extrémité sud de la cité universitaire. Le trajet n'était pas particulièrement agréable ce matin-là – il y avait eu de fortes pluies dans la nuit et les routes étaient mouillées et glissantes, les voitures qui passaient m'aspergeaient d'eau de pluie boueuse en passant dans les flaques d'eau.

Ce qui ne faisait qu'ajouter à ma mauvaise humeur. À présent que l'excitation de l'enquête sur le meurtre était passée et que la vie revenait à la « normale », je n'étais que trop consciente du problème plus terre à terre auquel je devais encore faire face : où trouver un logement à moi que je pourrais me payer ? L'idée d'une autre journée comme la dernière que j'avais passée à chercher une maison avec Cassie me déprimait profondément.

Je traversai Folly Bridge, puis, mue par une impulsion soudaine, je quittai la route en direction du chemin de halage qui longeait la rivière. Je décidai de faire un détour, pédalant autour du périmètre de la ville plutôt que dans le centre. Les routes seraient plus tranquilles et, avec un peu de chance, je ne serais pas autant éclaboussée. Cela semblait être un bon plan, jusqu'à ce que je roule sur le chemin de halage et le trouve rempli d'autant de flaques d'eau que la route principale. Un « Miaouu ! » s'échappa de la cage à chat située devant le guidon, alors que l'eau nous éclaboussait.

— Désolée, Muesli ! dis-je en évitant deux flaques d'eau boueuses.

Je commençais à me demander si je n'avais pas fait une très grosse erreur. Le sol ici n'était pas seulement humide et glissant, mais aussi parsemé de nids-de-poule. Je grimaçai lorsque le vélo traversa l'un d'eux, faisant rebondir la cage à chat dans le panier avant.

— *Miaouuu !*

— Désolée, désolée… marmonnai-je en gardant les yeux sur le chemin devant moi.

Une énorme flaque d'eau se dessinait devant moi, mais si j'essayais de la contourner, je risquais de me retrouver trop près du bord du chemin de halage. *Non merci, je n'ai pas besoin de me baigner dans la rivière,* pensai-je en serrant les dents. *Je vais devoir passer par la flaque d'eau. De toute façon, je ne peux pas être plus mouillée que je ne le suis déjà…*

Je pédalai un peu plus vite, pensant que cela pourrait aider de traverser rapidement la flaque d'eau. Nous heurtâmes la flaque et soudain, l'avant du vélo s'inclina vers l'avant dans une embardée effrayante. *Il y a un nid-de-poule sous la flaque d'eau !* réalisai-je trop tard, car la roue avant s'enfonça et heurta le rebord du nid-de-poule de l'autre côté. L'impact fut violent et me projeta en arrière, me faisant lâcher le guidon.

— Aïe !

Je dégringolai du vélo et tombai sur le chemin de halage. La bicyclette fit une embardée latérale et se renversa, ses roues tournant follement.

— *MIAAOUU !* cria Muesli depuis sa caisse de transport qui bascula hors du panier et atterrit avec fracas.

Le loquet de la porte s'ouvrit et Muesli roula dehors.

— Oh mon Dieu, Muesli ! fis-je en me redressant. Est-ce que ça va ?

Elle me jeta un regard effrayé, puis tourna les talons et fonça le long du chemin de halage.

— Hé, attends, Muesli !

Je me levai péniblement et la suivis en boitant.

— Reviens !

Muesli descendit le chemin de halage, plus loin sur la rivière, et se dirigea vers une ligne de buissons sur la rive opposée à l'eau.

— Muesli ! Reviens ! lançai-je.

La petite chatte grise m'ignora. Elle plongea dans le buisson le plus proche et disparut. J'arrivai, haletante, un moment plus tard, et je jetai un coup d'œil par-dessus les arbustes. Elle semblait longer l'arrière d'un petit lotissement résidentiel. Une rangée de cottages modernes trônait au centre d'un demi-cercle de jardin paysager, rayonnant de respectabilité suburbaine. Je me mordis la lèvre et j'inspectai la zone. Muesli était introuvable.

Puis j'aperçus une queue grise rayée. Elle s'agitait

à l'angle d'un petit bâtiment en pierre situé à l'autre bout du jardin, loin de la rangée de cottages. Je me frayai un chemin à travers les arbustes et je courus sur la pelouse en direction du bâtiment. En m'approchant, je réalisai qu'il s'agissait également d'une sorte de cottage, mais très différent des constructions modernes et élégantes situées de l'autre côté de la pelouse bien entretenue. D'abord, la bâtisse était vieille, les murs de pierre étaient délavés et usés, et les cadres de fenêtres en bois étaient tachés par l'âge. Il manquait plusieurs tuiles en ardoise sur le toit et l'ensemble du bâtiment semblait pencher légèrement d'un côté.

Elle était aussi *minuscule* ; je doutai qu'elle ait plus d'une chambre. On aurait pu croire qu'il s'agissait d'une dépendance, d'un petit hangar ou d'une cabane faisant partie d'un domaine plus vaste, et qu'un effort avait été fait pour la transformer en résidence, mais elle était encore très délabrée. Je fus surprise qu'elle soit encore là, à côté de toutes ces maisons modernes, mais peut-être se trouvait-elle sur un vestige de terrain qui n'avait pas été acheté par les promoteurs immobiliers.

J'en fis le tour jusqu'à ce que j'arrive à la porte d'entrée, qui donnait de l'autre côté, vers la rivière. À mon agréable surprise, Muesli était assise sur le perron, la queue repliée autour de ses pattes.

— *Miaouu !* me salua-t-elle, ses yeux verts grands et brillants.

Je m'approchai d'elle avec précaution, me

demandant si je pouvais l'attraper avant qu'elle ne s'enfuie à nouveau. Puis mon attention fut attirée par quelque chose sur la porte. C'était un panneau. Un panneau avec un logo familier, celui de l'agent immobilier local. Je me redressai, Muesli temporairement oubliée, en voyant les mots à côté du logo : « À louer ».

Je ressentis un étrange frisson d'excitation. Je fis un pas en arrière et j'observai de nouveau le cottage. Une voix s'éleva soudain derrière moi, me faisant sursauter.

— Vous ne pensez pas à le louer, n'est-ce pas ?

Je me retournai et trouvai une femme d'âge moyen avec un vieux chariot en nylon qui se tenait à quelques mètres derrière moi. Elle me regardait curieusement à travers des lunettes à monture métallique.

— Pourquoi ? demandai-je.

— Oh, seulement parce que nous avions abandonné tout espoir. Je ne pensais pas que quelqu'un voudrait y habiter.

Je la regardai, surprise.

— Comment ça ? Ce cottage est situé dans un endroit fantastique – pourquoi personne ne voudrait le louer ?

Elle haussa les sourcils.

— Vous n'êtes pas au courant ? Toute cette agitation en juin de l'année dernière ? C'était dans tous les journaux locaux.

— Je n'étais pas en Angleterre à l'époque,

expliquai-je. Que s'est-il passé ?

— La dernière propriétaire est morte dans la maison. Ce qui n'est pas inhabituel en soi –, mais des rumeurs ont couru sur sa mort. Ça a mis beaucoup de gens très mal à l'aise. Je vis moi-même dans le quartier voisin et je dois dire que tout cela m'a rendue nerveuse, je peux vous le dire. Quoi qu'il en soit, rien n'a été prouvé, mais depuis lors, ils ont eu du mal à retrouver des locataires. Ça n'aide pas qu'elle soit en si mauvais état.

— Elle est en piteux état dedans ?

Elle jeta un regard à l'habitation.

— Je pense qu'elle a juste besoin d'un bon coup de balai. Elle n'a pas été redécorée depuis des décennies, mais la structure est assez solide.

— Savez-vous quel loyer ils demandent ? demandai-je.

— Je ne me souviens pas du chiffre exact – en fait, aux dernières nouvelles, ils l'avaient encore baissé. Ils devaient être désespérés. Elle est sur le marché depuis des mois maintenant.

Elle déplaça son caddie.

— Bon, je ferais mieux d'y aller. C'est votre chat ? demanda-t-elle en la montrant soudain du doigt.

— Oh... oui, elle est à moi, dis-je en regardant Muesli.

— Qu'elle est mignonne. On dirait qu'elle y vit déjà.

La femme gloussa, puis se retourna et partit, tirant son chariot de courses derrière elle.

Je regardai pensivement Muesli, assise juste devant la porte d'entrée du cottage. *Oui, elle avait l'air d'avoir déjà adopté les lieux.* Elle me fixait, ses yeux verts écarquillés et ses petites moustaches frémissantes.

— *Miaouu...* ? dit-elle en inclinant légèrement la tête.

J'hésitai. Mes yeux revinrent vers le panneau. Lentement, je sortis mon téléphone de ma poche, mais alors que j'étais sur le point de commencer à composer un numéro, je m'arrêtai. Je secouai la tête. *Je dois être folle !* Les loyers dans ce quartier, si proche de la cité universitaire et à côté de la rivière, devaient être astronomiques. Je n'avais pas les moyens de m'offrir un cottage ici...

Je soupirai et me détournai.

— *Miaouuu !* insista une petite voix indignée.

Je baissai les yeux. Muesli n'avait pas bougé de sa position près de la porte d'entrée. Elle levait les yeux vers moi, son petit minois plein d'espoir. J'hésitai à nouveau. Ça ne coûtait rien de demander. Il y avait peu d'espoir, mais...

Prenant une décision soudaine, je composai le numéro. Quand le téléphone sonna, je croisai les doigts et souris à mon chat.

— Qu'est-ce que tu en penses, Muesli ? Est-ce que tu as trouvé notre nouvelle maison... ?

F I N

À propos de l'auteure

Auteure à succès reconnue, H.Y. Hanna écrit des cozy mysteries amusants, remplis de rebondissements habiles, d'humour, de personnages excentriques – et de chats avec de fortes personnalités !

Après avoir été diplômée d'Oxford, Hsin-Yi s'est essayée à divers métiers, dont la publicité, le mannequinat, l'enseignement de l'anglais, le dressage de chiens... avant de revenir à ses premières amours : l'écriture. Elle a travaillé en free-lance pendant plusieurs années et a remporté des prix pour ses poésies, ses nouvelles et ses articles de journaux.

Née à Taïwan, Hsin-Yi est une véritable globe-trotteuse, imprégnée de différentes cultures. Ayant vécu de Dubaï à Auckland, en passant par Londres ou encore le New Jersey, elle habite à présent en Australie, avec son mari et un petit chaton du nom de Muesli qu'elle a récupéré dans un refuge.

Pour en savoir plus sur ses livres et elle, rendez-vous sur **www.hyhanna.com** ou abonnez-vous à la newsletter française pour être informé de ses nouvelles parutions, obtenir des cadeaux exclusifs et tout savoir sur ses livres !

http://www.hyhanna.com/french-newsletter

À propos de la traductrice

Diane Garo est traductrice de l'anglais et de l'espagnol vers le français, transcréatrice, rédactrice, coordinatrice linguistique et webmaster. Diplômée du Centre de traduction, d'interprétation et de médiation linguistique (CETIM) de l'université de Toulouse II après avoir étudié en classe préparatoire, elle travaille aujourd'hui avec des maisons d'édition, des agences de traduction littéraire ainsi que des auteurs autoédités. Elle est notamment la plume française de Barbara Kloss (*Gods of Men*, éditions Rivka), Julia Kent (*Un milliardaire sinon rien*), Toni Anderson (*Le Sommeil des Justes*) ou encore Lauren Smith (*Séduction*).

Site web : www.garotypos.com

Twitter et Instagram : @DianeGaro_Trad

Recette de Victoria Sponge Cake

* La chose la plus importante à retenir concernant les ingrédients est d'avoir la **même quantité de beurre, de sucre en poudre et de farine autolevante que d'œufs**. Il est donc préférable de peser d'abord les œufs (dans leur coquille), puis de doser le beurre, le sucre et la farine en conséquence. Dans la recette ci-dessous, j'ai supposé que les œufs faisaient environ 50 g chacun, mais vérifiez vos propres œufs et ajustez en conséquence.

Il faut également que tous les ingrédients soient à **température ambiante**, en particulier les œufs, afin d'éviter que le mélange ne se divise ou ne caille.

INGRÉDIENTS :

- 4 œufs d'environ 50 g chacun, à température ambiante
- 200 g de beurre doux, ramolli à température ambiante
- 200 g de sucre en poudre

- 200 g de farine autolevante
- 1 cuillère à café de levure chimique
- 1 pincée de sel
- 1 cuillère à café d'essence de vanille
- 3 cuillères à soupe de lait (pour assouplir la pâte si nécessaire)

Pour la garniture :

- 250 ml de crème fraîche ou de crème fouettée
- 1 pot de confiture de fraises de bonne qualité

En décoration :

- Fraises fraîches, coupées en deux
- Sucre glace (en poudre)

<u>INSTRUCTIONS :</u>

1) Préchauffez le four à 160 °C-180 °C.

2) Ajoutez le beurre et le sucre en poudre dans un bol (ou un mixeur) et mélangez-les soigneusement, en prenant votre temps. Continuez à mélanger jusqu'à ce que le mélange soit lisse et crémeux et que vous ne sentiez plus les granulés de sucre.

Ne bâclez pas cette étape – même si elle prend cinq bonnes minutes –, car c'est la clé pour que votre génoise soit légère et moelleuse. Plus longtemps vous mélangerez le beurre et le sucre, meilleur sera votre gâteau.

3) Battez les œufs dans un bol et incorporez-les au mélange de beurre et de sucre petit à petit, en veillant à bien mélanger avant d'en rajouter. Encore une fois, prenez le temps de mélanger autant que possible – plus le mélange sera crémeux, meilleure sera la texture du gâteau.

4) Ajoutez enfin l'extrait de vanille et mélangez bien.

5) Tamisez la farine dans le mélange, avec la levure chimique et une pincée de sel, puis incorporez-la très délicatement en faisant un mouvement en 8. Cela permet de garder autant d'air que possible dans le mélange (si vous utilisez un batteur, choisissez le réglage le plus bas et le plus doux). Vous ne devez pas trop travailler la pâte, sinon le gâteau sera dur et dense.

6) Continuez à mélanger doucement jusqu'à ce que la pâte soit lisse et passe le « test de la cuillère », c'est-à-dire que lorsque vous soulevez un peu de pâte avec la spatule, elle tombe facilement en une cuillère. Si la pâte colle à la spatule et est trop sèche, ajoutez un peu de lait pour l'assouplir et mélangez à nouveau délicatement. Veillez à ne pas ajouter trop de lait, car vous ne voulez pas que la pâte soit trop liquide.

7) Prenez deux moules à gâteaux ronds de 20 cm et graissez légèrement l'intérieur, puis posez un cercle de papier sulfurisé au fond.

8) Répartissez uniformément la pâte dans les deux moules, en utilisant la spatule pour lisser le

dessus jusqu'à ce qu'ils soient plats. (Ne vous inquiétez pas s'ils ne sont pas parfaitement plats – ils vont fondre et s'égaliser dans le four)

** Astuce : Pesez la pâte en la répartissant dans les moules à gâteaux pour obtenir des gâteaux uniformes.*

9) Placez-les au milieu du four et faites cuire pendant 20 à 25 minutes, jusqu'à ce que les gâteaux soient dorés et aient bien levé. Pour vérifier qu'ils sont cuits, faites glisser un couteau ou un pic bien aiguisé au centre, qui doit ressortir propre. Le gâteau doit également se redresser lorsqu'on le presse doucement et les bords doivent se rétracter légèrement des parois du moule.

10) Sortez-les et laissez-les refroidir pendant 10 minutes dans le moule, puis retirez-les du moule, enlevez le papier sulfurisé et laissez-les refroidir sur une grille, côté plat vers le bas.

* Il est important de laisser les gâteaux refroidir complètement, sinon la crème de la garniture va fondre et ruiner le gâteau.

11) Pendant que les gâteaux refroidissent, préparez la garniture en fouettant la crème jusqu'à ce qu'elle forme des pics mous.

12) Prenez le gâteau le « moins beau » des deux et utilisez-le comme base. Étalez sur le dessus une généreuse portion de confiture de fraises, en veillant à ne pas aller trop près du bord. Faites suivre d'une couche de crème fouettée, en utilisant une spatule pour l'étaler soigneusement sur la confiture. Enfin, placez délicatement le deuxième gâteau sur le dessus

pour former le « sandwich ».

** Variante : Certaines personnes aiment également mettre des fraises fraîches coupées en tranches dans la garniture, entre la confiture et la crème.*

13) Décorez le dessus du gâteau avec les moitiés de fraises, puis saupoudrez le tout de sucre glace.

Bon appétit !

Printed in France by Amazon
Brétigny-sur-Orge, FR

18761583R00226